JN075578
AUTHOR
三河ごーすと
ILLUST
美和野らぐ

「自分を甘やかすくらいなら、
ヘソ噛んで
くたばったほうがマシ!!」
賣豆紀 命
MEI MEZUKI
HUMAN

「相手してやるよ、
害獣ども。
——掃除の時間だ」

REIJI KASUMI
Special Permanent Man-Beast
VAMPAIRE

MONSTER HOLIC3

Boys and girls who are more than monsters and less than human run through the night in the "government slum".

AUTHOR —— **Ghost Mikawa**
ILLUST —— **Rag Miwano**

CONTENTS ◆◆◆

CONFIDENTIAL

Beast Tech Inc.

Business Overview:
Pharmaceutical, vaccine development, real estate business, and various businesses.

Manufacture and sale of monster supplement
a liquid that turns man back into a beast.

7th chapter

苦界

The Bitter World

コンセプトアート／尾崎伊万里

超管理社会を震撼（しんかん）させた《バズるスマホ》事件からおよそ1か月――。

腐った泥のように広がる人獣（ニンジユウ）特区、夏木原（ナツキバラ）。表通りに寄生して増える違法建築。電気、ガス、水道――ライフラインが残る建物の屋上やベランダに、汚いバラックが重なっている。

ここに住まう人獣（ニンジユウ）たちは、とっくに《表》へ戻れなくなった中毒者ばかり。

怪物（モンスター）サプリにハマり、入り浸るあまり身分や社会的信用を失った結果。

夢もなく希望もなく仕事もなく、それぞれの方法――大半は犯罪まがい――で日々の食事とサプリを贖（あがな）いながら、破滅の時が来るのを待つしかない、寄る辺なき者ら。

そんな彼らが見上げる空に、眩（まばゆ）く咲いた異形の花。

人獣（ニンジユウ）特区、夏木原（ナツキバラ）。怪物（モンスター）サプリ蔓延（はびこ）る官製スラムの中心、支配者の座。南洋の島に咲き誇る大蒟蒻（おおこんにゃく）の花にも似た建物に、巨大企業《Beast Tech（ビーストテック）》の中枢が詰め込まれている。

《七大部門》――執行部、警備部、監査部、法務部、技術部、人事部、経理部。

総務に営業、情シスなども存在するが、経営の核と呼べるのはこの七つ。

極東の経済大国、秋津洲（アキツシマ）の国庫税収を大きく左右し、国家経済の3割を担（にな）うとまで言われるＢＴ本社七大部門は、互いに連携を取りつつもより上位に立たんと苛烈な競争を続けている。

複雑怪奇な社内政治。上のポストを狙ってスキャンダルを探り、罠（わな）を仕掛け、時に武力行使すら行われる上級国民たちの修羅場に一石が投じられたのは、その日の未明のことであった。

「緊急の呼び出しとはな……」

ＢＴ本社ビル執行部管理フロア――異常な清潔感。

ちょっとした医療施設など鼻で笑うような管理体制。自動清掃ドローンが1時間ごとに滅菌、あらゆる病原体を持ち込まぬよう活動する姿は、壁や天井を這いまわるフナムシの群れ。

だがそんな日常には目もくれず無言で働く社員たち。

ただし出社している者はほぼゼロ。執行部の人員はほぼフルリモート勤務。在宅しながら最新鋭のＶＲ機器により現実とほぼ変わらぬ没入感を得ながら、電子的に《出社》。

がらんとしたこの廊下にも、恐らくは姿なき社員がひしめいている。

文字通りの《幽霊》社員たち――七大部門の頂点に坐する本社執行部は、まるで古の納骨堂、宗教施設のような重苦しい静寂の中、異様なまでに閑散としていた。

「薄気味悪いところだ。キミはちゃんと《居る》んだろうね？」

『もちろんです、総務部長。私たちは常にお傍に――』

総務部。七大部門の主流から外れた、社内ではいわゆる窓際扱いされることも珍しくない、縁の下の力持ち。目立つことはないが社内情勢に通じ、あらゆる部門に影響力を持つ。

一昔前のステレオタイプ――企業重役と言えば恰幅の良い、つまるところ肥満体の中高年。

だが超管理社会における典型は真逆。歯列矯正やプチ整形で整えられた顔立ち、当然の如くオーダーメイドの高級スーツは体形にぴったり合い、ジム通いで適度に鍛えられている。

年齢は50代。働き盛りもやや陰る、管理職――。

「……しかしまあ、おかしなものだ」

現代のエリート社員。自己管理に励み、デスクワークでも運動を欠かさないタイプ。そんないかにもな管理職が小型VRゴーグルを嵌め、執行部管理フロアを歩いている。

先導するのは円盤状の多目的ドローン。旧時代のお掃除ロボットに酷似しているが、単なる掃除機ではなく、リモートワークによるVR出社した社員の『義体』としても活動する。

やや後ろを歩く総務部長の視界には、多目的ドローンと同じ座標に社員の姿が映っている。

現実に投影された虚構。

拡張された世界において、リモートワークで電子的に出勤した社員はリアルな出勤と同じく評価される。現実では空疎なオフィス、だが拡張世界では活気あるオフィスが見えていた。

「最高経営責任者……CEOのご意向はわかるがね。やはり企業人として、同じ釜の飯を食うのは重要だよ。現実で顔を合わせたこともない同僚というのは、信用しがたいものだ」

『CEOは現代医学においても治療が難しい、とある病気に罹患しておられます』

不躾な言葉に対し、案内役の《幽霊社員》――現実の肉体を再現しつつも3割程度の美化。メイクで補正可能なアバターで麗しく微笑みながら、やんわりと諭す。

『病気をコントロールしつつ、第一線で働き実績を残す。近代社会における理想的な働き方を実践しておられます。それは我が社の理念にも適うこととご認識ください』

「そうかね。ま、個人の自由だ。だが幻でいいのなら、それこそオフィスが必要かね？」

無言、無音。耳鳴りがするほどの静寂。

ゴーグルを外して現実を見れば、ただひたすら虫のようなドローンだけが活発に働く職場。

「それこそ治療に専念なさったまま、病院内から指示を出されればいい。リモートワークのみで事足りるなら、こんなスペースは不要だよ。他部署に回すべきだろうに」

『そのご判断は、CEOに直接お願いいたします。私の権限では許されていません』

「やれやれ、堅いな。つまらない愚痴、冗談すら通じない」

いかにも呆れた、という態度で総務部長は笑い、秘書のアバターを追って進んでいく。

（七大部門の部長ですら滅多に上がることのない執行部管理フロアに直接か。……何事だ？）

煽る口調は不安のサイン。

総務部長の内心は乱れ、恐怖に近い感情に揺れている。

BT本社において総務部は弱い。社内の舵取りは執行部が全権を握り、総務の仕事は勤怠管理や備品、施設管理やメンテナンスなど、重要だが地味に感じるもので。

（もっと戦略的に動ければ社の業績を大幅に上げられる。そんな不満を見透かされた？）

やましいところなどない。不正など無縁だ。七大部門ほど権力は無くとも重要ポストの一角を占め、エリートコースを歩んできた総務部長にとって、そんなリスクは許容できない。

（やはりアレか。……社外に流出した《サプリ》の案件。だがあの失態は警備部のはず。私が呼ばれるような責任など、あるはずがない。私は何も知らないし、関与していない）

本社技術部で研究されていた《幻想サプリ（ファンタピ）》および《怪異サプリ（カイイサプリ）》が流出した事件。

内々で済ませられれば何も問題は無かった。

だが《轢（ひ）き逃（に）げ人馬（ケンタウロス）》による連続轢殺（れきさつ）事件を皮切りに、事態はエスカレートし続けて。

（《バズるスマホ》は最悪過ぎた。……警備部が責任を問われるだけなら、まだ笑えるが）

ネットを通じて伝染する怪異（カイイ）は、最終手段——街の管理業務を委託している《幻想清掃（Fantastic Sweeper）》の電子戦兵器まで持ち出す事態となった。特区外にまで影響が及んだ事件は未（いま）だ決着がつかず、警備部と技術部の間で管理責任を巡る押し付け合いが現在も続いている。

ならば、どう考えても——自分が責任を問われるはずがなくて。

（きっとくだらない用事だろう。いつもの《魔女》の、無理難題さ——）

総務部長がそう自分に言い聞かせた直後、先導するドローンが停止した。

『ＣＥＯがお待ちです。ご入室ください』

「……ああ」

音もなく横滑りするドローン。恭（うやうや）しく一礼するアバター。

現実と仮想の両方に軽く会釈（えしゃく）すると、総務部長はＣＥＯのオフィスへと入りながら。

（さて、どんな部屋だ？）

好奇心が疼（うず）く。実質、この国の最高権力者。その居室だ。

七大部門の部長すら誰も知らない支配者の暮らし、さぞ豪勢なものだろう。闘病中とはいえ、きっと自分も見たことがないようなものに、違いな――……

「……!?」

最初に感じたのは、得体の知れない臭い。

アロマの類ではない。シンプルに『臭い』と言ってしまいたくなる奇怪な香り。

肉が煮える臭いに漢方薬じみた生薬、植物由来の青臭さを混ぜたような臭いの源は。

「キッチン……？」

思わず声が出てしまう。

執務用のＰＣが置かれたデスクがぽつんと置かれ、自動清掃用のドローンが片隅に置かれたきりの、ごくごく飾り気のないオフィス。だがその一角に、あまりに場違いなものがある。

システムキッチン――恐らく最新鋭のもの。料理店の厨房と言っても違和感のない大型ガスコンロ、業務用冷蔵庫、さまざまな器具。家事に疎い総務部長には理解しきれないものばかり。

それだけなら料理が趣味なのか、と理解できないこともない。

問題はその一角、キッチン回りに雑然と置かれた奇妙な《材料》の山にあった。

「……ッ!!」

例えば得体の知れない生物の肝。

ガラス瓶の中で濁った汁に浸かりながら、どくどくと元気に脈打っている。

檻の中で蠢く蛇、トカゲ。掌ほどもある大蜘蛛が冷凍マウスの肉にかぶりつく音。コンロでふつふつと煮立った汁には得体の知れない動物の尻尾と骨が浮いている。

赤、青、緑のハーブが散らされた汁は、いかなる化学変化を起こしたものか、水銀のようなメタリックな銀色で、その異常な臭気が清潔なオフィスに悪夢を叩き込んでいた。

「いらっしゃい、総務部長。──急な招待で失礼。お腹は空いているかしら？」

「……い、いえ……ッ!!」

辛うじて絞り出した返事と愛想笑いに、総務部長は自分を褒めたくなった。

鍋の前に立っている人物。年齢は30代半ば、あるいは20代にも映る年齢不詳の美女。

服装はあまりに素っ気ない、入院着じみたもの。洒落っ気もなく、素足にスリッパを履いて、そこだけ見れば大企業のCEOというより、長期入院の患者としか思えない。

腰まで届く、長く麗しい黒髪。だがその顔は──

「ペスト……医師？」

「17世紀から使っている本物よ。改良を加えているけれど」

鳥のようなクチバシ。古い革に鋲を打って造った異形、無機質なレンズの眼。

怪鳥のマスクから響く穏やかな女の声を、総務部長は酷く不快に感じた。

「気休め程度だけど、呼気を通じて感染するのを防ぐためなの。私の病気は、現代の人々ほぼすべてに免疫があるはずだけど──万が一を考えると外せなくて」

「は、はあ。……申し訳ありません、お見舞いのひとつもできず」

「気を使わないでいいわ。むしろ不快な思いをさせてごめんなさいね？」

穏やかな謝罪。長い髪が首にかかるのをそっと外す手、白い指、うなじ。

そのすべて、剝き出しになった皮膚に走る、細かな罅。

大理石の彫刻に思い切りハンマーを振り下ろしたような、崩壊の兆し。女性の豊かな張りや美しさを保ったままに罅割れた皮膚は、罪人に施された刺青のようだった。

「これだから、オンラインでしか人に会わないことにしているの。恥じるわけではないけれど、不快に思う人も多いでしょう？　感染する可能性は低くても、怖いですものね」

「そんなことは——」

ありません、と言いたかったが、喉が詰まったように声が出ない。

まるで悪夢を観ているように、オフィスから一歩立ち入ったきり、総務部長は固まっている。

自然と震える腰。コーヒーを飲み過ぎた時のような尿意は、恐怖だ。ただひたすら何か怖い。

肉食の猛獣、至近距離の人喰いザメ、それよりもなお強く生々しい、何か。

（……違う）

微かな理性が警告する。

（コレはヒトに似ているけれど）

ゴクリ、上下する喉仏。唾を呑みこむのが辛く、たったそれだけの動作が重く。

（決定的に違う、《何か》だ……!!）

幻想、怪異(カイイ)と呼ばれるモノの実在を、ＢＴ本社中枢に在る者は皆知っている。

しかし、本当の意味で相対した者などいない。あるとしたら虚(むな)しい残骸、徹底的に解体されサプリの原料に貶(おとし)められた粉末や、ペースト状の何かだけだった。

「楢崎(ナラサキ)くんに監視はつけていたのだけれど、担当者や監査部長を抱き込んでいたから……突き止めるのに苦労したわ。彼のちょっとした隠し事を、ね」

総務部長に対し、キッチンに立った女——ＢＴ本社最高経営責任者、ＣＥＯは言った。

「《贋造嬰児(フランケン・ベイビーズ)》は知っているわね？　《幻想清掃(Fantastic Sweeper)》に監査部が委託している電子戦兵器、近代の幻想種(ファンタビ)。先日使用許可を出した時、本社内の電子記録を調査したんですって」

「は……!?」

衝撃に金縛りが解け、総務部長は反射的に声を上げた。

「重大な越権行為では!?　あらゆる電子記録を改竄(かいざん)可能な代物を、よりによって本社に！」

「そうね、いけないことだわ。けれど少し調べれば、必要なことだと理解できた」

キッチンに無造作に置かれたタブレット端末に、罅割(ひびわ)れた指が触れる。

液晶パネルを滑る指。いくつもの電子記録が表示され、淡い光が仮面を照らした。

「《轢(ひ)き逃(に)げ人馬(ケンタウロス)》——流出した幻想(ファンタビ)サプリに溺れた女の子が起こした連続轢殺(れきさつ)事件。犯人が逮捕された後、入院した病室もろとも爆殺され、医療テロとして処理された」

「……ええ。痛ましい偶然です」

「そうね。けど、その爆破工作に警備部が動いた形跡があって、指令した人物の電子サインも残っていたのよ。閲覧制限は七ツ星——部長職以上しか閲覧できない制限つきで」

「な……⁉」

その言葉が意味することは、ひとつ。

「本社の指示で隠蔽したと⁉　ありえません、少なくとも私は聞いていない‼」

「あら、そうなの？　不思議ね」

パネルをスワイプ。電子サインが拡大され、表示される。

「ここにあるのはあなたのサインだと思うのだけど——何かの間違いかしら？」

「‼」

死刑宣告でも受けたかのように、総務部長は震えた。

突きつけられた画面を食い入るように見る。教養を感じる筆跡は、間違いなく自分のものだ。なのに、覚えがない。生体認証つきの電子サインに疑いの余地はないはずなのに。

「し、知らない……‼」

心から搾り出る、悲鳴じみた言い訳。

「私は何も知りません‼　ありえない‼　でっちあげだ、これは罠(わな)です、信じてください‼」

「ええ、そうね」

驚くほど呆気(あっけ)なく。

「あなたは何も知らない、憶(おぼ)えていない。信じるわ、普段の勤務態度から信頼できる」

「あ、ありがとうございま……す？」

信頼を示されて、わずかに困惑しながら、総務部長は頭を下げる。

故に、彼には見えなかった。

キッチンに並んだ調理器具。黒いシリコンのヘラやお玉に並んで、見慣れないもの。

黒い古木の杖(つえ)をつまむように握り、文字を描くように振るＣＥＯの姿を。

『暴け(リ・ベラーテ)』

「げぺ」

喉の奥から肺が潰れて声が出た。

杖(つえ)が描いた光る文字、得体の知れないソレが、腰をほぼ直角に曲げた総務部長に飛んでいく。

頭に、腹に、股間に近い脚の付け根に触れた瞬間、爆発したように肉が膨れて。

水風船のように皮膚が膨れ、ぱつんと爆(は)ぜた。

「あなたは何も悪くない」

爆発物のような熱も、衝撃もなく。

尻から空気を吹き込まれたカエルのように、内側から破裂したヒトの残骸。

飛び散った血痕、ぞろりとこぼれる糞便(ふんべん)の臭い、肉片の中に、光るもの。

「本当に、何も悪くない。悪いのは――《虫》ね」

「「「ギイイイイイイイイイイイイッ!!」」」

耳障り(みみざわ)な合唱。暴露呪文によって暴(あば)かれた秘密が、呪文の光に拘束された悲鳴。

潰れた脳髄に濡(ぬ)れた、道士姿の小人、臓物から引きずり出された小さな狛犬(こまいぬ)。

脚の付け根に潜んでいた、牛頭(ごず)の芋虫めいた異形、三つ揃(そろ)って――《三尸(さんし)》。

古(いにしえ)の大陸における信仰。ヒトの悪行を記録して天帝に伝えるとされる幻想種(ファンタビ)、生物学的に実在するはずのない幻が、謎の光によって拘束され、するりとCEOの手元へ届く。

「自動清掃起動。悪いけど、片付けてくれるかしら？」

『承りました』

魔術とは縁遠い近代の叡智(えいち)。

ごく当たり前のような音声認識で清掃用ドローンが起動、床に放置された遺体を回収する。細かな血痕や肉片に至るまで、およそ数分で片付けてしまう。

そんな機械の活躍を横目に、CEOは拘束された3種の幻想をしげしげと眺めた。

「青面金剛(しょうめんこんごう)の真言。――おん　でいば　やきしゃ　ばんだ　ばんだ　かかかか　そわか」

流麗に記された文字を読み上げる。《三尸(さんし)》を抑えるとされた庚申(こうしん)信仰――大陸と秋津洲(アキツシマ)、幻想と幻想のミックス。平易な平仮名で幻想に書き込まれた筆跡は、魔術的干渉の残滓(ざんし)。

「無自覚な洗脳、支配。重役の方々にはそれ相応の対抗処置が記してあるのだけど、こうも軽々と破るあたり、千年級の……それも現世に幾度も降りて、位を上げた《東洋種》」

ききき、ききき。

罅割(ひびわ)れた指先に筆跡をなぞられ、三戸(さんし)の虫らが悶(もだ)える。

「技術部や警備部から何も出ないはずね。まさか総務部長を《式》にするなんて」

楢崎(ナラサキ)の指示による電子記録の徹底的な調査がなければ、まずわからなかった。

当然だ、裏切ったことを本人すら知らない。眠っている間に目覚めた幻想、三戸(さんし)がその身を操って、さまざまな隠蔽工作を指示。これもまた何も知らない工作課が動き、実行する。

「けれど尻尾は摑(つか)んだ。《呪い》を返す術式は、東西問わずに存(あ)るものだから」

人を呪わば穴二つ。

誰かを呪う者あらば、己が呪われることも覚悟せよ。因果応報、当然の警句。

「――《帰れ(ライバルテレ)》」

言葉を唱え、杖(つえ)を振ると。

ばきっ、と音をたてて爪が割れた。皮膚に走った亀裂が広がり、鮮血が滴(したた)る。

赤い樹(き)のように広がる傷が、指を辿(たど)って手首に届く。ぼろぼろとこぼれた皮膚が床に落ち、硬質の音をたてながら血溜(ちだ)まりに沈んでいった。

「これで跡は辿(たど)れるでしょう。これが私の、最後の仕事になるのでしょうから」

痛みに顔を歪(ゆが)めるでもなく、どこか他人事(ひとごと)のような顔で傷口を眺め。

「楢崎くんに電話しなきゃ。私がこうするのが嫌で、ずっと隠していたんでしょうけど——」

ごく当たり前のような仕草でタブレット端末を取り、ネット回線を経由して電話を鳴らす。

呼び出し音が響き、回線が繋がるまでの間に、ＣＥＯは最後の言葉を口にした。

「——やっと見つけた《娘》に、会いたいものね」

穏やかなものが混じった言葉が終わり、時代は大きく動き始めていた。

＊

同日、同時刻、人獣特区夏木原。仮面舞踏街、某所——。

「《式》が返されましたな。どうやら《魔女》に摑まれたようで」

古びたバラック、ビルの合間にひっそりと造られた隠れ家的なバー。

黒の和装に襷掛け、雑巾片手にカウンターを磨いていた人物——黒子の覆面をすっぽり被り、顔は一切見えず、正体不明のコスプレイヤーめいた何者かが、困ったようにそう言って。

「呑気に言うておる場合か。夷狄の狗が……掃除屋どもがすぐにも来るぞ！」

答えるは、括り袴に水干姿。古の時代、貴族に仕える童子そのままの人物ながら、その声は酷く老いぼれて、ざらざらと耳に残る障りがあった。

「掃除などしておられぬ!! 疾(と)く去らねば厄介じゃぞ!」

「とは申せ、しばし世話になった館ゆえ」

ぱん、と雑巾を張って水気をとり、丁寧に畳みながら。

「去(さ)り際(ぎわ)に浄(きよ)めもすべきでしょうや。しるしを消す意味でも、多少の意味は御座います故」

とぼけたような言葉に、びきりと童子の額に血管が浮く。

埃除(ほこりよ)けに被(かぶ)っていた頭巾を引きちぎるように外し、持っていた箒(ほうき)を投げ捨てて。

「真面目にやらぬか!! 呪詛(ずそ)返しが届くまで、もはや暇(いとま)はあるまいぞ!!」

「ご安心を、暇(いとま)ならば十分にて。細工は流々(りゅうりゅう)、仕上げを御覧(ごろう)じろ……と申しまする」

するすると襷(たすき)を解(ほど)き、何とも場違いな指抜きの革手袋を嵌(は)めながら、黒子(くろこ)は続ける。

「ここひと月のうちにて、この街に覇を唱えんとする悪党どもに、我らが《濁酒三十六(ドブロクサンジュウロク)》——闇さぷりは、売れに売れまして御座います。名だたる者のみでも、およそ百名」

大福帳。古めかしい和紙の台帳につらつらと毛筆で書き連ねられた、連絡先。

「電話番号からえすえぬえす、あかうんと。住まいにめっせーじあぷりのふれんど登録まで。《半グレ》などと呼ばれる者らに、連絡(つなぎ)が取れまして御座います」

「そ奴(やつ)らがどうした。俗世の野伏(のぶ)せりまがいに、魔女の狗(いぬ)が倒せるか?」

「難しゅう御座いましょうなあ。されどそれもまた、呪詛(ずそ)のうち」

古めかしいダイヤル式の黒電話。真新しいスマホにタブレットPC。

葉書手紙にポケベルまで。新旧の連絡先、通信機器を拭いたばかりのカウンターに並べて。

細やかな指がスマホをタップ。あるいはダイヤルを回し、筆を執って書をしたためる。

特区に集う悪党、半グレ百名の連絡先に次々と。

手紙は書いた傍から鼠や烏がくわえ、異様な敏捷さで街の夜空へと消えてゆく——。

「どれ」

胡散臭げに、童子がスマホのひとつを覗き込む。

送信されたばかりのメール——あまりの内容に、さらに眉間の皺が深まった。

『どうも！　街のサプリ屋さんから、儲け話のお知らせです！

先月に起きた《タワマン闇カジノ》の強盗事件をご存じですか？

盗まれた1億円の行方は未だ知られていません、が……

なんと、私がキャッチした極秘情報を、お得意様だけに特別公開いたします！

詳しくは　↓↓↓　コチラ!!』

「……阿呆か!!　いくら俗人が愚かといえど、こんな痴れ事にかかるかや!!」

「とはいえ、情報そのものは誠で御座いますからなあ」

適当すぎる文面に、童子はスマホを叩(たた)き割(わ)りそうな勢いで叫び。

飄々(ひょうひょう)と黒子(くろこ)はメールに設定されたリンクをタップ。表示されたのは、1枚の画像。

「怪異(カイイ)さぷり《死人形》を贖(あがな)った者の隠し金、1億。拾い上げ、《神待ち通り》のさる場所に隠して御座います。写り込んだ建物、看板、空——手がかりは無数にて。街に慣れた者なれば、この1枚から大雑把に位置を摑(つか)むは容易でしょうな。となれば、後は……」

仮面舞踏街(マスカレード)のどことも知れぬ裏路地、ゴミ箱に突っ込まれたバッグと、バラ撒(ま)かれた札束。

血で汚れた危険な金が、スマホで適当に撮影された画像にはっきり写っている。

「早い者勝ち、奪い合い。私が選びし悪党は、いずれも折り紙付きの欲深者と愚か者ぞろい。嘘(うそ)だ嘘(うそ)だと疑いながらも、てきすとに刻みし我が呪詛(ずそ)にて、次々魅(ひ)かれ集いましょうや」

毛筆の筆跡にも電子テキストにも籠もる念(ネン)。

常人ならばくだらない、つまらない詐欺と切って捨てる程度の、ささやかな暗示。

だが怪物(モンスター)サプリに酔(よ)い痴(し)れた中毒者。血と暴力と金に溺れた者ならば——藁(わら)をも摑(つか)む。

「——今世(コンゼ)陰陽(オンミヨウ)《悪党蟲毒(アクトウコドク)》。整いまして御座います」

撒(ま)かれた種が芽吹く前。

CEOの呪詛(ズソ)返し、新たな呪詛(ズソ)が打たれる数時間前。

物語は、そこから始まる――。

怪物

MONSTER HOLIC3

Boys and girls who are more than monsters and less than human run through the night in the "government slum".

AUTHOR
Ghost Mikawa

ILLUST
Rag Miwano

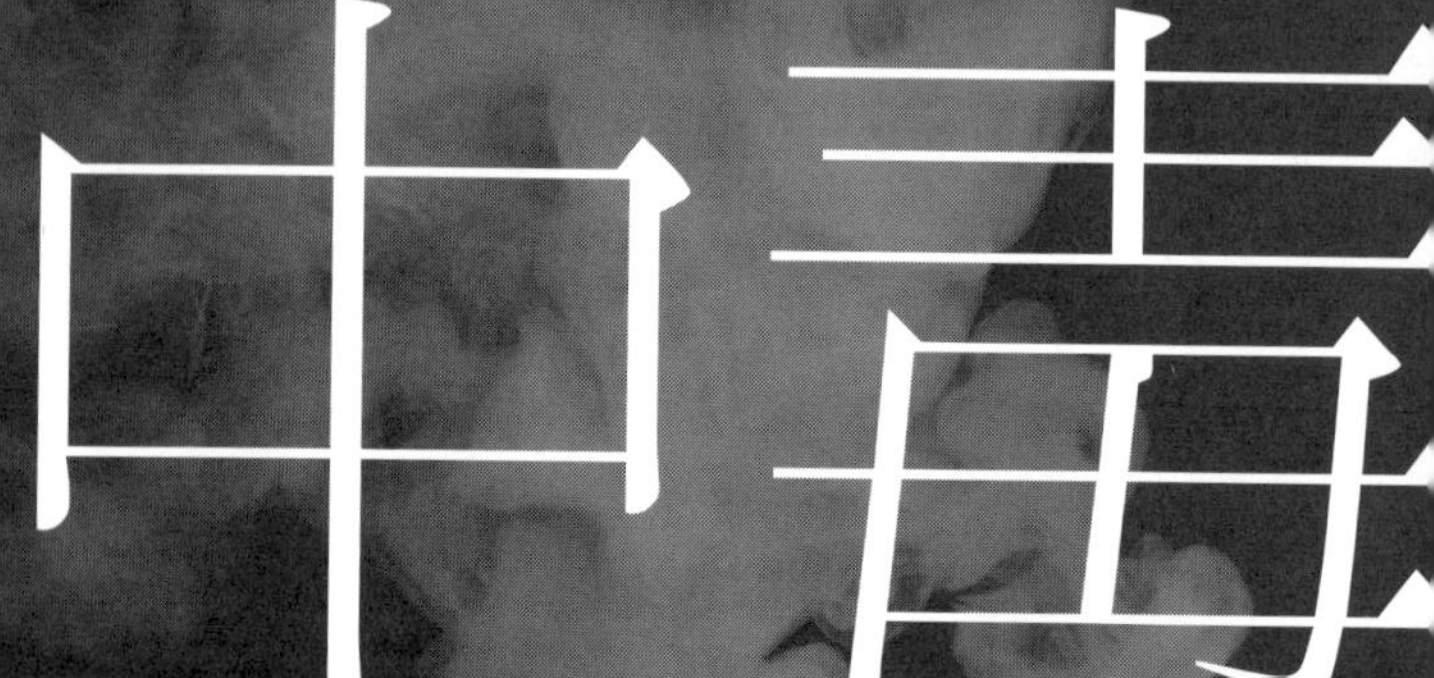

『国民登録番号XXXXX　京東都立アカネ原高校2-A　霞見零士』

『警告：公的SNS不適切利用　信用スコア0　公的SNS一時凍結処分』

『警告：なりすまし行為、虚偽のつぶやきは犯罪となる可能性があります』

『アカウント凍結期間中の公共サービスは特別窓口から直接ご利用ください』


――そんな無慈悲なメッセージが、買ったばかりのスマホに届いて。


「何故だ。俺はただ、実在しない妹になりきって毎日つぶやいていただけなのに……!?」

「いかにも『解せぬ』ってツラしながら言うこっちゃないでしょ、それ」

白と黒、ツートーンの髪。

微かに揮発した毛先や皮膚が発する薄煙は、少年の異常性を示す。かつて『金持ちのOLに囲われそうな』と評された美しい少年――霞見零士に、物凄い呆れ顔の少女が突っ込む。

仮面舞踏街夏木原、幻想清掃オフィス。放課後間もない夕暮れ時、出勤する社員ふたり……零士と頼山月に連れられて、ふたりの女子高生が雑然としたオフィスにやってきて。

「お、オレはいちおう、凍結されてねーからな!?　表示数、3とかだけど……」

「私と霞見くんと命さんね。見事に身内だけだけど、無理もないと思うわ」

色褪せた金髪、ヤンキー風の少年、頼山月。

筋骨逞しい肉体からして、初見では威圧感を感じる風体だが、目元の優しさや穏やかさから、まるで牙を隠した大型犬めいた愛嬌がある。

そんな彼の隣、友人の車椅子を押して現れたのは、清楚な雰囲気を醸す制服の少女、柿葉蛍。

白い肌と黒髪は古風な令嬢めいているが、その美貌にはどこか温かみがあった。

春を迎え、陽気に緩んで溶けつつある樹氷のような彼女の、次の言葉は。

「第一声『あんみつ』は怖いと思うわ。しかも缶詰のフルーツポンチだし」

「何よアレ、突っ込み待ち？　つーかシュールすぎ、ドン引きされるわよ」

蛍の指摘に続いたのが、車椅子の人物——蛍と同じ都立アカネ原高校の制服。

どこか癖のあるショートヘアが良く似合う、精悍な面差しの女子。威勢よくポンポンと喋る言葉に勝気な性格がよく表れて、人に懐かない猫のような雰囲気をもつ。

元超高校級アスリートにして、事件調査の依頼者、賣豆紀命。

かつての後輩、池田舞が犯人となった《轢き逃げ人馬》事件に憤り、私財を投じて《幻想清掃》に解決を依頼。以後依頼人という立場で社に出入りしている。

社員である零士と月——特殊永続人獣、《吸血鬼》と《人狼》。人権なき彼らは人間社会への参加権と引き換えに社に忠誠を誓っており、現在は命の依頼を果たすべく活動中。

柿葉蛍——《調薬の魔女》。直感と味覚で市販ドリンクを調合、異様な効果を持つ特製サプリを創り出す能力者にして、かつて夜の街で働いていたＪＫバニー。

過去の事件で仕事を失って以後は個人の立場で命の依頼を受け、事件調査に協力している。表向きは同じ学校の同級生、裏ではここ夏木原、仮面舞踏街の闇を追う仲間だった。

「だって！　スイーツが鉄板だって聞いたんだもん！　女子ウケするんじゃねーの!?」

「カップ酒のカラにぶち込んだフルーツポンチは、スイーツ枠じゃなく貧乏飯よね……」

「何かの罪で訴えられるかもしれない、とは感じたわ」

ワルな見た目からは想像できない子供っぽさで涙目の月。相棒の零士ともどもまるでダメ。SNS慣れしていないどころか、今時幼稚園児でもやらないミスの連発で。

「未成年飲酒疑いで警告来たってベソかきながらスマホ持ってきたのあんたでしょ。つーか、カップ酒のカラをコップにすんの止めなさいよ、そのくらい買えっての」

結局、警告のみで信用スコアの減額やアカウント停止には至らなかったのだが。

学校の休み時間中、涙目でスマホを差し出してきたヤンキーの姿に、周囲のクラスメイトが胡乱な眼を向けたため、命は大変ご機嫌斜めであった。

「だって、もったいねえじゃん……。けっこう丈夫だから使い勝手いいし、タダだし」

「ゴミから拾ってくんのは『タダ』って言わないのよ、普通。いくら洗ってもゴミはゴミ」

「マジかー……。洗って消毒してんのに、ダメ？　思った以上にやべえな、リアル社会……」

結局のところ、どちらもダメ。

前回の報酬――国家転覆、世界滅亡クラスの怪異災害。《バズるスマホ》事件解決の報酬として中古のスマホを手に入れ、国民登録番号すら仮交付された零士と月、だったのだが。

「これで上級国民の仲間入りかと思ったんだが……」

「どっちかといえば底辺国民だと思うわ。信用スコア0とか、かなりのものよ」

頭を抱えっぱなしの零士、呆れ顔の蛍。

「小学生のふりをしてアニメ実況すら許されないとか、この国の自由は死んでるな……！」

「その自由は死んでいいわよ。つーかあたしが殺してやるわ」

「さすがにそこまでしなくていいと思うわ、命。気持ち悪くても生きる権利はあるし」

「慰めるふりして刺すのはやめろ、柿葉。お前が一番えぐい……！」

零士——スマホ購入、SNSアカウント申請、取得後初の週末。

プロフィールに実在しない女子小学生の数値を入力、アイコンを変更してアニメ実況。運営側から矛盾を指摘され、悪質ななりすましと判断された結果、アカウント凍結処分。

それに比べて警告で済んだ月はマシだが、それでも超管理社会では重大な『やらかし』で。

「やはり動物にSNSは早かったかな。管理者の僕まで連帯責任を問われるし、自重してくれたまえ。具体的には次の給料、がっつり減らすよ」

「このハラスメントに警告は出ないのか？」

「ぜってぇ間違ってるよ、この社会……」

やる気なさげに口を挟むのは《幻想清掃》社長、楢崎。

隣にタブレット端末を持った秘書、鬼灯(ホオズキ)ネルを従えて。骨董(こっとう)、雑貨に埋もれた机から琥珀色(こはくいろ)のパイプをつまみ、火を点(つ)けることなく弄びながら、不満顔の社員たちに告げる。

「僕だって社会の圧力に負けて禁煙中だからね。ほんの半世紀も前なら男はほぼ全員、ありとあらゆる場所で煙をプカプカしていたものなんだが。窮屈な世の中になったもんだよ」

「それは昔がやばいだけ。臭いし、めーわく」

「文化が殺される瞬間を今まさに感じているよ、僕(ぼか)ぁ。銘柄による香りの差、パイプの種類による違いや葉巻、紙巻きなどなど……奥が深いんだけどなあ、こういうのも」

「自由が死んでるんだから、文化だって殺される。とーぜん？」

殺伐とした結論を下す秘書。幼い子供のようなあどけない外見に、きっちりしたスーツ姿。遊び人の大学教授じみた楢崎(ナラサキ)の外見もあって、生意気盛りの娘と父親にも見える。

そんなふたりの掛け合いをよそに、賣豆紀(メズキ)命(メイ)――片足不自由な元アスリート。裏稼業(うらかぎょう)同然のブラック企業の依頼人は、脱線を続ける社員たちをじろりと睨(にら)んだ。

「で、用件は？　つまんないコント見せるためにあたしを呼んだワケ？」

「断言されるとやや傷つくなあ。今回は嬉(うれ)しいお知らせと、残念なお知らせがあるんだよ」

「……調査に進展でもあったの？」

命(メイ)が障害を負った事故の保険金、2億を報酬に《幻想清掃(Fantastic Sweeper)》へ調査を依頼している事件。歪(ゆが)んだ敵討ち――二度と彼女が走れなくなった責任を、事故の当事者ではなく他人に転嫁(てんか)し、殺人を繰り返した後輩。零士(レイジ)によって捕縛された後、病院で家族もろとも爆殺され、テロ事件の形で闇に葬(ほうむ)られた事件。その真相を探る再調査は、進展こそあれど大きな動きは無く。

「そんな話、聞いてないぞ」

「だな。社長かネルさんのルートから入ったネタなら、わかんねえけどよ」

実際に動いているふたり、零士(レイジ)と月(ゲツ)すら急な話に困惑している。

「そういうことさ。ここ一か月、諸君らには《バズるスマホ》事件の後始末と、容疑者アジトの捜索を行ってもらったわけだけど、大きな成果は挙がっていない。そうだね？」

「……トラブルが多すぎたので」

零士(レイジ)と月(ゲツ)が働き、楢崎(ナラサキ)が社長を務める《幻想清掃(Fantastic Sweeper)》は、この街——夏木原(ナツキバラ)一帯の官製スラム、通称仮面舞踏街(マスカレード)の管理運営をBT本社から委託されている。

治安維持、死体処理、事件調査にゴミ処理まで。社員は『特別』な彼らだけでなく、臨時の派遣やバイト、BT本社の出向などでそれなりの人数がいるが、まるで足りないのが現状だ。

特に先日の《死人形》による闇カジノ売上金強盗と仲間割れ殺人。

そして《バズるスマホ》によるSNS怪異(カイイ)汚染。これにより発生した暴動の爪痕は大きく、一見収まったように見えるこの街にも、騒然とした気配が満ちていた。

「ここ最近、アンタたちボロボロだったもんね。やっぱ残業してたわけ？」

「深夜までな。帰って寝る頃には、午前3時4時がザラだった」

「オレら若いし夜型だけどよ、さすがに睡眠3時間で学校行くのはキッツいぜ、マジで……」
命の質問に、しみじみとした様子で零士と月が答える。

「調査と関係ない活動に、社員でもない柿葉を巻き込むわけにもいかない。人手不足だ」

「なまじやべぇブツ……怪異サプリや幻想サプリみてえな《レアモノ》が実在するってことを、チンピラや半グレ連中が知っちまったからな。トラブル起こすのが多くてよ」

遭遇したさまざまな事例を思い出し、零士がうんざりと苦い顔で。

「『虹色ユニコーンがお尻を振ってりゅううう！』とか言ってたインド象男は面倒だった。自動販売機の釣銭口にナニを突っ込もうとしてたやつ。体重2トン超えは暴力だ」

「……どんな人生送ってたらンな幻覚見るわけ？　意味わかんないわよ」

「怪物サプリに市販の咳止めシロップを十本混ぜてイッキするとキマる、とかいう噂を信じて、マジでやってみたらしい。結果は自販機の強姦容疑で強制収容だが」

「無機物に強姦罪って適用されるのかしら？」

「知らん。そんなのが毎晩、何件も起きてな……。ここ数日ようやく落ち着いてきた」

異常事態に慣れたせいか。最低の下ネタだが、ＪＫふたりは頬を赤らめもしない。

「市販されてる怪物サプリの中に、超低確率で《レアモノ》が混じってるとかいう噂もあった。バカが街中の自販機をこじ開けて回ったり、それらしい缶を偽造して売ったり」

「そういや、妙な話もあったっけか？」

睡眠不足——腫れぼったい瞼を擦りながら、頼山月が情報を補足する。

「裏通りで縄張りがどうたらってモメてる半グレ連中がいるんだわ。そいつらの抗争が何度かあったんだけど、そん時妙な姿の人獣を見た、とかそんな情報が入っててよ」

「それって、まさか……！」

命の頬が朱色に染まる。彼女が大金を費やして追っている相手——後輩の仇。

復讐を望む彼女に危険極まるサプリを売り、化け物にして破滅させた。これまでの事件では、いずれも異形に変じた者たちが原因となり、多くの悲劇をもたらしている。

「可能性はある。だが、まだ裏が取れていなくてな」

意図的に情報が遮断された仮面舞踏街において、スマホ・携帯の電波が届くエリアは限られる。

近代社会では誰でも持っているスマホやカメラ。科学の眼が届かない裏路地では証拠画像や動画が撮られることもなく、得られた情報はあまりにも曖昧で、不確かなものだった。

「目撃者もだいたい、酒や薬やその他に酔ってるからな……。幻覚なのかまともな証言なのか、区別がつけにくい。とはいえ手がかりに違いないから、今夜あたり調査しようと思っていた」

「蛍ちゃんたちを呼んだのはその報告かと思ってたんよ。けど違うんスか、社長？」

「ああ。それがいい方の報せでね——池田舞さん一家爆殺の犯人が判ったよ」

社員たちの問いから繋げた楢崎の言葉は、あまりにも自然で、呆気なく。

「……は⁉」

当事者——命（メイ）すらも、しばし理解できぬまま、固まった。

「そしてもうひとつ、とても残念なお知らせだ。ネル君、頼むよ」

「あい」

手にしたタブレット端末に指を滑らせ、秘書ネルが何かの操作を施す。

少女のような姿をした彼女が、《幻想清掃（Fantastic Sweeper）》情報担当。以前の事件でその正体——あらゆる情報にアクセス可能な電子戦の怪物として、起死回生の活躍をしてみせた。

「うちの会社に振り込まれたお金。幻想サプリ（ファンタビ）流出事件、加害者の爆殺に関する調査、および犯人特定としかるべき処置に対する依頼の手付金、1億円。返金させてもらうよ」

「ちょっ……何よそれ、どういうこと⁉」

突然の話に理解できぬまま、命（メイ）はポケットに入れていたスマホを取り出す。

電波的に遮断された仮面舞踏街（マスカレード）だが、いくつか例外は存在する。ここ《幻想清掃（Fantastic Sweeper）》オフィスビルは外部との直接回線が敷かれており、快適なインターネット利用が可能で。

スリープ状態の画面を起動するより早く、メッセージが届く。

「振り込みのお知らせ……？　ってこの金額、ガチじゃない⁉」

９ケタの数字――１億。

覚悟と共に差し出したそれが、そっくり口座に戻っているのを確認して。

賣豆紀命は倒れそうなほど青褪めて、そう言った。

＊

「残念ながらガチなんだ。すまない」

秘書ネルを除く全員の注目を一身に集めながら、社長・楢崎は自らの額を軽く叩いた。

「我が社の事情でね、依頼を果たせなくなってしまった。故に諸経費、振り込み手数料などはこちらもちで全額返金処理させてもらう。さすがにガメるのはお行儀悪いしネ」

困った困った、と言わんばかりにジェスチャーを添える社長に、社内の不満が爆発する。

「契約破棄ってこと⁉　一方的過ぎるわ、どうなってんのよ⁉」

「とうとう正気を無くしたのか、うさんくさ中年……！」

「ぼーけ、かーす、横暴社長！　……しまいにゃスト起こすぞ、ゴラァ‼」

「顎髭むしるわよ。いえ、むしるわ。あなたの言葉を借りるなら、ガチで」

身を乗り出す命。吐き捨てるような零士、語彙の少ない月、指先でつまむマネをする蛍。

楢崎――若者たちの怒りに晒され、さすがに気まずそうな顔で。

「僕だって不本意だけどね？　調査そのものは続行するよ、ただし外部の依頼ではなく、ＢＴ本社執行部からの直接指示によるもの、という形になるけれど」

「……つまり、俺らの報酬はなしってこと？」

「ボーナスくらいは出るんじゃないかな。月給２か月分くらいだけど」

「しょ、しょべえ……。マグロどころか、魚肉ソーセージしか食えねえよ……」

がっくりと肩を落とす月。そんな彼を横目に、憤然と——

「どういうこと？」

答え次第では徒では済まさない。そんな据わった眼で、命が楢崎を問い詰める。

「前聞いた話だと、あたしの依頼は本社に内緒で受けてくれたはずでしょ。何で今更、あんたの会社が首突っ込んでくるのよ。本社執行部ってのはそんなに偉いわけ？」

「偉いと言えばめちゃくちゃ偉いね。執行部は七大部門のトップ、我が社の最高経営責任者……ＣＥＯ直属の部署だ。関連子会社、系列の枝に過ぎない我々からみれば雲の上だよ」

轢き逃げ人馬こと池田舞の爆殺には、事件を隠蔽しようと動く権力者の影がある、と。

「そう示唆したのは他でもない、この僕だ。そしてそちら方面の調査は、そこの動物たちには到底不可能だろう？　というわけで、先日いい機会があったから、挑戦してみたわけさ」

「先日って……あんた、ここで偉そうな顔してる以外に働いてたの!?」

「そのマジ驚き顔止めてくれたまえ。こう見えても社長としてそこそこ働いてるんだよ、僕。

我が社が誇る戦略兵器、ネル君の制限が解かれる事態が先日、起きただろう？」

その言葉に、ぴくりと反応したのはやはり身内――頼山月と霞見零士。

「ネルさんの制限って……あの、ふらんけん何たら、とか言う？」

「《贋作嬰児》――フランケン・ベイビーズ。本社監査部の備品、最新の幻想種、か」

「そ」

返事はあまりにも短く、呆気なく。

人間ではなく、ヒトたる権利すら持たないと認めた少女じみた怪物は、そう言った。

「わたしは人間じゃない。わたしもあなたたちと同じ。ただ人間らしさや生活を求める気にはなっていない――わたしがヒトの偽物、贋造物だから？　いまいち、わからないけど」

「いやー、造られたったらオレも似たようなもんだし……。試験管ベイビーってやつ？」

奇妙な共感。まるで同じ事件の被害者じみた気分で、ふっと頼山月は頬を緩めた。

「ネルさん、兄弟何人います⁉　オレ、3桁は軽く超えてるっスよ。みんな死んでっけど」

「わたしはもうちょい少なめ。あと死んでない、うちのビルの地下で、げんき。泳いでる」

「マジっスかそれ。今度紹介してくださいよ、挨拶ぐらいしとかねーと」

「傍で聞いてると意味がわからんな、この会話……」

呆れ顔の零士。ズレた話を戻そうと、軽くパンパンと手を打つ。

「同類発見で盛り上がるのもいいが、話を戻してくれ。このままだと命のリードが外れる」

「がるるるるる……！」

「落ち着いて命さん、どーどー。……まずいわね。ちゅるちゅるも骨ガムも手元に無いわ」

「っさいわ。人を機嫌悪いペット扱いすんなっての……で!?」

血走った眼、苛立ちも露わに。

制止する蛍の手を振り払い、命は噛みつくように続きを促す。

「ちびっこ秘書が幻想種だってのは聞いたわ。それと事件と何の関係があんのよ？」

「わたしの異能は、情報化社会の核弾頭。遊泳群体生体脳——兄弟姉妹の脳髄と同調し、無線で繋いだあらゆる機器から情報を抜き、思うままに改竄することができる」

「……つまり、スーパーハッカーってやつ？　凄いじゃないの」

「その言い方やめて。……めちゃくちゃダッサい」

無感情な澄まし顔が、嫌そうに歪む。わかりやすいが、あまりにその表現はダサすぎて。

「先の《バズるスマホ》案件。事態を収拾するため、わたしの機能制限が解除された。そしてその機に乗じて、そこのおっさんがわたしにやらせたことが、契約破棄の原因」

「おっさんが幼女に強要とか、性犯罪以外の何物でもないわね。何されたのよ」

「違うってば。誤解を招く言い方だねえ……。僕がネル君に頼んだのは、本社内の電子記録、その極秘調査さ。BT本社が《轢き逃げ人馬》事件の隠蔽を行ったとしたら、指示した人物の電子記録が必ずどこかに存在する。当然、簡単には見られないわけだけど」

人工知能ならぬ天然頭脳。

あらゆる機械に干渉する最強の電子戦兵器は楢崎の指示、そして――

「わたしを派遣している監査部の意向と合致し、ハッキングを実行。個人メールや内部文書、管理職のみ閲覧可能な機密フォルダまで検証。社内規定に反するし、当然違法行為」

「呆れた。自分ちに泥棒に入ったようなもんじゃない」

「何かと手詰まりだったからねえ。お金をもらってる以上リスクは踏むさ。けど……」

表情を曇らせる楢崎に、命が訊く。

「ダメだったの？」

「逆さ。何もかもわかった。わかり、わかりすぎてし、しまった」

楢崎が指を鳴らすと、秘書ネルが無言のままタブレット端末を操作する。

次々と表示される《社外秘》《極秘》などと仰々しく記された電子文書。改竄できないよう保護設定がかけられた、デジタル社会における動かぬ証拠と言えた。

「隠蔽工作を指示した人物として、総務部長の名前が挙がった。だが当日の社内監視カメラや彼の専属秘書の証言、専用端末やタブレットの動作記録を見た結果、彼に関与の自覚はない。彼は何も知らずに他部門――ＢＴ警備部の工作課に、警備部部長の頭を飛び越して直接指示し、例の爆弾テロを実行させ、実行者である看護師に報酬まで与えているんだよ」

「……何、それ」

企業勤めではない女子高生にすら、只事ではないと思える異常。

「宇宙からの電波で操られてたとか言うつもり⁉　ふざけんじゃないわよ‼」

「操られてたのは確定かな。電波は使ってないし、宇宙からでもないけど」

出所は何かと問われれば。

「僕らの同類。以前の目撃談にあった《和服の人物》による仕掛け——そう判断できるだろう。神秘幻想が実在し、あり得ざる奇跡を起こす光景を、君も何度も見てるよね？」

「……インターネット呪い攻撃野郎だの、ブリーフ念力ねじり男だの、緊縛日本人形とかね。一応話は聞いてるけど、ヒトを操るような真似、できんの？」

「可能不可能で言えば可能だね。古今東西、その美貌で人を惑わす傾国の美女から山野の妖怪まで、魑魅魍魎の類が人を惑わすのは定番だ。というか、問題はね？」

ちらりと、どこか恨めしげに。

隣に立つ秘書ネルを上目遣いに眺め、ダンディな唇を尖らせて。

「我が秘書ネル君は、本社監査部から監視のためリースされている備品でね。非常事態につき多少の利用は黙認されるし、監査部内のツテを辿ってごまかすつもりだったんだけど……」

そもそもの事件の大本。楢崎が技術部からの幻想、怪異サプリ流出の経緯を摑めたのも、監査部内の協力者からのリークによるものだ。持ちつ持たれつ、利害で結ばれた人間関係。

それだけに信頼でき、機密を保ちつつ総務部長を拘束しようと根回しを進めていた時。

「ＢＴ本社執行部には、監査部ログの閲覧権がある。ＣＥＯに調査結果がバレた結果、全記録を没収された。恐らく今夜にもＣＥＯは経営陣に粛清のメスを振るうだろう。実行者の方も、何らかの処置が下されると思うよ。偽命令で騙されたとはいえ、爆弾テロはやばいしね」

「粛清って。……左遷されるとか、クビになるとか？」

「物理的にクビになるよ。そういう会社だからね、ウチ」

「は⁉」

予想の百倍は苛烈な処置に、命が口をあんぐりと開けた。

「どんなブラック企業よ⁉　その総務部長とやらは悪いけど、操られてたのよね？　責任能力無しとか言われて、ふつー庇われる感じになるんじゃないの、常識的に考えて！」

「おやおや。後輩の仇だ。厳罰を望むとか死刑になれとか言わないのかい？」

「そいつが自分の金や出世のためにやらかしたんなら、ノリノリでそう叫ぶわよ！　あたしが処刑スイッチ押したって後悔しないいし、遺族がどんだけ恨んだってビビりゃしないわ！」

溢れる闘争心――コンマ１秒を争う世界の元住人。

競技から離れようともその本質は変わらず、命は人と争うストレスに耐性があり、耐えられる。自分の中で筋を通し、決着をつけるためなら、恨みを買うのも承知の上で。

「操られた被害者が、自分のやらかしたこともわかんないままで死刑になるとか、違うでしょ。やらかしをきっちり理解して償いなさいよ！　安易に殺して終わりとか、逃げんな‼」

己が正しいと信じることを、吼える。

だが少女のまっすぐな言葉も、ブラック企業の男には馬耳東風と受け流されて。

「必要ないわけじゃないんだ」

火のついていない骨董品のパイプを弄びながら。

「専門的な蘊蓄は省くけど、操られた総務部長の魔術的痕跡を暴き、《式を返す》ことで犯人の所在に関わる大きな手がかりが掴める見込みだ。恐らく数時間後には執行され、出動命令が下るだろう。たぶん警備部が威信を懸けて処刑部隊でも送るんじゃないかな?」

「……あんたらがやるんじゃや、ないの?」

「警備部の手が回らなかったらお鉢が回ってくるかもね。というわけで今夜は待機ってとこ。事件が本社預かりになった今、君の依頼を果たせなくなった……ということで」

操られた総務部長の密命によって、機密を社外に持ち出され。

それが事件の原因となり、大きな損害をもたらした。BT本社警備部は重い責任を問われ、社内政治における大失点を挽回するために、早急な功績を必要とする。

そのため《幻想清掃》にストップがかかり、その結果——

「依頼はキャンセル。だから金を返す、ってこと?」

「そうなるね。総務部長の処刑に関してリクエストはあるかい? 顧客サービスの一環として、証拠が必要なら提供するよ。転載不能に設定された画像や動画になるけれど」

「顔も知らないおっさんの死体見て喜ぶ趣味なんて、ありゃしないわよ」

吐き捨てる。命の顔に浮かぶのは、喜びでも快哉でもなく。

「……終わったの？」

「終わったね」

親に置き去りにされた子供のような。

足元を崩され、落下する直前じみた彼女を、楢崎は慰めることもなく。

「何よ、それ。それじゃ、あたしは……！」

突き放された命は泣かず、泣けず。

車椅子に深々と腰かけたまま、理不尽な怒りを超えた虚無感に、震えていた。


「また、何もなくなっちゃうじゃない……！」


事故により右足が不自由になり、人生を懸けていた陸上競技への夢を断たれ。

何もかも失った彼女を動かしていた意味、理由、目的。人生をやり直し、再スタートを切る。

そのためのけじめとして、事件に決着をつけること。それがすべて失われた今。

「……命。大丈夫？」

「キッツいわ。……一応確認しとくけど、文句言っても無駄なのよね？」

「無駄というか、CEO様のご意向だからね。こちらとしても不本意なのさ、可能な限り内密に事を進めるつもりだったけど、監査部に根回しが終わる前に先手を打たれた」

嘘ではないのだろう、と命は感じた。

それが単純に金目当てなのか、他にも何か目的があったのかはわからない。

だがパイプを弄ぶ楢崎の手に籠もった力、やり場のない憤り。本心を見せないにやけ顔に走る苛立ちの気配は、それすらも演技でないかぎり——真実味があると感じてしまう。

「一応訊くけど、あんたたちはどう？　個人的に動いてくれるなら、そっくりお金渡すわよ」

「悪いが、これぱかりはどうにもならない」

ダメ元で水を向けてみるが、零士と月もすまなそうな顔で首を振る。

「俺たちが人間社会で生活できているのは、会社による身元保証と保護責任があるからだ。今大金を得られたとしても、万が一会社の後ろ盾を打ち切られたらその時点で詰む。生きていけない」

「この街で犯罪者みてえな暮らしをするか、山奥にでも逃げて自給自足の山男か。……悪い。マジ悪いけど、それはキツいぜ。力になりてえけど、本社を裏切るわけにはいかねえよ」

「そ。……事件の調査そのものは続けるのよね。ケリがついたら教えてくれる？」

「問題ない。だが……大丈夫なのか？」

零士の質問の意味。ショックを受けた人間の反応——泣いたり喚いたり暴れたり。

それらはすべて正常な反応だ。人間が感情を処理するために行うプロセス、一時的な混乱。だが命は違う、泣きもしない、喚きもしない、暴れもしない、ただ静かで。

「……あー……。大丈夫、じゃないわね。めちゃくちゃ腹立ってるし」

けど、と言葉を繋げて。

「仕事してるだけのあんたに当たってても何にもなんないでしょ。キーキー喚いて解決するなら喜んで猿になるけどさ、意味ないなら無駄じゃん、そういうの」

一見クールに見える、けれど。

「だからもうほんと。どうすりゃいいのか、何すりゃいいのか。わかんねぇわ――――」

天井を見上げ、少女の長い長い息が、彗星の尾のように曳いていった。

真なる空っぽの反応。処理しきれない感情がただ胸の奥にしまわれたきり、宙ぶらりん。

何か言うべきだと思っても、たった今希望を失った人間に対して言う言葉が思いつかなくて、友人たちはちらちらとお互いに視線を送り、ごく小さな声で話し合った。

(……どうしましょう。何でもいいから元気づけないと！)

(そんなこと言われても困るぞ。飯か、飯を食わせればいいのか。俺ならそれでアガるんだが)

(す、スイーツとかじゃね!?　甘いもんドカ食いとか……や、金はねえけど)

蛍、零士、月のひそひそ話。だが具体的な案も、実行可能な予算も無く。

傷ついた友人を前に何もできぬまま、強い焦りを覚えた——その時だった。

「ところで、社員諸君。さっきも言った通り、今夜は待機になるわけなんだけど」

「何スか社長。警備部が犯人とっ捕まえるなら、オレらが出る必要ねーでしょ？」

「無理無理無理無理。警備部はそれなりに強いけど、これだけ街を引っ掻きまわせる相手に、元警官だの兵隊だのの人獣を武装させて送ったくらいで、どうにかなるわけないってば」

神秘幻想を纏う存在。サプリによって古の力を我が身に宿す《幻想種》や、都市伝説の怪物じみた異能を思いのままに操る《怪異》を前に、尋常の軍事力は役に立たない。

「出動させられる部隊なんて、警備部のメンツのためだけさ。負けるか出し抜かれるかだし、どうせ君らが出張るのがオチだ。今夜中に荒事になる……と思っていいわけだけど」

そこまで言ってから、楢崎はスーツのポケットを探り。

古風な本革の紙入れから、高級感あるチケットを1枚取り出して、ひらひらと振った。

「彼女たちを仮面舞踏街の外へお送りしてくれたまえ。依頼の建前がない以上、蛍くんたちがここにいる理由はないわけだし、ついでにご飯を食べてくるといい」

「飯っスか。そりゃいいですけど、食ってる時間あります？」

「総務部長が呼び出され、式が返されるまで2、3時間はあるさ。僕としても依頼を切った件については多少心苦しいからね、その埋め合わせと言っては何だけど」

はあ、と浮かない反応を返す社員に、楢崎はチケットを手渡す。

月の掌――ちっぽけな紙切れ。

夏木原駅前、《表》の最上級、一等地に特徴的なビルを所有する高級肉屋のロゴ。

「《肉の来世》4階の無料券だ。焼肉すき焼きしゃぶしゃぶビーフシチューにロブスター……。この街に出入りする金持ち連中がボディガードを連れて食べに行く高級店だよ」

「は⁉　マジ⁉　……めっちゃ高いんじゃねえの、コレ⁉」

「……めちゃくちゃ高いと思うわ。金券屋さんなら十万円、いえそれ以上するかも」

「待て、落ち着け。理解しがたい。一度の飯でそんな大金、ありえるのか……⁉」

渡された紙切れのあまりの価値に、チケットをつまんだ月を蛍と零士が取り囲む。

「ちなみに株主優待で貰えるプレミアムチケットだよ。人数、メニュー制限なしの食べ放題。入店1時間で食べきれるなら、店中の肉を注文したって問題ないよ」

「マジかよ‼　願いを叶える魔法のランプみてえだな、おい⁉」

「信じられない。俺は社長を誤解していた。クソがつくほどのドケチ、金持ちアピールが鼻につくうさんくさい中年だと思っていたが、こんなお宝をくれる度量があるとは……」

「今回の仕打ちでがくんと下がった好感度が、不本意にもぐーんと上がるのを感じるわね……。お肉、それも超高級。どんな味がするのかしら、ちょっと想像がつかないけれど」

希望をこめてチケットに触れながら、蛍は車椅子の友人に顔を向けて。

「元気を出して、なんて言えないけれど。……焼肉よ。行きましょう？」

「食欲、無いんだけど。ぶっちゃけ何食っても、砂みてえな味しそうだわ」

「それでもよ。たいていのトラブルはお腹がいっぱいで、暖かくて、よく眠れれば解決するわ。今のあなたにはそのどれも難しいと思うけど、とにかく」

蛍は立ち、車椅子のハンドルを強引に握る。

「──お腹いっぱい食べましょう。やけ食いよ。霞見くんたちが事件の黒幕を捕まえてくれる。仇と呼べる人が死んでしまっても、一番悪い人が残っているわ。その答えが出るまで」

「……リミット1時間でしょ、食べ放題。何時間居座るつもりよ？」

「なら《外》のカラオケかファミレスに移動しましょう。最悪、ガルーさんのホストクラブでもいいわ。とにかく今夜、あなたをひとりにはさせないから」

「……ばか」

力無い罵倒。涙はない、泣けるほど凍った心は動かない、けれど。

「これだからぼっちは。距離感おかしいのよ、ばか。ばーか……！」

「失礼ね、成績はあなたよりいいわよ」

そういう意味じゃないだろう、とその場の誰もが内心突っ込む中。

俯いた命の表情に気づかぬまま、蛍はキコキコと車椅子を押し、オフィスを出ようとして。

「タダ券はありがとう。けれどやっぱり嫌いだわ、あなた」

振り返って、べーと。

柿葉蛍は舌を出し、軽く目を閉じて精一杯の敵意を表現してから、ばたんと扉を閉じた。

「……アレ、たぶん怒ってんだよな？　めっちゃ可愛いけど」

「そうか？　うちの妹もよくあんな顔をしたぞ。たいてい俺が悪い時だったが」

「お前女子を全部妹判定すんのやめろ、雑だから。つーかあのふたり、サプリもまだだし」

そんな話をしてから、零士と月も連れ立って出口に向かう。

「んじゃ社長、お言葉に甘えて飯行ってきます。何かあったら――」

「高級店だからね。表通りのど真ん中、《来世》一帯ならこの街でもスマホで通話できるよ。圏外に出ないなら構わないから、まあ英気を養ってきたまえ」

あっさりと許可する楢崎。貧乏社員たちは、去り際に。

「無理なのはわかってますけど。今回マジでダサいっすよ、社長」

「請けた仕事を果たせないのは、屈辱だ。俺たちの報酬がフイになったのは諦めてもいいが、いつものあんたらしくないな。……CEOがそんなに怖いのか？」

月はもちろん、普段は形式だけでも敬語を使って楢崎と話す零士までが。

「……………」

煽るような言葉に対し、答えはなく。

「だんまりか。行くぞ、月」

「了解。蛍ちゃんたち、放っとくわけにもいかねーもんな！」

ふたりの足音が遠ざかり、オフィスのドアが閉まってすぐ、小さな音が続けて響く。

マッチを擦る音、パイプの煙草(たばこ)が焦げる音、漂う煙。

「禁煙」

「やめたよ。おじさんが若い子に怒られるのって、マジで凹(へこ)むからね？」

薄暗いオフィスに鬼火のような光が点(とも)り、楢崎(ナラサキ)の顔が浮かび上がる。社員の前では飄々(ひょうひょう)と、いつもの調子を保っていた表情が、スン……と糸でも切れたかのようで。

「怖くはないさ、哀(かな)しいんだよ、僕は。

またひとり、大切な人を失うんだからね――」

それは本音か、あるいは嘘(うそ)か。

秘書ネルだけが聞いた言葉を最後に、オフィスは沈黙に閉ざされていった。

*

仮面舞踏街(マスカレード)夏木原(ナツキバラ)《幻想清掃(Fantastic Sweeper)》ビルからほど近い、田神川(たがみがわ)にかかる来世橋(らいせいばし)の向こう。

軍事境界線を思わせる物々しい門に、武装した人獣(ニンジュウ)が詰めている。

革ジャンや釘(くぎ)バットのようなＤＩＹ感のある間に合わせではない。《外》とのつながりを強く匂わせる防弾性や防刃性(ぼうじんせい)を追求したボディアーマー、電磁警棒にテーザーガン。

隔離された官製スラムの中、さらに鋼のバリケードで囲われた閉鎖地区(ゲーテッドコミュニティ)——。

「通称《京東(キョウトウ)バブル》。大昔——俺たちが生まれるずっと前、この国が経済的に豊かだった頃。その文化をある程度再現した、テーマパーク的な場所……だそうだ」

銃を携帯した屈強な守衛が24時間出入りを監視。この街全体を囲うバリケードはおざなりで、破られるのが前提のようなものだが《京東(キョウトウ)バブル》一帯のセキュリティは桁が違う。

「この間の暴動の時も、突っ込んできた人獣(ニンジユウ)はみんなまとめて射殺された。BT本社肝煎り、金持ち専用の遊び場だからな。出入りだけでもひと苦労だ」

街並みは清潔そのもの。本物のバブル時代と違い、酔っ払いの吐瀉物(としゃぶつ)やポイ捨てされた煙草(たばこ)がその辺に落ちていることもない。ただギラギラと夜空を圧する下品な光、《外》でも知られた高級ブランドや有名店の看板が、ひしめくように輝いている。

「そんなところに入れるあたり、あなたたちの社員証、意外と便利なのね」

「入れたからって何ができるってモンでもねーけどな」

着替えを済ませ、必要な者はサプリをキメて、《幻想清掃(Fantastic Sweeper)》名義の身分証を提示。

数十分の入場審査を終えてたどり着いた、そんな街の片隅に——。

「意外と似合っているわ。そんな服持っていたのね、ふたりとも」

「仕事柄、たまに来ることもあるんだ。——だいたい清掃作業用のツナギでいいんだが」

「お偉いさんに呼ばれることもあるんよ、社長の接待のお供とかで。この服はそん時用な」

制服を脱ぎ、サラリーマンのようなスーツに着替えたふたりの少年が口々に語る。

高級なものではない。紳士服量販店で2着いくらの既製品、だがちゃんとした背広の少年は、霞見零士(カスミレイジ)。申し訳程度にマスクで顔を隠しているが、白黒ツートーンの髪はそのままだ。

そしてもうひとり。黄色いヤンキー風の少年、頼山月(ライサンゲツ)はがらりと変わっている。

「接待……おごってもらえたりするのかしら?」

「社長ケチだから、そりゃねーよ。偉いさんと話してる間、怖い顔して後ろで立ってるだけ。酒だけならいいけど、高級中華だの焼肉だのはなあ。腹減って死にそうになるぜ」

嫌そうな顔でぼやくのは、シャツを毛皮と筋肉でパンパンに膨らませた人獣(ニンジユウ)。

オリジナル《人狼(ワーウルフ)》——市販サプリでありふれたイヌ科とは違う野性味。骨格と筋肉の太さ、分厚さに口からはみ出るほど大きな牙が、純粋な狼(おおかみ)の血統を無言で語っていて。

「ひどいわね。おごれって言うのも卑(いや)しいけれど、辛(つら)いものがあるわ」

車椅子のハンドルを押しながら軽いため息。

もふもふとした純白の毛皮に長い耳。しなやかな脚線が美しい、文字通りのJKバニー。

制服は脱ぎ、以前街歩きに使ったのと同じ、変装用のボディコンワンピを着用。バブル時代風の街並みにはこれ以上ないほどに似合っており、街行くセレブたちが一時目を奪われるほど。

《調薬の魔女(カクテルウィッチ)》——柿葉蛍(カキバケイ)。市販の怪物(モンスター)サプリを原料に、適当な素材とモデル動物の触媒を調合、自分でもよくわからない手順でサプリを創る異能者は、車椅子を覗(のぞ)き込(こ)む。

「どうかしら。少しは気晴らしになるといいのだけど」

「……このくそったれな街で、臭くない通りがあるとか思わなかったわ」

車椅子の少女、賣豆紀命(メズキメイ)。こちらも制服を脱ぎ、高級ブランドのジャージを着用している。

怪物(モンスター)サプリはキメていない。頑(かたく)なに拒否する彼女のために、せめて元の素性がバレないよう変装することにしたのが、4人のコスプレじみた服の理由だった。

「このジャージ、高いヤツじゃない。何でロッカーに放置されてたわけ？」

「変装用だ。出所は訊(き)かない方がいい」

「……そう言われるとめっちゃ気になるんだけど。隠さないでよ、教えて」

「なら言うが、たいてい遺品だ。現場の遺体を片付けた時に引き取り手のない衣類や持ち物は回収して、リサイクルする。もったいないからな」

たいていの金目の物——財布の中身や指輪、ネックレスなどは真っ先に盗まれる。

そんな喰(く)い残(のこ)しから状態のいいものを選び、備品として使ったり売り飛ばす——。

「たまにネルさんが《外》のネットオークションでさばいたりもする。仕事の一環だよ」

「これも、死人の服ってことね……」

嫌そうな命(メイ)。当たり前だ、死者の衣を剝ぐなど気分のいい話ではない。

しかし、続いた返事はいささか拍子抜けするものだった。

「うんにゃ、酔っぱらってゲロ吐いた金持ちのオヤジが、汚いって捨てたのを拾ったやつだ。綺麗(きれい)に洗濯すりゃ売れると思ってよ、きっちりクリーニングしたぜ！」

「洗ったのは俺だ。リサイクル屋に１０００円くらいで売る予定になっている」

あっけらかんと月(ゲツ)が言い、続く零士(レイジ)の言葉に、命(メイ)はさらに渋い顔。

「……それ、騙(だま)されてない？　表の古着屋ならふた桁ゼロ足して売るヤツよ、これ」

「出所が出所だからな。買い叩(たた)かれるのはある意味、しょうがない。うちはマシな方だ」

仮面舞踏街(マスカレード)に住みたがる人間は多い。だが、ここで暮らすには大きな問題がある。

「仕事だ。どこも人手不足だが、サプリをキメた人獣(ニンジユウ)はほぼ全員身元不明だからな」

「面接の時に、雇い主に身元を明かすのが条件、みたいなお店が多いから」

かつて仮面舞踏街(マスカレード)で接客業に勤めていた蛍(ケイ)が、当時の苦労をしみじみと思い出す。

「亡(な)くなったオーナーはそんなことしなかったけど、お店の仲間からよく聞いたわ。仕事が欲しいならえっちなことをしろ、とか。給料から不当にお金を引かれたり、とか」

「昔のタコ部屋みたいな話ね……。《外》なら即逮捕されてるわよ、それ」

「だと思うわ。最悪なのは店の子をうまくギャンブルに誘導してお給料を巻き上げるやり方ね。いくらお金があっても足りなくなるし、破滅するまで抜けられなくなる」

底なし沼じみた搾取(さくしゅ)のやり口。

愚か者を狙う悪党どもは、この街の至るところに居て――

「だからトラブルが多いのは承知の上で、路上でお客を探す人たちがいるらしいわ」

「まともに就職できないから、ね。ほんっと……ロクでもねーわ」

命は嘆息し、輝かしく華やかな街を冷たく見渡す。

黄金の煌めき。だが彼女には、そのすべてが白々しく思えてならなかった。

（気ぃ使ってもらってるのはわかるし。嬉しいって気持ちも、あるんだけど）

友達の気遣いが、重い。

そもそも命は、自分の行いがバカげているとわかっている。大金を突っ込んで怪しい掃除屋に私刑の手伝いを依頼している時点で、これ以上なくバカげた話で。

なんでそんなことをするのか、したいと思ったのか。

考えてみれば、きっとそれは――

「どうかしたの、命さん。泣きそうな顔をしてるけど」

「腹でも痛ぇの？　ここのコンビニ、トイレ貸してくれっから行くか？」

「この街ではありえないくらい清潔だぞ。ウォシュレットが壊れてない、一見の価値がある」

まるで子供がぐずりはじめた親のように。

固まった自分を覗き込み、口々に言う友達を見ながら、ふと思った。

（……ああ、そっか）

大金を突っ込んだ理由。友達への弔い、自分の復讐への決着、それだけではなくて。

（こいつらと　別れたくなかったんだわ。あたし――）

失ったものを補うように、新しい何かが欲しくなって。

そんな必要ないとわかっているのに。こいつらならきっと、金が絡まなくとも大丈夫だと。

ムカつく同情や上から目線のつきあいではなく、足が壊れる前のようにつきあっていける。

そう期待しながらも――裏切られるのが怖くて、金を出すことに逃げてしまった。

（意地張って、迷惑かけてんのに）

この街に来る流れだってそうだ。

本来なら身元がバレないように、怪物サプリをキメて人獣化するのが当然だ。服を着替えて、帽子を深くかぶった程度の安い変装じゃ、身バレのリスクは常にあるだろう。

信用スコア最底辺。ホームレス以下の零士や月はともかく。

特待生として学費を免除されている蛍にとっては致命傷になりかねない。夜遊びの現場など押さえられようものなら、立場はもちろん学籍や住居すら失うかもしれないのに。

（こいつら、絶対あたしに、サプリを勧めたりしないから）

後輩を亡くしたという過去を知っているから、命が傷つくとわかっているから。

無言でリスクを負い、恩に着せるでもない、どうしようもないお人好し。このイカれた街で生きているとは思えないくらい優しくて、自分にはもったいないくらいの――友達。

（だめ。優しさ、だけじゃ）

自分が腐っていく気が、するから。

たとえ発揮する場所がどこにもなくても、その術を失ったとしても。

誰かに甘えて、愛されることに慣れたくはない――。


――てん、ぽぽぽん。


「……ボール？」

嫌な思いに囚われかけた時、汚いボールが落ちてきた。

命の眼前、隔離区域のバリケードを越えてきたバスケットボール。

恐らく向こう側にいるのだろう、子供の声が聞こえてくる。

「あ～～～っ‼　何やってんの、ボール！　いっこしかないのにいいいいい‼」

「ご、ごめん、ごめんねミケちゃん！　手がすべっちゃって……！」

「あやまんなくていいからとってきて！　すぐ！」

甲高い子供の声が、みっつ。

分厚いバリケードを挟んだ向こう側、てんてんと転がるボールを追って、聞こえてきた。

「ねえ、あんたたち」

そう言いながら、命(メイ)は車椅子の上から指さして。

「あれ、拾っていい？　ご飯ちょっと遅れるかもしれないけど、返してくるわ」

正直ただの気まぐれだった。今の不細工な顔で、友達と食事したくなかった、それだけ。

時間稼ぎのような提案に、

「もっぺんゲート抜けるの時間かかるぜ？」

「なら——手早く済ませるか。車椅子を頼むぞ、月(ゲツ)」

しゅうううう……と、スプレーを甘く吹いたような音がする。

黒いマスクを微(かす)かに浮かせ、端整な口元を覗(のぞ)かせると——零士(レイジ)の口元から吹き出た白い霧が、ドライアイスのように4人の足元を覆い、ふわりとそのまま持ち上げる。

まるで入道雲、形なき起重機。盛り上がる霧がたちまちバリケードの頂点を越えて、侵入者を阻(はば)む鉄条網すらも乗り越えて、向かい側の景色を見せていた。

霞見零士(カスミレイジ)——《霧の怪物(ブロッケン)》。幻想の末裔(まつえい)、特殊永続人獣(トクニン)たる理由。正体不明の気体生物の本領として、霧化した肉体を自在に操り、さまざまな形に造り替える異能者。

「あらやだ便利。けど、警備員に見つかったらヤバくない⁉」

「ヤバい。だから見つからないようにさっさと降ろすぞ、月(ゲツ)」

「あいよ！」

命(メイ)が乗った車椅子を軽々と。まるで小荷物でも持ちあげるように肩に担(かつ)いで、雲の足場から人狼(ワーウルフ)は跳び、バリケードを越えて路上に降りた。

「……え⁉　何、誰⁉」

「ひっ……！」

最初に目に入ったのは、怯(おび)えたような顔をした3人の子供。

あまり経済状態が良くないのだろう。繕いの目立つ古着を着て――怪物(モンスター)サプリをキメた、人獣(ニンジユウ)たち。子豚、子リス、子猫のトリオが、裏路地の片隅にある広場に立っている。

「バスケの、コート……？」

「バリケードの照明で明るいもんな。こりゃちょっとした生活の知恵だわ」

やや遅れて降り立った蛍(ケイ)が言い、月(ゲツ)が答える。廃墟(はいきょ)同然の建物の間、ぽっかりと開けた空間。罅割(ひびわ)れた壁にバスケットボールのゴールが据え付けられていた。

「ちょっと見直したわ。このくそったれな街で、まともなスポーツとかやってたのね」

「正直珍しいけどな。伝え聞く外国ならともかく、《仮面舞踏街(マスカレード)》だ」

海外のスラム街なら、貧しさから抜け出すための手段としてスポーツは有効だ。

才能ある子供たちは一発逆転を狙ってボールを手にし、サッカーや野球に身を捧(ささ)げる。だが、すべての住民が人獣(ニンジユウ)となり、人権を捨てているこの街で、そんなことをする者などいない。

「つーか……子供がサプリとかキメて、いいの？　18禁だと思ってたわ」

「よく言われる。だが基本的に制限はない。普通子供を連れて来る親なんていないが」

子供たちの素性を、この街で暮らす零士(レイジ)や月(ゲツ)は知っている。

バリケードを乗り越えた雲の階段から4人が降り、雲は散り散りになって消える。車椅子を支えていた月(ゲツ)が丁重に路上へ降ろすと、命(メイ)はそんなふたりのおかしな態度に気づいて言った。

「なんか知ってんのね。隠すようなこと？」

「……下世話な話になるからな。男子が女子に話すのは、ちょっとまずい」

言(い)い辛(づら)そうに言葉を濁す零士(レイジ)——眉をひそめて追及する命(メイ)。

「なにそれ、エロい話題？　まさかあの子たち、エロ目的で誘拐されたとか言わないわよね」

「違う。その手のモノは存在はするが、この街でもアングラだ。あれは——」

少し言(い)い淀(よど)んでから、粗末な服を着た子供たちを眺めて、観念するように零士(レイジ)は言った。

「《未登録児童》だと思う。人獣化(ニンジユウ)した親から生まれた、子供だ」

「は？　……そりゃヤればできるんでしょうけど、って。え……⁉」

思わず命(メイ)は目を剝(む)き、手にしたボールと怯(おび)える子供たちを交互に見た。

「怪物(モンスター)サプリをキメると、興奮状態になるわ。性衝動……えっちな方面でもそうなるけど」

「いいのか、柿葉(カキバ)。正直説明してもらえるのは助かるが」

「男の子が言うよりはマシでしょう。私も一応、亡(な)くなったオーナーに聞いているから」

この街で、たとえ身体(からだ)を売らなくとも——水商売をするなら知っておくべきこと。

「人獣化(ニンジユウ)した状態での結合は、とても着床率が低いの。……ええとこの場合、おしべとめしべ。それともキャベツとかコウノトリで説明した方がいいかしら？」

「そこまで遡らなくていいわよ。あたしゃ小学生か」

「わかってくれているのなら助かるわ。普通にえっちなことをしても赤ちゃんはできにくい。けど、まったくできないわけじゃない……そして、できた場合、どうなるか」

胎児は堕胎しないかぎり、通常の妊娠と同じように成長する。

当然と言えば当然――だが生まれてくる子供は、大きく違ってしまう。

「生まれてくる赤ちゃんは、人獣(ニンジユウ)化していた時の父親か母親の性質を濃く受け継ぐの。つまり、生まれながらの人獣(ニンジユウ)……サプリを使う必要もなく、最初からあの姿」

「は⁉　それじゃ、あんたたちと同じ……⁉」

零士(レイジ)や月(ゲツ)に与えられた唯一の身分、《特殊永続人獣(トクニン)》。人獣(ニンジユウ)同士の性交渉によって生まれるそれらと、幻想種(ファンタビ)の末裔(まつえい)である彼らは社会的区分においては同カテゴリとして処理されている。

即ち(すなわ)、人権無き存在――ほぼ動物として。

「少し違う。俺や月(ゲツ)は身元を保証され、企業の預かりで人権を得られた」

「けど《未登録児童》はそういうことねえのよ。ガチのマジで社会サービスを利用できねえ、存在しないことになってる人間。一応、専用の学校とかはあるんだけどな」

「……そういやそんな噂(うわさ)、聞いたことあるわ」

ずいぶん昔に感じる。零士(レイジ)と月(ゲツ)が転校してきた日、クラスメイトと交わした雑談の中で。

「建前上《学校》ってことになってっけど、通称《ム所》って呼ばれてんだわ。未登録児童に特殊永続人獣の認定を出す教育機関。けどまあ実態は……まあ、ひでえのなんの」

どこか懐かしげに、かつ嫌な思い出を噛みしめるように、月は言った。

「外にあるみてえなブレーキが一切ねえ、まじでやべえよ。いじめ暴力殺し、アリアリのアリ。大人は何もしねえ、刑務所以下のゴミ溜めだ。まともな授業とか一切ねえもん」

学費は無料。希望したなら何でも入れる。『誰でも』ではなく『何でも』——。

「生まれてから一切教育されてねえドラ猫とか、ほぼ猛獣だぜ。すばしっこいわ、本気で殺しにかかってくるわ、並のチンピラなら相手にならねーよ。そんくらい物騒なの」

「ふうん。……けど、とてもそんなのには見えないわね」

「ひっ……！」

ボールを手にちらりと見ると、人獣の子供たちは身を寄せ合うようにして竦む。

明らかな防御的反応——怯えているのがわかる。すると命は頰を緩め、優しく笑った。

「ビビんなくていーわよ。ってもくっそ怪しいだろうから、無理かしら」

「……あの、その、ぼーる……ごめんなさい。もしかして、あたった？」

おずおずと確認してくる子豚。

他のふたり、子リスと子猫より年長なのだろう。少し体格がいいせいか、かばうように。

「当たってないわ、大丈夫。これ、あんたたちのでしょ？　ただ返しにきただけよ」

「返しに？　……え？　なんで？　お金、もってない……！」

「いらないわよ。言っとくけど恩に着せるとか、ボール返してほしかったらなんかやれとか、そんなくっだらないこと言う気はないわ。ただ……」

命は一瞬目を閉じて、ふと自分の行動を言語化しようと試みる。

気持ちの整理――なぜそうしたいと思ったのか。そうするべきだと感じたのか、答えは。

「ムカついてたからよ。気分がくさくさしてさ、世の中の理不尽ってやつに腹が立って」

勝手な依頼の取り下げ。気を使われる――否応なしに友達に迷惑をかける自分の弱さ。

突きつけられる負い目。金銭でごまかしていた感情に答えを出すよう迫られた焦りが。

「だから、いいことしたーっ！　って気持ちよくなろうと思ったわけ。わかる？　だから恩に着る筋合いとかないけど、感謝はしなさい。あたしが気持ちよくなるから」

「……おねーちゃん、めちゃくちゃすなおじゃない」

「ふるくさい、つんでれ」

「しょうじきすぎてこわい……。うちらより、どーぶつ……」

「っさいわ。妙に的確なツッコミ入れんじゃないわよ、ガキども！　ほら！」

ぽん、とバスケットボールを放る。慌てて子豚が駆け寄ると、ボールを摑んで。

弾力を確かめるようにぎゅっと抱きしめてから、３人揃って微笑んだ。

「「「ありがとう、おねえちゃん！」」」

「よーし。いいわよ、スッキリしたわ！」

打てば響くようにリセット。うじうじした気持ちにケリをつけて言うと、命(メイ)は振り返る。

「んじゃご飯行きましょ、ご飯。焼肉たらふく喰(く)ってから、今後のことを考えるわ」

「……それはいいんだが、相変わらずタフガイだな、命(メイ)」

呆(あき)れつつもどこか温かく笑う零士(レイジ)。見れば他のふたりの反応も似たようなもので。

「自分のご機嫌を取るのが上手なのって、いいと思うわ。強く生きられると思うから」

「だな。オレも零士(レイジ)も意外と引きずるタイプだし」

「言っとくけど平気じゃないわよ？　ただグダグダ悩むのが性に合わないだけ」

竹を割ったような、というかここまでカラッと割れる竹も珍しい、そんな性格。

答えは出ていないけれど、自分の持ち味を取り戻せた気がして、命(メイ)が笑った時――。


「それはいいけど」

「ちょっと話をしないか、《お仲間》さん？」


――突然、声がした。

＊

「…………!?」

声がした刹那、零士（レイジ）と月（ゲツ）が動いた。

ぐるるるるる、喉が鳴る。蛍（ケイ）の細い腰、車椅子ごと命（メイ）の肩を抱くようにカバー。

我が身を盾にしてかばう姿勢をとる人狼（ワーウルフ）と――

「……存在を感じなかった。そうとうに慣れてるな」

しゅるるるる、と口元、袖口、髪の毛などが揮発していく。発散された極微の飛沫（ひまつ）が広がり、声がした方向――放置されたゴミ箱から立ち昇る腐ったガスの気流に乗り、昇ってゆく。

不定形、気体生物、霧の怪物（ブロッケン）。自在に固体と気体を選べる彼にとって、それは指先に等しい。極めて鋭敏な触覚が闇に閉ざされた路地を探り、ある存在を感知した。

「《コウモリ女》……当たりを引いたな、あんた」

「噂（うわさ）の《レアモノ》に言われるなんて、光栄だわ」

「こっちにはコメントなしかい？　僕もそこそこ当たりだと思ってるんだけどな」

しゅるるるる、と舌が鳴る音。

ありえない位置から響く声——垂直にそそりたつ廃墟の壁面、千切れかけた電線の下。薄靄がかかった路地裏に微風がそよぎ、欠けた月の光が射してくる。微かに照らされた中、浮かび上がった人影を見た瞬間、その異形に不慣れな命が思わず、声をあげた。

「……にょろにょろ……と、セクシー!?」

「独特の表現だね……」

呆れたような声。合間にしゅるしゅると舌なめずり。

ビルの壁に貼り付いている——服を着た蛇。太い胴から赤ん坊のように小さな手足が生え、黄色い眼に瞼のような膜が降り、瞬きするようにぱちぱちと開いては閉じた。

鱗に覆われた冷たい美しさ。ほぼ完全な爬虫類のそれ——体温を感じない、変温動物。周囲の気温に完全に溶け込み、闇に紛れればほぼ隠してしまう、静寂の殺し屋。

黒い網目模様が刺青のように、ぐねぐねとヒトらしさを残す身体で、揺れて。

「僕は《ハブ男》」

「《コウモリ女》でいいわ。ボール返してくれてありがとう、お金持ちのお嬢さん?」

矢じりのような形をした独特の頭でにんまりと笑う、人間サイズの毒蛇。

その隣、逆さにぶら下がっている女。セクシーと評した命は間違っていない——何故なら。

「服を着ていないのに、下着だけ着る意味があるのか……?」

「垂れるし、揺れると痛いのよ、おっぱいって」

「……そういうものなのか……？」

本気の疑問に、首を傾げる零士。

コウモリ女——ほぼ全裸。薄い毛皮に全身を覆われているため、肌の露出は皆無。

性別がわかる理由——スポーティーなハーフパンツとブラを身に着けた姿と、特徴的な胸。

小ぶりなメロンがぶら下がったような大きさ、薄い毛皮に包まれたそれが目を惹く。

長く伸びた特徴的な耳の形、妙な愛嬌すら感じるそれは。

「ニホンウサギコウモリ、って種類ですって。可愛くていいわよね、ウサちゃん？」

「……本家ウサギとしては複雑な気分だわ。けど、あなたはあなたで可愛いと思う」

月に守られながら複雑な顔の蛍。同じような耳をしたコウモリ女——愛嬌のある顔立ち。

「そのハブ男とコウモリ女が何の用だ。因縁をつけられる覚えはないんだが」

「お礼を言いたかっただけよ。私たち、その子たちの保護者なの」

「は？　……ハブとコウモリからブタやリスが生まれんの？　……浮気とか？」

「しないって。というかどんなアクロバット性交渉で生まれるのよ……」

「この街に住んでるからってそこまで緩くないってば。いやまあ、誤解はしょうがないけど」

流れるような蛇の突っ込み。呆れた声の調子から、年齢は20代——若者。

「僕らはね、ボランティアだよ。子供たちを預かってる施設のね」

鎌首をもたげたハブ男が話しかけたのは、命。

「さっき聞いたわ。《ム所》ってやつ？」

「違うよ。《外》の団体が経営してる、ずっとまともなところ。いい子たちだろ？」

「……そうね。ちゃんとお礼言ってくれたし、素直だわ」

正直、完全管理社会のドブの底じみた環境の、最底辺に近い子供たちのはずなのに。

素直な声やボール遊びにはしゃぐ姿は、《外》の子供たちと大差ないように感じる。

「ここらはバリケードがあって、まわりに警備員がいる。だから治安がましなんだ」

「だから住んでる。うちの団体の保護施設、すぐそこよ。ここ勝手に運動場にしてるのね」

「不法占拠じゃないの……。いやまあ、この街でそんなこと言うだけ無駄だろうけど」

路地裏の比較的開けた一角。放置されていればすぐにもゴミで埋まりそうな場所。

子供たちが遊べる程度に片付いているのは、定期的に掃除が行われている証拠だ。

「で？　ボランティアのお兄さんとお姉さんが、あたしらに何の用？」

「《お仲間》に興味があってね。子供たちに優しくしてくれたお礼もあるし」

「《レアモノ》を護衛に連れてるようなお嬢様に、余計なお節介かもだけど」

《レアモノ》——この街で流行りはじめた俗語。

頻発する幻想サプリ、怪異サプリによる異常事件。詳しい事情を知らぬ人獣たちが目撃し、乏しい情報から辿り着いた結論。特別製のサプリをキメた超人……怪物。

それを堂々と連れ歩く——重要人物と理解しながら、ハブ男は続けた。

「お嬢さん。どうしてサプリをキメないの？」

「は？」

命の答えは短く、すっぱりと。

「余計なお世話よ。趣味じゃない、そんだけの話」

「そう？　不自由だろう、その車椅子。……いや気に障ったならごめん。僕らもそうだった。自分で動けなくて、それどころかご飯も、トイレも、何も自分じゃできなくてね」

「他人に尻を拭かれたことのある人間じゃないと、あの惨めさはわかんないわよ。ね？」

「同意求められても困るわ。つーか、それじゃ、あんたたち……!?」

「うん」

ずるりと音をたてて、壁から蛇が降りてくる。

ばさっ、布を叩くような音。逆さに摑まっていたコウモリ女が、飛膜を広げて降りた音。

「僕らは病気だった。先天性だ。全身がマヒする感じ。世界でほんの何人かしかいない病気」

「画期的な新薬があったらしいわ。けど患者が少なすぎて、金にならないから薬ができない。治療できるはずなのに、病院の中で放りっぱの男と女。そりゃ、くっつくでしょ？」

蓮っ葉な笑い。暗さと明るさ――闇と光、両方を混ぜ合わせたような言葉。

語る内容の重さに、零士がすっと進み出る。

「命。続けるか？」

「何よ、いきなり」

「連中の話を聞きたくないなら、俺はこのままお前を連れてバリケードを越える。――月(ゲツ)」

顔半分を背後に向けて、相棒を促す。

すると黒い鼻を軽く押さえた人狼(ワーウルフ)は、ぎゅっと眉間に皺(しわ)を寄せて。

「嘘(うそ)はついてねえ。嘘(うそ)の臭いはしねえ。マジで……何だろうな。心配してる臭いだよ。蛇のはわかりづれえけど、コウモリはギリで哺乳類だし、アテにしていいぜ」

「そうらしい。だが悪意や嘘(うそ)が無かろうと、お前をハメる考えがあるかもしれない。まともな護衛なら、さっさと打ち切って安全を確保するところだが――俺たちは、友達だ」

主従関係でも、ボディガードでもない。

互いの好意だけで成立する緩い繋(つな)がり、だからこそ。

「――守れない。それはお前の誇りを傷つけるからだ。だから、自分で決めてくれ」

「めんどくさい男ね、あんたたち」

金を貰(もら)って成立している護衛関係なら話は早い。

くだらない話など聞かず、さっさと命(メイ)を連れてバリケードを越えるだけだ。しかしこの場は、雇用関係の解消された状況でそれをするのは、命(メイ)自身の選択を奪う結果になる。

「助けろって言ったら、助けてくれるわけ？」

「ああ。早く――みんなで、美味(うま)い焼肉が食いたいからな」

不器用な照れ隠しに、くすっと命は笑みをこぼした。

「聞くわ。何言いたいのか知らないけど、ここで逃げるの腹立つし」

「そう。なら」

すっと蛍が立ち上がり、呆然と成り行きを見守っていた子供たちに。

「ボール遊び、入れてもらえる？　こう見えてドリブル得意よ、私」

「え、ほんと⁉」

「あそこからゴールに入る？　まだボクら、入ったことないんだ！」

「左手は添えるだけ。聞いたことがあるわ、きっと入るでしょう、たぶん」

難しい話を忘れ、たちまちはしゃぎだす子供たち。ボールと共に迎えられながら、一度だけ蛍は振り返り、友達に向かって目くばせした。その意図は――

「いい子だね。子供たちに、つまらない話を聞かせないようにしてくれた」

「めちゃくちゃいい友達よ。あたしが男だったら告ってるわね」

コウモリ女の言葉に、誇らしげに胸を張る。

我がことのような命に続いて、ハブ男がしゅるしゅると舌を出した。

「そりゃあいい。ところで君、態度はチンピラっぽいけど、身なりもいいし……。お金持ちのお嬢さんが観光に来たのかと思ってたんだが……何かワケありみたいだね」

「個人情報は秘密。ここのマナーでしょ、詮索すんな。つか笑ってんの、それ？」

「そうだよ、微笑(ほほえ)ましかったからね。それじゃ――」

蛇の顔。表情に乏しいはずのそれが、ぐにゃりと。

驚くほど人間らしい表情を作り、仲間と呼んだ車椅子の少女へ近づいた。

「僕らは病院で出会った。同じ病気の、同じ患者。この国でたったふたり、死ぬまで介護され、ベッドの上で干からびて死ぬ予定だった。愛し合ってても、セックスすらできない」

「一度やってみようとしたことはあるのよ？　無理だったわ。勃(た)たないし、濡(ぬ)れないし、もし万が一入ったって、自分で腰も振れないもん。いやあ、もう何で生きてんの？　って感じ」

からからと笑う――理不尽に慣れ切ったハブとコウモリの会話。

「……あんたらの性生活はいらねーわ。そこ飛ばして」

「あはは、ごめんごめん。この街じゃウケるネタなんだけどなあ」

照れくさそうに笑うハブ男に、親しげなコウモリ女が続けた。

「どこまで話したっけ――ああ、病院。病院で私たち出会って、結婚したの。でもお互い手も握れないし、空の青さも、風が冷たいことも、何もわからなかった」

「そんな時、この街のことを知ったんだ。怪物(モンスター)サプリ――人間を動物に変える薬があるって。どうせこのままだと死ぬんだし、試してみようと思った」

「幸いネットはできたから。お金を積んで、ゆーばー？　だっけ。特区の外には持ち出し禁止だけど、密輸ってやつをしてもらって、看護師や医者に内緒で、サプリをキメた」

声に熱がこもる。ふたりはその時のことを思い出したのか、お互いに手を伸ばして。

ハブ男の手――赤ちゃんのように小さいそれが、コウモリ女の腰に。

コウモリ女の手――異様に細く長い。脇から腹に繋がる飛膜で、恋人を包むように抱いて。

「……最高だった」

「はじめて歩けた。喋れた。トイレに行けたし、外へ……出られた!!」

歓喜の爆発。何度思い出しても色褪せない、最高の瞬間。

そう周囲に――ただひとりの観客、命に伝わるようにと熱をこめて、ふたりは叫ぶ。

「きみは病気？　足を痛めただけ？　わかんないけど」

「勇気を出してキメるといいよ。私たちはおかげで、まともになれた」

「ベッドで死ぬのを待つだけじゃなく、人生を取り戻せたんだ。――だから、おすすめ」

善意なのだろう。

にっこりとした笑顔で抱き合いながら言う蛇とコウモリのカップルに、

「……つまりあんたらは、サプリを勧めんのにあたしをわざわざ呼び止めたっての？」

「そういうこと。怖いかもしれないけど、いいものだよ」

「歩ける、走れる。それがどれだけ大事で、嬉しいことなのかってこと――」

大勢が当然のことだと感じる、その大切さを。

「――きっとわかると思って、声をかけたの。もう一度、走りたくない？」

「余計なお世話よ」

すっぱりと切り捨てるように、命（メイ）は言う。が――

（マジで？　……そこまで効くもんなの？）

命（メイ）が怪物（モンスター）サプリを避けてきた理由は、ひと言では言い表せない。

走れなくなった原因――仮面舞踏街（マスカレード）で酔った金持ちによる事故。ラリッた後輩の凶行。零士（レイジ）や月（ゲツ）から聞かされた怪異（カイイ）サプリ中毒者の末路、どれも踏みとどまるには十分なもので。

けれど、今まで考えないようにしていた。見ないように、忘れるように。

（この街でなら、あたしは）

（もう一度、走れる……？）

記録は残らない。競技には出られない、将来に繋（つな）がるはずもない。

命（メイ）は自分の境遇が恵まれている、と理解している。家が金持ち――別居している両親からの、使い切れないほどの額の援助。ドローンによる24時間完全介護、死ぬまで不自由はなく。

（けど、でも）

そんな暮らしに、慣れたくない。

（ずっと自分で何もできないままなのは、マジで嫌……!!）

ありとあらゆることで誰かに助けられ、感謝しながら、生きていく。

そのために造られたシステムが、この完全管理社会には存在する。ハンデを負った自分は、健常者にとっては打ち出の小槌のようなものだ。ちょっとした手助けをするだけで、支援に対するポイントが公共から賦与され、社会的な信用が増し、大きな見返りになるのだから。

対価は支払われている。胸を張ってサービスを受ければいい。

そう、何も恥じることは——

「——あるわ!!」

「いきなりだね。何がだい？」

「ムカつくことよ。金払ってようが、ポイントつこうが、自分のことが自分じゃできない」

腹が立つ、腹が立つ、腹が立つ。

「あんたたちが《レアモノ》とか呼ぶこいつと一緒。《普通》になりたい。損得じゃなくて、どんだけ損したって歩けるようになった方が百倍いい。……けどね！」

親指で指す、零士の姿。突然話題を振られ、零士は驚きながら。

「けど、何だ？」

「負けた気がすんのよ。絶対楽だし、得だし、お勧めされんのもわかる。けど!!」

うまく言葉にできない自分をもどかしく感じながら、命は思いを語る。

「あたしの中で、ケリついてないのよ。ケリつける前に楽になったら、二度と立てなくなるわ。それって、あたしがあたしじゃなくなるってことよ。人によるかもしれないけど!!」

叫びは、混乱した自分自身の考えを整理するように。

あたしはこんなこと考えてたのか、と新鮮にすら感じながら――

「自分を甘やかすくらいなら、ヘソ噛（か）んでくたばった方がマシ‼　痩せ我慢よ、悪い⁉」

「「……」」

蛇とコウモリが、ぱちくりと。

見開いた瞼（まぶた）、片方は瞬膜をぬるりと開閉しながら顔を見合わせて。

「呆（あき）れたわ。……めちゃくちゃ気が強いわね、あなた」

「余計なお世話だったってことかな。楽できるとこは楽した方がいいと思うけど」

「まーね。損してるとは思うし、我ながら性格悪いと思ってるけど」

愚かな選択をしてしまう。

賢い人間ならもっとカジュアルに、こだわりなど捨てるのだろう。

その方がずっと楽だ。魔剤をキメてこの街限定でも自在に歩き、走れるようになって、大金を手に友達と遊んで暮らす。やろうと思えば、きっとできるはずなのに。

「それやったら、あたしは自分が腐ると思う。だから、やんない」

これは自分だけの意地、誇り（プライド）の問題だから。

「あんたたちの人生や選択を否定する気はないけど、もうちょっと……あがいてみるわ」

最後はどこか穏やかに。苛立（いらだ）ちはもう無く、腑（ふ）に落ちたような顔。

自分の気持ちを整理するかのような命（メイ）の言葉を聞いて――

「……もうちょい楽してほしいと思わなくもねーんだけどな、オレ」

「同感だ」

「けど、命さんらしいわ。悩んでいるよりは、ずっと」

「うっさい、そこ。……しょうがないでしょ、これがあたしなんだから」

子供たちと遊んでいた蛍や、命を守るようについている零士と月に答える命。

いつものやりとりにどこかほっとした顔で、零士が〆た。

「話がそれだけなら、帰らせてもらう。いいか？」

「そりゃいいよ。というか、変に声かけちゃってごめんね。似た境遇だと思ったから」

「この街じゃ車椅子なんて珍しいもの。キメれば楽になるよ、って言いたかったの」

コウモリの翼は変形した指だ。自由に動かせるのは第一指、ヒトの感覚で言うなら元親指。

モノを摑むには適しておらず、引っ掻くように触れるしかない。

くん、と月の鼻が鳴る。

空気に混ざる微かな臭い、ホルモンの差異を嗅ぎ分けて。

「――お腹に子供、いるんスね」

「わかる？　いい鼻ね、ワンちゃん」

一本指で、薄い毛皮に包まれた腰のくびれ――なだらかなお腹に触れて。

コウモリ女は、どこか愛嬌のある微笑みを向けた。

「子供⁉　……赤ちゃん、いるの⁉　そこに⁉」

「ええ。どんなふうに生まれてくるのか、わかんないけど。卵かしら、それとも赤ちゃん？」

ハブ男は無言。だが愛する妻を守るように、太い胴をうねらせて巻きついた。

一見獲物を締め殺す大蛇のよう。だが実際は正反対、とぐろを巻いて妻を守る姿で。

「私たちはこの街で幸せになれた。魔剤をキメることで、人生を取り戻せた」

「キミもそうできるんじゃないかなって、そう思っただけなんだ。――お嬢さん」

「お節介ね。……そういうの、嫌いじゃないけど」

風変わりなハブ男とコウモリ女、不思議なカップル。

だが苦笑した時、ついさっき聞かされた事実が、命の頭を過った。

「待って。……この街で子供を産むってことは、《未登録》になるってこと？」

「そうなるよ。だからまあ、僕らがボランティアしてるのもそういうことで」

「生まれた子供を、少しでもいい環境で育てるため。あの子たちが引き取られた施設は《外》の慈善団体と繋がってて、コネがあるわ。就学の支援や戸籍の取得……」

「つまり自分たちのため、僕らの子供たちのため。下心たっぷり、幻滅したかい？」

カップルの言葉に潜む嘘、偽悪の香りを、イヌ科ならざる命でも嗅ぎとれた。

「嘘つき。子供好きなだけでしょ、あんたたち」

「それもあるかな。下心があるのは本当だよ、外の金持ちの同情を買えれば、この子のためになるかもしれないからね。ここで暮らすにはとにかく、お金がかかる」

安全な家、綺麗（きれい）な水、まともな食事。

外に生活基盤があるなら些細（ささい）な金額。しかし、路上生活者同然の身では――稼げない。

「……占拠者（スクワッター）だっけ。外に帰らないで、この街で生活してる連中」

「僕らもだいたいそんな感じさ。ねぐらはこの辺にあるけど、不法居住に違いないし」

「まともな教育、人権、戸籍だって買ってあげたい。けどそれにはお金、お金、お金！」

黄色い蛇の眼（め）が、コウモリの口元が牙を剝（む）く。

あからさまな威嚇のサインを、命（メイ）は怯（ひる）まず受け止めて。

「いくらいんの？」

「教えたら恵んでくれるのかな、お嬢さん」

「やんないわよ。あたしは金持ちだけど、人買いみたいなマネは絶対しない」

けど、それでも。

「今知り合ったし、あんたたちはあたしを心配してくれた。下心があったとしても、その分はあたしもあんたらを心配したっていいでしょ。何ができるかは……わかんないけど」

「……ありがとう、お嬢さん。大丈夫、お金ならアテがあるからね」

ハブ男の正直な言葉――嘘（うそ）はない。コウモリ女に巻きつき、体温を分け合いながら。

「気持ちだけ受け取っておくよ。いい出会いができた気がする」

「話変わるけど——これからあたしたち、焼肉食べるのよ。バリケードの中で」

ちろりと視線を送る命。察した零士がやれやれと首を振り、ポケットを探る。

社長から貰った超高級焼肉店のタダ券——メニュー、人数制限なし、1時間食べ放題。

「タダ券あんのよ。あたしの金じゃなく、ブラック企業の社長から巻き上げたやつ。食べる？子供たちも連れてきていいわよ、パーッと騒ぎたい気分だから」

「……僕らはバリケード内に入れないよ？　見つかったら撃たれるし」

「そのへんは不思議パワーで何とかするわよ。できるでしょ？」

不思議パワーの持ち主——言うまでもなく零士。確かめるように視られて、軽くため息。

「身なりを整えて、トラブルを起こさないと約束するなら。……まともな服、持ってるか？」

「え、マジかい⁉　それなら……！」

「お肉！　お肉！　ひっさしぶりぃ！」

驚き、そして期待。コウモリ女とハブ男が信じられない、という顔で——

返事しかけた時、スマホが鳴った。

ありふれた振動音、通知音。外ならば年中どこかで響いている通常設定。だがそれは、本来最も社会と縁遠いはずの人物——ハブ男の羽織ったシャツから聞こえてきた。

「……ごめん。仕事が入ったみたいだ」

赤ちゃんのような短い手で器用にスマホを取り出し、バキバキに割れた画面を眺める。

明らかに盗難品、あるいは拾い物。この街で回線の活(い)きたスマホを手に入れる手段は盗むか奪うしかなく、どうしても後ろ暗さがつきまとい、危険を冒してまで持ち歩く価値もない。

ほぼ電波的に隔離された閉鎖地区(ゲーテッドコミュニティ)。持っていても重たいだけ——そのわずかな例外がここ、金持ち専用特区内特区の外壁近く、金持ちを接待するために外と同じ電波が届く場所。

「誘ってくれて本当にありがとう。嬉(うれ)しかったよ」

「お迎え呼んだわ。施設のおばちゃんが子供たちを引き取りにくるから、それまで」

「見ててもらえるかな。焼肉はすごく惜しいけど、それで心配の貸し借りなしだ」

口々に言う爬虫類(はちゅうるい)と哺乳類。

ふたりの視線——割れたタッチパネルに釘付(くぎづ)け。淡い光がカップルの眼光に映える。

どこか浮かれたような調子。そそくさとスマホをしまう手つきに、命(メイ)は問いかけた。

「急ね。高級焼肉食べ放題より大事なこと？」

「うん。とてもとても大事なことだ。僕らの子供と、将来のための」

熱のこもった繰り返し。腰に夫を巻きつけたまま、コウモリ女が跳ぶ。

見事な跳躍——路上のゴミ箱を足場にさらにジャンプ。本来の動物にはない脚力を発揮し、ピンボールのように夜空に駆け上ると、壊れて点(つ)かない街灯から飛膜を広げて。

「ありがとう。縁があれば、また！」

「縁があれば、ね」

軽く手を振り、見送る命。

ばさばさと飛んでいく奇妙なカップル——突然だったが、何だか爽やかな気分だった。

新しい出会いが、気分を変えてくれたのは間違いない。食事の誘いは断られたけど、少しはこの嫌な世の中に希望が持てたような気がして、命は大きく背を伸ばした。

「ん～……。フラれたのは残念だけど、いっか。珍しい話、聞けたから」

「コウモリ——市販の怪物サプリの中ではごく珍しい、飛行能力持ち。あれも結構なレアだ」

「おまけに自力で飛んでたぜ、助走つけてたけど。ありゃ相当キテるな、旦那の方も」

「手足の萎縮。動物に寄った形態。……本社のレポート通り、か」

「アンタたち、何の話してんの？」

さっぱりした気持ちに水を差されたような気がして、命は車椅子から振り返る。

背後、ハンドルを握る月。横にそっと立っている零士。

いつも通りクールな表情。だが裏の感情を、短いとはいえ濃い付き合いの中で少しは読めた。

言うべきか言わざるべきか——たまにある、この街の汚い面を命に語る時の、ためらい。

「言いたいことでもあんの？　キリキリ吐きなさい、隠し事とかしないで」

「そうだな。……嫌な話だ。子供には聞かせられない」

零士が様子を窺うと、バスケットボールを器用にドリブルする蛍が見えた。

「けっこう、うまい。うさぎねーちゃん、上手！」

「私も驚いているわ。学校の授業だと一切パスが回ってこないから、実力がわからなくて」

「もしかして、ぼっち？」

「………！」

答えずに、蛍はぽんとボールを放る。

廃墟の壁に曲がったネジで取り付けられたバスケットのゴールに見事入り、子供たちの歓声。

カップルから連絡を受けたのだろう、小太りのおばちゃん——雌牛の人獣が近付いてくる。

子供たちのお迎えだろう。特に異状はなく、脅威もなく、会話が聞かれる心配も、ない。

「ハブ男とコウモリ女。あのふたりは——長くない」

少年の呟きは、死病を告知する医師じみていた。

＊

「さよなら、おねーちゃん！」

「よかったらまたあそんでね。バスケ、じょーずだった！」

「ええ。……一応言っておくけれど、ぼっちではないから。そこは訂正させてね？」

強がりめいたことを言いながら、手を振る蛍(ケイ)。

何度もお礼を言って子供たちを連れ帰る施設職員、比較的治安のいい区画に《外》の慈善団体が金を出し、経営している比較的まともな保護施設。運良く救われた幼い生命。

「長くないって、どういうことよ？」

カップルと別れてからおよそ10分。

子供たちと別れるまで——命(メイ)が作り笑顔に隠した疑問をぶつけると、零士(レイジ)は答えた。

「そのままの意味だ。前にも教えたろう、《魔剤》——怪物(モンスター)サプリには依存性がある」

過度な興奮をもたらす薬物がほぼ規制された完全管理社会、唯一許された逃避。

膨大なカフェイン、糖分の衝撃。付与される匿名性と全能感。怪物(モンスター)サプリをキメたがために、そのエクスタシーにハマッて常習するようになった人間は、数知れない。

「一晩ハメを外す程度なら問題ないが、年単位で常習するとなると最悪だ。身体(からだ)が慣れて効きが悪くなったり、動物としての本能が強くなりすぎて、引きずられることがあるんだよ」

「……人を襲って食うようになるとか、そんなのは聞いたわ。《食害事件》とかよね？」

出会ったばかりの頃。

はじめて仮面舞踏街(マスカレード)に乗り込んだ命(メイ)に、零士(レイジ)が説いた危険。

怪物(モンスター)サプリ——一番人気の《肉食(carnivore)》。ハマった末路、生き餌を求める獣がヒトを襲う。

「あのカップル、そんな様子無かったわよ。考え過ぎじゃないの？」

「ハブ男の方。……手足が小さかったのを憶（おぼ）えてるか？」

アナコンダじみた胴体の太さと長さに比べて、あまりに不釣り合いな手足。

一見グロテスクにも感じるアンバランスさを、命（メイ）は思い出した。

「あたし、蛇の人獣（ニンジユウ）見るの初めてなのよ。普通じゃないの、アレ？」

「蛇といっても、人獣（ニンジユウ）なら手足はそれなりに大きくなるんだ」

人獣（ニンジユウ）のタイプ、蛇のシルエットを空に描くように零士（レイジ）は指を動かした。

「人間の手足、胴体は蛇らしく円筒形でぐねぐねと自在に曲がって、首と尻尾はかなり伸びる。全体的に直立歩行のトカゲに近い体形だ。首の長さで見分けるしかない」

だが、あの《ハブ男》はそれから大きく外れていた。

「人獣（ニンジユウ）化した際の手足、人間要素の萎縮――あれはそうとう長く、間隔を空けず、魔剤を常習し続けた場合の特徴だ。2年……3年、もっとかもしれないな」

「コウモリ姉さんの方もそんな感じだわ。普通コウモリって、走れねえから」

気まずげに、しかし確信をこめて月（ゲツ）が続く。

「空飛ぶ人獣（ニンジユウ）って飛行能力に全振りなんよ。人間サイズで空飛ぶにはすげえ筋肉が必要だから、筋肉の大半が胸に集中して、足が小さくなるから歩きづらいんだわ」

「……公園の鳩（はと）とか、けっこう早く走るわよ？」

「鳥はまだマシ、コウモリだときつい。どっかにぶら下がるためのもんだからさ、足」

なのに《コウモリ女》は走った。それどころか壁を登り、常人を超えるジャンプをした。

おまけに人獣(ニンジユウ)ひとり——ハブ男を抱えたまま空まで飛ぶ、その異常性。

「あっちは逆だな。過剰摂取を続けてるうちに魔剤がキマりにくくなってる——ヒトの要素が濃くなって、獣の要素が減ってきてんだ。今はまだ長所のいいとこ取りになってるけど」

過剰なまでに大きな胸、太い脚、超人的な筋力。

それらはすべて、怪物(モンスター)サプリによって抑えられたヒト要素の暴走、その兆候。

「バランスが崩れたら終わりだ。人間要素がもう少し濃くなったら、恐らく病気が再発する」

「!!」

息を呑(の)む命(メイ)——軽く語っていたが、ふたりを蝕(むしば)んでいたという病魔。

怪物(モンスター)サプリによって封じられていたそれが、ふたたび目覚める。

「あのふたりの身の上話が真実としての仮定だが、年単位で治療を放棄している。その間も、病気はそのまま進行しているはずだ。具体的なことは医者じゃないからわからないが」

「……何で教えなかったの⁉」

思わず、感情が溢(あふ)れる。

「当然、わかってるはずだからだ」

喰(く)ってかかる命(メイ)に、零士(レイジ)は痛ましげに答えた。

「過剰摂取のヤバさも、病気のごまかしも。自分たちのことだ、知らないはずがない」

この街では常識だ。知らないはずがない。

「俺たちは医者でも、ボランティアでもない。ただの清掃員で——干渉できない。この街のルールはひとつ、《自由》だ。自殺すらそれに含まれている」

「……自殺って。あのふたりが？」

「自滅と言ってもいい。正直嫌な話だが、病気が再発する前に暴れる危険もある」

怪物(モンスター)サプリの過剰摂取による他者の食害、攻撃的行動など。

大きな事件を引き起こした場合のみ、零士(レイジ)と月(ゲツ)は——《幻想清掃(Fantastic Sweeper)》はその役目を執行する。

「その時は俺たちが捕まえる。たいてい手遅れだ、《処分》することになるな」

「……!!」

淡々と語る言葉に憤(いきどお)りを覚えて、命(メイ)の奥歯がガリッと鳴った。

「それでいいと思ってんの、あんた!? 薄情じゃない、ちょっと！」

「落ち着いて、命(メイ)さん。……霞見(カスミ)くん、悪い癖よ。そういう言い方しかできないの？」

不意に口を挟んだのは、蛍(ケイ)だった。憤(いきどお)る命(メイ)の肩を叩(たた)き、じろっと零士(レイジ)を睨(にら)む。

「脅しみたいな話し方しかできないのはコミュ障の証(あかし)よ。もっと穏やかに伝えるべきだわ」

「……わからん。他にどう言えばいいんだ。ハードルが高すぎる……」

死の宣告じみた真実に、ストレスを感じていないはずがない。

零士(レイジ)の言葉に迷いと辛(つら)さを感じ取って、命(メイ)はしゅんと肩を落とした。

「……ごめん、言い過ぎたわ。それで、過剰摂取の治療法とか無いの？」

「しばらくサプリを抜けばいい。ひと月も飲まなければケロリと治る」

「それだけ？　簡単じゃ――」

言いかけて、気付いた。

「待って。あのふたり……病気でしょ⁉」

「過剰摂取の治療のために怪物(モンスター)サプリを抜けば、病気が再発する。即死しなかったとしても、ちゃんとした病院で治療を受けなければそっちで命を落とすだろう、が……」

魔剤が抜けるまでの間、生ける屍(しかばね)に逆戻りだ。

あれほど語っていた自由の歓(よろこ)び。自分で歩き、話し、飛び、生きる。すべて奪われる。

「難病の治療となれば、街を出るしかない。外の病院が同じミスを二度すると思うか？」

一度はできた――こっそり怪物(モンスター)サプリを《密輸》して病院を脱走、この街に潜伏。

だが二度は不可能だ。完全管理社会において、公的な治療を受けるには身分証明が必要で、恐らくふたりの個人情報には、重いペナルティが科されている。

「病院施設からの脱走、勝手な退院。そんな履歴がある患者は徹底的にマークされる。つまりサプリを摂取することはできないし――病院で死を待つしかなくなる」

怪物(モンスター)サプリを摂(と)り続(つづ)ける限り、過剰摂取で死ぬ。

怪物サプリを抜けば病気が再発して死ぬ。

怪物サプリを抜いても死なないよう外の病院に入院すれば、二度と出られない。

「……詰んでるじゃない。どうすりゃいいのよ、それ……！」

「実現性が極めて低いものでよければ、方法はある」

苦し紛れのアイディア――正直実現は不可能に近い、とわかっている声。

「この街にも医者はいる。闇医者やヤブ医者の類で、質はピンキリ。素人でも針と糸があれば、人獣のちぎれた手足を縫い付けるくらいはできる。いい加減でも繋がるからな」

普通の病気にかからず、極めて高い生命力を誇る人獣にとって。

多少の傷はあっさり治る。故に喧嘩の治療をする程度のヤブ医者ならいくらでもいて。

「けど、中には例外もいるんだわ」

複雑な面持ちで口を挟む月。くい、と自らの背後――隔離されたバリケードの中。

黄金の城めいた《京東バブル》を示して。

「外じゃ認可されてない特別な治療や、整形手術なんかをやる金持ち限定の病院だ。そこなら金さえ積めば何でもやってくれる。サプリが抜けるまでの延命も、ありだと思うぜ」

「いくらくらいかかんの？」

先ほどと同じ質問。だが遥かに真剣な問いに、

「正確にはわからないが……最低、ひとり5千万。ふたりなら1億は欲しい」

零士の答え、根拠は自分自身の医療費。

保険の利かない闇医療。人間サプリの処方はBT系列の医療法人を通じて行っている。

その金額はいつも、給料から天引きされていて見るたびに嫌になった。

「さっき言ったばかりだな。あいつらに金は出さない、と」

「……言ったわ。確かに」

「そうすべきだ。肉をたらふく食って、柿葉とカラオケに行って、騒いで遊んで忘れるんだ。大して縁も無い、ちょっと立ち話をしただけの赤の他人を助ける理由なんて、ないだろう」

「……わかってる！　わかってんのよ、そんなことは‼」

零士の言葉は正しい。命の理性も思考もそう結論している。

だが引っかかる、何かがモヤモヤ引っかかる。

せっかくスッキリ晴れた心にふたたび嫌なものが充満して、曇ったきりで。

この感情を言葉にするなら——そう。

「ムカつくわ。……世の中のウザいお利口な理屈とか、止められない悲劇ってやつが」

「それは子供の言うことだ。駄々をこねてもどうにもならない」

「わかってる。けどムカつくのよ。知らなきゃ忘れて終わりだけど、今聞いちゃったらずっと後味悪いまんまじゃない。これから焼肉食っても、スイーツ食べても、晴れやしないわ」

「言えって言ったのは命(メイ)だぞ、言っとくが」

「それもわかってる。だからもうちょい延長させて」

命(メイ)は背後を振り返り、背筋を伸ばして、ハンドルを握る月(ゲツ)へ向かって。

「あのカップルの臭い、まだアンタなら辿(たど)れるでしょ？　悪いけど、追っかけて！」

「そりゃできっけど……追っかけて何すんだよ？」

「知らないわよ、まだ決めてないんだから。けど、話してみたい。だって……！」

過去がフラッシュバックする。かつての思い出、命(メイ)の心に深く突き刺さった苦い棘(とげ)。

「あたしがしっかり話してれば、あのバカを止められた！」

池田舞(イケダマイ)。命(メイ)の後輩、敵討ちを名目に人を殺し続けた殺人鬼――《轢(ひ)き逃(に)げ人馬(ケンタウロス)》。

事件を起こす前に気付いて、話していれば。

失った栄光を思い知るのが怖くて、昔の人間関係から顔を背けていた責任。

あんなことをするなんて思いもしなかった――言い訳。恐らく大勢が『うん、悪くないね』と肯定しそうな言い訳だが、命(メイ)自身はそれを認めない。

「金出すかどうかはわかんない。けど、つい今しがた話してた人が……赤ちゃんごと死ぬとか聞かされて、飯食えるほど図太くないわ。だから、追っかける。話す。いいでしょ⁉」

切りつけるような訴え――目を尖(とが)らせ、必死の形相。

正面から受け止めた月(ゲツ)、腹を撫(な)でる。昼から何も食べていない、空っぽの胃袋を摑(つか)んで。

「……それ終わらせねえと、焼肉は食えねえってことみたいだぜ？　零士（レイジ）」

「ああ。……スポンサー様がそう言うんじゃ、しかたがないな。これも焼肉のためだ」

「照れないで命（メイ）さんのためだって言えばいいのに。そういう男の子っぽいところ、面倒ね」

「柿葉（カキバ）。お前ほど面倒な女に言われたくない」

空を嗅ぐように天を仰ぐ月（ゲツ）。諦めて息をつく零士（レイジ）、子供を叱るような調子の蛍（ケイ）。

「たぶんあっちだわ。距離はあんまねえと思う。……行くぜ！」

月（ゲツ）が車椅子を押し、４人は無法の街へと駆け出した。

＊

ギシギシギシギシアンアンアンワンワンギャンギャンアンアンアンアン……！

「……また、ここなの？」

「悪（わり）ぃけど、ここだわ。……セクハラじゃねえよ、マジだってば！」

辻々（つじつじ）から男と女、雄と雌の嬌声（きょうせい）が響く街角。

無造作に止めたワゴン車の窓が内側から白く曇って、ギシギシと上下に揺れている。

中で『運動』している誰かの汗と汁が生臭く香る、卑猥（ひわい）で蒸し暑い夜の街。

「《神待ち通り》……駅近辺じゃ一番荒れているエリアだ」

廃業したラブホテルの廃墟を中心に、いつのまにか私娼が集まり客を取るようになった場所。まともな風俗店に勤めるには《外》の個人情報の開示が必須で、それを避けたい女が集まり、女目当てに男が集まり、ついには街ごと売春乱パ会場のように腐り切った、毒の果実。

少し歩くだけで使い古しの避妊具がゴロゴロ落ちているような場所で、まともなスーツ姿の零士たちや車椅子の命は凄まじく浮いて、街娼やチンピラ人獣の胡乱な視線が突き刺さる。

「めちゃくちゃ怪しまれてるわね。まあ、こんなドスケベ街にスーツ着てくりゃ当然かしら」

「俺たちだけのせいじゃないと思うんだが。というか、踏んだ。踏んだぞ、今……！」

「ひいいいいい！　後で靴洗えよ、零士！　……つかごめん命ちゃん、こっちも踏んだわ」

「ちょ!?　タイヤ！　車椅子のタイヤ、たまに触るんだけど!?」

一張羅の革靴、車椅子のタイヤにへばりつく、乾きかけたゴムの残骸。

ゴミだらけの街を進むのに、車椅子はあまりにも不向きだ。汚物や障害物を避けられず、かと言って無視もできなくて、臭いを辿って進みながらも、ついつい声が出てしまう。

「この前の現場、この近くじゃなかったかしら？」

「ああ。《死人形》が潜伏してた廃ビルな」

夜空の一角を蛍が指し、月が頷く。

この街にはいくらでもあるありふれた廃墟、だがそこで起きた出来事は記憶に新しかった。

「闇カジノからパクられた1億、まだ見つかってねえのな。情報がどっかから漏れたらしくて、しばらく宝探しみてえな連中がうろうろしててさ、揉め事も多かったんだわ」

「喧嘩みたいなこと？」

「そんな感じ。少人数のチーム……3～4人くらいのグループで探って回るのが多かったな。客じゃねえから商売の邪魔だってんで娼婦のボディガードとモメたり、それっぽいゴミを奪い合って血みどろの喧嘩やったり、まあいろいろめんどくさ――」

月の言葉は、最後まで続かずに。

「黒白霧法。――逆黒衾」

「ぎゅぴぃいいいいいいいいいいッ⁉」

「はえっ⁉」

零士の詠唱と、甲高い悲鳴と、命の驚き声が同時に響いた。

マスク越しに緩く噴出していた黒い霧。揮発し続ける人間性、霧化した零士の身体が路地の隘路に薄く立ち込め、一切その姿が見えなかったモノ――廃墟の壁に潜んだ何かに触れる。

壊れ、外れかけたエアコン室外機。それにべたりと吸盤状の指先をへばりつけ、牙を剝いた1匹の人獣。闇に溶け込む黒いパーカーを着た何者かが、撃墜されて路上に転がった。

「何、何したの、今⁉」

「逆黒衾。ガンガゼって知ってるか？　毒のあるウニの一種だが」

壁にへばりついていた人獣（ニンジユウ）が、敵意を見せたその瞬間。

空間を埋めるように広がっていた黒霧が瞬時に硬化。

槍衾（やりぶすま）の如（ごと）き棘（とげ）、剣山じみた束となって敵を貫き、ぱりぱりと儚（はかな）く折れて砕け散る。

「その棘（とげ）の模倣だ。返しのついた棘（とげ）は鋭く、安全靴や革ジャンも貫通する。硬いが脆（もろ）くてすぐ折れて、傷口に破片を残すことで敵の動きを封じるのがミソだ。うかつに動けば、内臓に刺さるぞ」

「ぎ、ぎぎぎぎぎぎぎ……ぢぐ、じょう……!!」

「凄（すご）い技なのはわかったわ。何もしていない人をいきなり刺すのはどうかと思うけど」

驚きつつも釘（くぎ）を刺す蛍（ケイ）に、零士（レイジ）は足元に転がるモノを指した。

「何かされた後だと、この場の誰かが死んでたからな。見ろ」

蹴り飛ばす——艶消しのカラースプレーで真っ黒に塗られた、大型クロスボウ。

「これは……弓？」

「銃と同じ、表じゃ規制されて流通も所持も禁止されてるシロモノだ。この街じゃ完全解禁というか、取り締まる術（すべ）がない。持ち出すヤツも出てくるさ」

「ただのもの取りにしちゃ物騒だな。おら、顔見せろ……って!?」

零士（レイジ）に女子のガードを任せ、進み出た月（ゲツ）が路上に転がる人獣（ニンジユウ）を掴（つか）み、力任せに起こす。

その顔を見た瞬間、人狼（ワーウルフ）は困惑に獣面を大きく歪（ゆが）めた。

「何だこれ。意味わかんねえ、どういう種類だよ、こいつ⁉」

「……ひひひひひ……特注、だよ。俺式スナイパー、カスタム……‼」

手足はぬるりとした両生類、イモリかヤモリ――隠密性に優れ、垂直の壁面を自在に移動。頭はふかふかの羽毛に覆われ、ぎょろりとした黄色い眼とオレンジの嘴が目立つ。

ユーモラスな愛嬌すらある頭と、ぬめぬめとした身体。ヒトの体形にヤモリの手足と、猛禽類――フクロウの顔を持つそれは、言葉に表しようのない異形の人獣だった。

「鳥……フクロウとヤモリのミックス、だと？　バカな、ありえない……！」

零士の戦慄には理由がある。

「鳥類、魚類の怪物サプリは存在する。だが一般には売ってないはずだ」

「そうなの？　そういえば売ってるとこ見たことないわね」

「どちらも試作はされたが、事故が多すぎてな。鳥は飛べるのがウリだが、訓練しないとすぐ墜落するんだ。電線やらゴミやら洗濯物やら、この街じゃ障害物も多すぎる」

鳥類は骨折しやすい。飛行能力を獲得するため、骨密度を極端に減らす構造だからだ。

そのため、仮面舞踏街においても鳥類への変身を可能とする怪物サプリは市販されておらず、限られた状況や立場――ＢＴ本社が認めた施設で訓練を受けないと買えない。

「魚類に至っては鰓呼吸だぞ。一応肺呼吸も可能な仕様だが、汚水に強い種類以外はカルキを抜いた清潔な水場以外活動できない。プロダイバーとかの業務用限定販売だ」

「そりゃ売らない理由もわかるわね。けどこれ、そのどっちでもないわよ？」

命(メイ)の指摘に、事情通の零士(レイジ)と月(ゲツ)は揃(そろ)って首を傾(かし)げた。

「ヤモリはわかる。市販の爬虫類(はちゅうるい)、両生類型怪物(モンスター)サプリに入ってるからな……だが」

「フクロウはまじわかんねーよ。一応確認すっけど……」

少し困った顔で、月(ゲツ)が言葉を濁しながら蛍(ケイ)に訊(たず)ねた。

「心当たりとか、ねえよな？」

「無いわ。初耳よ」

調薬の魔女(カクテルウイッチ)――市販の素材で怪物(モンスター)サプリを調合できる異能者、柿葉蛍(カキバケイ)。

かつて人間要素を強めたウサギに変身可能なサプリを調合、店に卸していた経歴持ち。だが、店のオーナーの死後なし崩しに足を洗って以来、そうした仕事はしていない。

また、特定の動物に変身するサプリの調合には専用の触媒――動物の毛、鱗(うろこ)、骨など身体(からだ)の一部が必要となる。そうした制約がある以上、柿葉蛍(カキバケイ)は容疑者から外れる。

ふたりの特殊永続人獣(トクニン)はほぼ同時にその思考に至り、ある結論を導き出した。

「ってことは……まさか、例の《和服野郎》かよ⁉」

これまでの事件――怪異(カイイ)サプリの痕跡を辿(たど)る過程で得た情報。

『変な和服のヤツが、話しかけてきて……』

蟻本(アリモト)ヤスオ。怪異(カイイ)サプリ《雑巾絞り》をキメて逮捕された半グレは証言した。

素顔はもちろん、年齢や性別も不明。ただ和服姿としかわからない黒幕——BT本社が尻尾を掴み、今夜にも襲撃予定になっているその人物以外、犯行が可能な人物は思いつかない。

(BT本社から、怪異サプリや幻想サプリ以外にも持ち出していたのか?)

存在しないはずの複数動物のミックス、鳥類への変化も、本社の試作品ならあり得る……かもしれない。そこまで考えて、零士は威嚇を含んだ声で言った。

「おい。俺式スナイパーカスタム、だったか？　どこで手に入れた」

「……げ……！」

刺されたまま、俯せに倒れたヤモリフクロウ男の腹を踏む。

砕けた破片が食い込んだのか、激痛に悲鳴が上がる。

「ぎいいいい!!　痛い痛い痛い!!　やめ、やめてくれ、内臓、内臓……！」

「とっとと吐かないと、次は動物トランポリンの刑だ。ファンシーに鼻歌もつけてやる」

両足を揃えて思いっきり踏みつける素振り——拷問じみた威嚇の効果は抜群で。

「ひ、ひでえ……！　噂よりひでえよ、掃除屋ども。手ぇ出すんじゃなかった……！」

泣きべそをかきながら喘ぐ人獣に、零士は不審げに眉をひそめた。

「さっきのカップルもそうだが……俺たちを知ってるらしいな。噂になってるのか」

「そりゃ、そうだろ……？　あんだけハデに暴れりゃ、注目の的だぜ……！」

無言で月が男の持ち物を探る。ポケットから出てくる財布、現金以外何も入っていない。

そしてくしゃくしゃになったチラシ――紙屑のようなそれを、人狼は広げて見せた。

「おい零士。これ」

「……《街のサプリ屋さん》だと？」

あまりにも緩い、しかし内容はあまりにもえぐい、販促チラシ。

手書きっぽい、親しみの湧くフリーフォント。イラストが多用されているが、それも著作権フリーのありふれたもの……『おえかきや』独特の絵柄。ほのぼのとした調子の売り文句。

「『あなただけの怪物サプリをつくろう！』……こういうの知ってるわ。子供用のホビー、変身ベルトとか車のおもちゃのプラモデルとかで、よくあるやつよね」

「詳しいな、柿葉」

「施設の子の、クリスマスプレゼントの定番だったから。けど、これは……」

調子こそほのぼのとしているが、中身は見過ごせないほど危険すぎた。

「取引場所に行くと、和服の変な奴がいる……。覆面で顔は見えねえ、素性もわかんねえ」

喘ぐような証言。苦痛に耐えながら、舌を動かしている間は殺されまいと信じて。

「そいつに金を払うと、原液を売ってもらえるんだよ。ドブみてえな色のドロドロで、それに触媒を溶かすと、オリジナルの《魔剤》が作れる……！」

「待て、それだけか？　他に素材はいらないのか、飴玉とかコーヒークリームとか」

「いらねえって……。スイーツ作ってんじゃねえんだぜ？　クッソまずいから、ジュースとか酎ハイ、カクテルのシロップとかで思いッきり割ると、飲みやすくなる……」

　ぶつぶつと漏れる言葉。しだいに興奮してきたのか、唾を飛ばして。

「ヤモリのしっぽとフクロウの羽根を溶かしてみた……。翼は生えなかったから飛べねえけど、夜でも、すげえ遠くまでよく視えたから、スナイパー……！」

　嘴からちょろりと舌を伸ばして、酔ったように高揚しながら、フクロウヤモリは叫ぶ。

「……名前があったけど、クソ長かったから誰も呼ばねえ。みんな《原液》って呼んでらあ。特別な客に、大金を払える俺たちだけに、売ってくれんだよ！」

「だいたい、わかった。そんな代物をキメておいて、やることが通り魔か？」

「普通はしねえよ……。けどおめえらは特別なんだ。街の掃除屋、賞金がかかってんぜ！」

　街の掃除屋。人狼と正体不明のコンビ。

　密かに出回っている画像、動画――ディープウェブ、または口コミで拡散。

　殺し、その証拠を持ってくれれば、なんと！

「《サプリ屋さん》で原液2リットルと交換してくれんだぜェ!?　末端価格億いくわ!!　狙う価値もあるだろおよォ、けけけけけけけけけけけけけけ……!!」

「そうか。つまり二度とそんな気が起きないようにボコるべき、ってことだな」

「え？　それは……ひぎいいいいいっ!?　もうしません、もうしませんからあ!!」

　グリグリ、グリグリ。

棘（とげ）が突き刺さったままの肋骨（ろっこつ）あたりを念入りに踏む零士（レイジ）に、泣き叫ぶ人獣（ニンジユウ）。

この程度では死なない——人獣（ニンジユウ）のタフさ。理解しているが故に、容赦はなく。

「ぎぎぎ……ぐえっ……！」

「気絶したか。会社に連絡を取って回収班を呼んで拘束……いや、そんな暇があるか？」

「待って。ちょっと待ちなさい。……マジ、事態が呑（の）みこめてないんだけど!?」

車椅子の上、わずか数分で急転した事態に、命（メイ）は動揺を隠せずに。

「ブラックボケ社長が言ってたわね、今夜あんたの会社の殺し屋が、黒幕の和服野郎を殺しに行くって。それであんたが後詰めで、待機の予定になってたんでしょ？」

「そうなる。だからまあ、放っておけば本社の暗殺チームが元を断ちに行くだろうが」

「確か、弱いのよね？　暗殺チームの人たちって」

「蛍（ケイ）ちゃん、マジ身も蓋もねえな……。いやそうだけど。サラリーマンだしな、本社の連中」

決して弱いわけではない。事情を知っている零士（レイジ）と月（ゲツ）は、少なくとも侮（あなど）る気にはならない。

「本社の警備部に所属する工作員は、全員が訓練を受けたプロだ。格闘技や銃器の取り扱いはもちろん、人獣（ニンジユウ）化した状態での戦闘訓練を受けている。つまり……」

「野生動物並みの身体能力で、プロ軍人と同じ技術を持ってて、ガチ戦争用の武器を使うんだ。弱いわけねー……この国の兵隊なら、それこそ自衛隊とか警察以上じゃねえ？」

「常識で考えればな。だが今摑（つか）めている情報だけでも、非常識極まる相手だ」

ガチガチにガードされている本社の重役を洗脳し、やたら目立つ恰好(かっこう)で街中を闊歩(かっぽ)しながら、ろくな目撃証言も残さず、数か月もの間暗躍し続けている。

当然、常識(マトモ)ではない――明らかに、幻想(コチラガワ)か怪異の存在で。

「暗殺チームに倒せるとは思えない。俺たちは間違いなく呼ばれる」

「オレらの首に賞金かかってるなんて話とか、闇サプリが出回ってるなんてのも初耳だしな。悪いが命(メイ)ちゃん、これ以上はマジやべぇわ。蛍(ケイ)ちゃんと一度、帰った方がいい」

ずっと護衛についていられるなら問題ない。しかし抜けられない呼び出しが予定されている現状で、危険しかない場所で自衛できない友人を連れて歩くなど、危険すぎる。

「……あのカップルのこともある。嫌かもしれないが、安全には代えがたい。……頼む」

零士(レイジ)はそう言いながらも、ありふれたドラマの予感。

安全な場所に帰れと言われたヒロインが拒み、ひと悶着(もんちゃく)ある展開を想像して。

「わかった。帰るわ」

「……驚くほど素直だな」

命(メイ)に呆気(あっけ)なく頷(うなず)かれ、思わず言った。

「今でもあのカップルのことは気になるわ。けど、それでアンタたちに余計な手間かけさせたり、友達(ダチ)を危険な目に遭わせるのは違うでしょ。わかるわよ、そのくらい」

「……何だろうな、この妙に常識的なバーサーカーは」

「そこが命さんのいいところだと思うわ。地味にコミュ力を感じるもの」

気絶した人獣を囲む零士と月。ふたりの手を離れた車椅子のハンドルを握り、蛍が言う。

「焼肉は後日にしましょう。無事に帰ってこないと、お肉は私たちだけで食べるわよ？」

「それは困る。金持ちが食う肉の味、ぜひとも確かめたい」

「普段食ってるギョニソとは違うんだろうなあ……。く～っ、とっとと終わらせねえと！」

冗談めいた脅し。当然、本心ではないことが伝わる、蛍の笑顔。

そんなやりとりの——直後だった。

「……ねえ」

「ああ」

「わかってんよ。プンプンすらぁ……！」

「え？」

突然、空気が変わった。

大きな耳をヒクつかせるＪＫバニー。霧を纏う黒白の少年、そして風を嗅ぐ人狼。

異能の感覚器を持つ３人に緊張が走り、ひとり車椅子の賣豆紀命が困惑した。

そして、それは——

「……逃がすかよ。《原液》２リットルの首だぜェ？」

「抜け駆けしやがって、何が狙撃手だ。芋砂じゃねえか……クソが」

「リアルFPSキタコレ。……殴る蹴るナイフ暴力噛みつき、アリアリだよなあ⁉」

「うふふ、ひひ、へへ……カワイイ、メスだァ。若いメス‼　むしゃぶりつきてえ‼」

現れた影——今度は、４人。

「待てや。どこで触媒買ってきたんだよ、それ……⁉」

叫ぶ月。リーダー格らしい大男を中心に、廃墟と廃墟の狭間に現れた人獣たち。

その一頭が弛んだ皮膚を振り回し、べちべち鳴らして喚く。

「やくざってのはよお、何でもやってたんだよお。稼ぎになることなら、何だってよお‼」

古来、闘犬などに利用されてきた大型の犬種、マスティフ。短い毛皮、垂れた耳、潰れた鼻。愛らしさより醜さを感じるのは、元となった男の人相があまりに悪いせいだろう。

ゴリゴリの筋肉と牛角。スーパーマーケットの精肉コーナー、グラムいくらで売っている。闘犬の牙に大動物、和牛の筋肉をミックスした《マッチョ・マスティフ》が語る。

「動物ってのは、いいしのぎになったんだァ。社会監視システムが導入される前までは、よお。はるばる本場から密輸したけど——騒ぐもんだから、鎮静剤食わせて檻の中よ。なあ⁉」

「ニャアアアアアアアアアアアアアアアアアアアアア‼」

壊れた猫のような声がした。

マスティフが従えるもう１匹。明らかに《ヤバい》眼をしたネコ科の男。うひうひうふふ、と虚ろな目で自分の手を舐めしゃぶりながら歩く、二本足のネコ科動物。

薬漬け。檻(おり)の中で衰弱死したライオンの触媒から人獣(ニンジュウ)化——《ドラッグ・ライオン》。

「し、し、知ってるか？　鳥は、恐竜から進化したんだぜェ……⁉」

マスティフとライオンに隠れた1匹。小柄な体格、鋭い蹴爪(けづめ)と黒翼。全身を羽毛に包まれたトカゲは、まるで太古の時代、鳥に進化しかけた始祖鳥の如(ごと)く。

イグアナとカラスのミックス——《ダイナソー・フェイク》。

「あとは、居酒屋だァ。物好きなマニアがいてよ、ジビエってのか？　昔ブームになったわ。妙な肉を食いたがるやつら相手の飯屋が、この街にゃ移転してきてる……！」

パンデミック以前、平和な時代に花開いた食文化の徒花(あだばな)。今や《外》で規制されたジビエ、珍味を出す店は廃業するか、あるいは仮面舞踏(マスカレード)街に移転して細々と営業を続けている。

そこで仕入れた、恐るべき肉の成れの果て。

「北海道産、ヒグマ。肉食サプリにハマってもう半年、ブリップリのガンギマリよお。肉なら何でも食うっちゅう、食害上等の変態野郎。若い娘が大好物じゃ‼」

「女‼　メス‼　やわらか‼　肉(ニク)‼」

興奮のあまり泡を吹き、呂律(ろれつ)が回らぬ口でわめく《カニバル・ベア》。怪物(モンスター)サプリ濫用の行きつく果て、肉食動物の本能に人間性を圧倒され、獣以下に堕落し切った害獣。

「……また変態か。いちいち自己紹介とは、律儀(りちぎ)だな。——月(ゲツ)」

「あいよ。任せとけ」

頼もしい即答。護衛対象——命（メイ）と蛍（ケイ）、ふたりをガードする月（ゲツ）。

相手は狂暴極まる４人獣（ニンジユウ）。どれもこれも頭のネジが吹っ飛んだ、筋金入りだ。

どんな社会にも落ちこぼれはいる——それこそ犯罪以外に適性が無いような者も。この街はそんな奴（やつ）らの終着点、這（は）い上（あ）がれなければ死ぬしかない、完全管理社会のドブの底。

汚いものも、醜いものも、邪悪なものも散々見てきた。弱者や被害者すら善とは限らない。

相棒とたったふたり、そんな地獄を少しでもマシにするために働き続けて。

(金のためだ。けど……それだけってわけでもない)

霞見零士（カスミレイジ）にとって、この街が唯一、人間として生きることを許された場所。

幻想種（ファンタビ）の末裔（まつえい）として生まれ、社会から排除された家庭。両親は先祖返りの怪物である零士（レイジ）を虐待の末に無理心中。唯一優しかった妹も巻き込まれた末に、この世を去った。

「お前らみたいなクズが消えれば、この街も少しは綺麗（きれい）に……なるかもな」

自分や友達に危害を加えられそうだから、正当防衛。そんな意識がゼロとは言わない。

だがそれ以上に、怪物として割り当てられた仕事、社会の一員としての役割を果たすために。

「相手してやるよ、害獣（ゴミ）ども。——掃除の時間だ」

静かに呟（つぶや）く少年のもとへ、４匹の人獣（ニンジユウ）が殺到し——

爪が、牙が、角が、拳が、蹄（ひづめ）が、あらゆる方法で彼を襲い、潰した。

＊

「まだ圏外？　——京東（キョウトウ）バブルから離れるなって言っといたんだけどなぁ」

「携帯基地局、持たせとけばよかった。たいまん」

「アレ重いし邪魔じゃないか。女子とご飯食べに行くのに衛星アンテナ持ち歩けとか、さすがの僕でも言えないよ。とはいうものの、参ったな……もう《始まりそう》なのに」

同時刻、幻想清掃（Fantastic Sweeper）本社ビル、社長室。

面倒くさそうな顔で頬杖（ほおづえ）をついた楢崎（ナラサキ）が、固定電話の受話器を片手に唇を尖（とが）らせる。

骨董品（こっとうひん）としか言いようのないダイヤルを回し、かけた番号の主からの返事はなく。

「それでネル君、もう映像来てるんだって？　見せてくれたまえよ」

「これ。かってにみれば？」

「わあ素っ気ない、反抗期。甘えてくれていいけれど心痛むなあ」

ポンポンと続く掛け合い。無表情な少女のデスク、デスクトップＰＣのモニターを覗（のぞ）く。

リアルタイム配信されている動画、一人称視点。ボディカメラで撮影された映像はＢＴ本社警備部の指揮所を経由し、ここをはじめいくつかの部署へ配信されていた。

「警備部が作戦行動を公開とか、よっぽどマウントを取り直したいのかな」

「よくわからない。どゆこと？」

「今回の一件、総務部長を操っていた黒幕に出し抜かれっぱなし。《バズるスマホ》事件でも存在感を示せなかったし、警備部としては手柄が欲しい。デカい顔がしたいんだよ」

「……おおむかしの、ヤンキー？　頭わるそう」

「ま、社会集団の論理なんて頭鎌倉と言われた時代から大して変わっちゃいないさ。こっちが偉い、こっちが強いって互いに証明しながら、主導権を奪い合うものだ」

　一国を牛耳るまでに巨大化した総合大企業(メガコーポ)にしても。

「警備部が《牙》を出した。武器使用自由(オールウエポンフリー)の——いわゆる暗殺チームだね」

「どーべるまんの、人獣(ニンジユウ)。おまけにてっぽー撃ち放題。やばくない？」

「まー普通に危ないよ。全員特別製の怪物(モンスター)サプリ……カフェイン量2倍、さらに複数の薬物をブレンドすることで戦闘能力をマシマシしている、警備部が誇る最強の《牙》だ」

　ボディカメラに映る黒犬の群れ。キビキビと作戦車両が入れない仮面舞踏街(マスカレード)の路地に進入、近未来的な小銃を自在に構え、オカルトチックなお札が貼られたボディアーマーを着ている。

　無線通信までは中継されない。だが無言のままハンドサインを交わし、きびきびと進む姿は傍目(はため)にも統制が取れており、路面を静かに蹴立てる軍靴(ぐんか)の音だけが低く響いていく。

　犬種はドーベルマン。黒い短毛、軍用犬として名高い動物のサプリを服用した兵士たちは、とある廃ビルに進入するや、まるで爆弾か何かのように、割れた窓から何かを放り込む。

かん、ころころころ……。

乾いた音。ボディアーマーのカメラがズーム。ピントが合う。

割れた床、廃ビルに転がる試験管。コルクの栓を留めていた封蠟（ふうろう）が軍用ナイフで切られ、中に入っていた何かが、どろりと蛞蝓（なめくじ）のような尾を曳（ひ）いて這（は）い出（だ）してくる。

「なに、あれ」

「東洋の論理では《式神》。総務部長を操っていた《三尸（さんし）》――術者によって創られた幻想種（ファンタジ）、その成れの果てだ。西洋種の魔法使いに囚（とら）われ、打ち返された今となっては……」

ごぼごぼがぼごごぼごぼぼぼぼじゅうじゅわごぼぼ……！

激しく沸騰する音。沸いた粘液が泡のように盛り上がり、異形を成してゆく。着用者の動揺を示すかのようにカメラが揺れるが、高度な手振れ補正で動画はクリアに映っていた。

「西洋における神秘の具現。いわゆる《悪魔》と呼ばれるものだ」

仮想顕現――《暴食の悪魔（ベールゼブフォ）》。

「ベルゼバブ、ベルゼビュート、バアル・ゼブブ……数々の名を持つ《蠅（はえ）の王》。かつては神、そして征服者たちによって悪魔に貶（おとし）められた神格だ。簡単に使える存在じゃないんだが」

ぼこぼこと沸き上がる粘液が形を変え、雄牛ほども大きな生物となる。

「ＣＥＯも奮発したね。デジタルデータにまで映るほど精密な《受肉体》とは」

史上最大の蛙――遥か古代に絶滅し、化石を触媒として顕現。

「等しき名を持つ悪魔の仮想。依童にして式にして蟇――《三尸の虫》を食らう《大蛙》だ。打ち返された呪詛をそのまま動物の形にくくったもの、と見てくれたまえ」

禍々しい面構えの大蛙は、のそりと瓦礫散らばる廃ビルの廊下へ進み出した。

小銃を構えた黒犬部隊がその後を追う。まるで蛙の将軍に率いられているかのよう。見方によってはコミカルなおかしさすら感じる光景だが、その異容を笑うには不気味過ぎた。

ぐぇこ　げこ　ゲコ……

喉が鳴る。シャボン玉のように膨れた蛙の喉が音をたて、じりじりと――獲物を狙う動物、油断ならぬ慎重な足取りで、廃墟としか思えぬ廊下を這いあがってゆく。

「古来、魔女の使いといえば烏、またはヒキガエルと相場が決まっている。古の神秘、古典に準えることで形を整え、その力を得る。さてどうする、簡単には返せまい？」

「よくわからない。けど、きもい。かえる。ぶさかわ」

秘書ネルの淡々とした評価。その間にも大蛙は廃墟を進み、ひたひたとある場所へ忍び寄る。

掲げられた古い看板、隠れ家的酒場の入り口には、他とは異なる仕掛けが施されていた。

「止まった？」

「結界だ。……時間が無かったらしいね、ごく簡易的なものだが」

ひたりと蛙が止まる。傾きかけたドアの横にそっと盛られた三角の塩が、尖った頂点から。

蛙がにじり寄るたびにじりじりと焦げて、薄い煙を上げていた。

「式を返されたのはあちらも承知だ。逃げたところで追跡される——何せあの大蛙は、相手が放った《虫》をそのまま取り込んだものだ。爪や髪の毛以上の触媒となる」

敵対する相手を呪う際、その身体の一部を触媒に使うことで必中。

いわゆる感応魔術の定石。人を呪わば穴二つ、呪うからには呪われる。一度放った呪いは、破られたならさらに勢いを増して、術者本人に襲い掛かるのだ。

「それそのものはくだらない妄想だよ。小中学生がノートに書き散らかした設定と変わらない。けど何十、何百年と時代を超えて語り継がれてきた妄想は、もはやその領域を超えている」

とはいえ、神秘伝承の忘れ去られた外の世界では、呪詛の力とてささやかなもの。

しかし例外が存在する。魔女が醸した飲み物片手に夜な夜な宴を繰り広げ、人ならざる獣が躍るこの街は、まさしく神秘の特異点。古の力が蘇り、実現する場所だから。

「魔術は形となり、呪いは姿を持ち、実在する力となって襲い来る。——そら！」

——……ばぢっ!!

楢崎の言葉と共に、盛り塩が爆ぜた。炭化した塩が散らばる中、大蛙が跳ねて扉を破る。

飛び込む——古びたバーカウンター。同時に突入する黒犬部隊。ボディカメラに映る黒衣。

舞台の黒子じみた覆面姿。獲物を見つけた蛙が大口を開けて人影をひと呑みにせんとする。

「！」

画面を見つめる楢崎の手が、震えた。

コンマ1秒にも満たない一瞬。雄牛ほどもある大蛙を前に、黒衣の人影が右手をかざす。和装と場違い、されど奇妙な調和を感じる黒革の指抜き手袋。拳を握り固め、その甲を盾にするかのように蛙へ向ける。五芒星の金刺繍が煌めき、視えぬ何かが蛙を弾いた。

ぶぢっ。軟骨が砕け、肉の千切れる音がする。

『やあやあ、これはこれは――……!』

かちゃかちゃがちゃちゃちゃちゃちゃ、と無言のまま、黒犬部隊の銃口が人影を照準。弾き飛ばされた大蛙が転がり、埃まみれのソファを潰して動かなくなった。得体の知れない汁が周囲をまだらに染める中、小指が吹き飛び、血に濡れた指抜き手袋がひらひらと揺れる。

『指一本もがれましたな。これでは結印もままなりませぬ……痛や痛や』

面白がるような声がして。

『……撃て!!』

ちぎれ飛んだ小指。言葉と裏腹に痛みを感じさせぬ仕草で手を振る黒衣に、銃弾が殺到する。硝煙と爆音――ボディカメラの画像が塞がる。凄まじい銃火を他人事のように眺め、楢崎は複雑な面持ちでモニターを突き、苦いものを含んだ言葉で秘書に告げた。

「指を犠牲にして式を切ったか。けどあれじゃやだめだね、死なないよ」

「でも、めちゃくちゃ撃たれてるけど」

「僕らみたいな存在に……特にああいう類の物の怪に、運動エネルギーなんて意味ないからね。鉛玉より鏑矢でも撃った方がまだ効くんじゃないかな、そういう法則だ」

閃光、銃撃、悲鳴。カメラが傾く。何かに触れてボディカメラが吹っ飛んだ。

画面が消える刹那映ったのは、同じく吹っ飛んだ犬の――

「おっとそこまで。ワンちゃんがひどい目に遭う映像は、犬好きにめちゃ怒られるからね」

「犬そのものじゃなくて、人獣だけど。それでも？」

「どうだろう、たぶん別カテゴリで大丈夫だとは思うけど……しかしま、思ったより最低だ。聞き覚えのある声じゃないの、あれ変装のつもりかね、まったく……！」

「え？」

きょとんと見上げる秘書ネル。そのあどけない問いかけに、楢崎は答えない。

珍しく強張った顔、重い唇。深々とため息をつきながら。

「早急に後詰めが必要だ。ワンワン部隊が全滅するまで、そう時間はない――見失うのは時間の問題で、追跡できる手段は念のため本社に託された《保険》しかない。急いで零士くんたちに連絡をつけなきゃいけないわけだが、電話は相変わらず通じないよね」

「走れば？　運動不足の解消に」

「それだとちょっと遅いかな。しょうがない、《使い魔》を出すとしよう」

デスクを探る。切手ほどの大きさの紙切れ――ただし植物紙ではなく、古の製法。羊の皮を薄くなめして延ばした羊皮紙、切手ほどのそれをつまんで。

「わがまま言わずに聞いてくれたまえよ、零士くん。早くも正念場だから、ね……！」

これまで見せたことのない焦燥感を滲ませて、したためた小さな手紙を放る。

「頼むよ。君のご主人に届けてくれたまえ」

蝶のようにひらひらと飛び、手紙は幻想清掃オフィスのどこかへと消える。

とある部屋の一角、輪郭も朧な影がそれをくわえ——素早く駆けていった。

＊

獣が筋骨を食む音は、凄まじく鈍い。

ごりごきめきちゃぷじゅるゴクリ——空気ではない。肉と血、顎や歯から伝わる振動音。

現代の私娼窟《神待ち通り》の裏手で、４人の人獣によりひとりの少年が喰い殺される。

霞見零士——まったく揺るぎない落ち着いた姿勢。相棒とふたりの女友達を守るように立ちはだかる彼を、マッチョ・マスティフの凶器が最初に襲った。

「挨拶代わりじゃあ!!」

筋肉モリモリのマスティフ犬。筋肉増強剤――ステロイドの添加。魔剤と同時にキメた違法薬物は凄まじい剛力をもたらし、どこかの路上で引っこ抜いた道路標識が直撃する。

頭蓋骨陥没骨折、脳挫傷、頸骨骨折。首が曲がり、頭が潰れ、脳に及ぶ。のたうつように転がる少年に、我先にかぶりつく人喰い熊。涎を垂らした牙が肩口の肉をかじり取る。

小柄なカラス頭のイグアナ、ダイナソー・フェイクの凶器は鋭い爪だ。ヒトの指ほどもある長く湾曲したそれは、金属ナイフに匹敵する硬度を誇り、少年の背中を掻きむしる。

出遅れたドラッグ漬けのライオンは、血と暴力に酔った目つきで「にゃーご」と鳴いた。サディスティックな愉悦、少年に守られていた残る3人、無残な死にさぞ怯えているはずの恐怖と絶望を楽しめると踏んで。しかし、その期待は大きく外れていた。

「大丈夫だってわかってるけど、めちゃくちゃ痛そうね……」

「霞見くん、ああいうところが良くないわ。自分が酷い目に遭えばいいって思ってるもの」

「報われねーなあ……。女子に不評だぞ、零士ぃ。ぼちぼち反撃しとけ！」

「が⁉」

怯えない、竦まない、怯まない。

多少の虚勢は混じっているのだろう。しかし凄惨な殺人を目撃しながら、車椅子の少女も、ハンドルを握る兎娘も、護衛らしき人狼も、スポーツでも観戦するような調子で。

「……ん、ぐ、げ……げ、ぼおおおおおッ⁉」

「お、おい⁉　何じゃ……ゲロおおっ⁉」

　くちゃくちゃと夢中になって肉を食んでいた人喰い熊に、異変が起きた。

　呑みこんだ血が、肉が、突如として揮発する。固体が気体に解けた瞬間、その容積は爆発的に広がって、まるでコーラを腹いっぱい呑みこんだ胃袋にメンタスを落としたように――

　喉、鼻、ついには耳から涙腺に至るまで黒い霧を吐き出しながら、悶え苦しむ！

「レアモノ……化け物……幻想種。ここまでイカれとんのかい⁉」

「ケエエエエエッ⁉」

　マッチョ・マスティフの絶叫、ダイナソー・フェイクの泣き言。

　飛び散った肉も骨も霞に溶けて、傷ついた亡骸すら消え失せた。解けた霧は立ち竦む人獣の頭上で再び像を結び、傷ひとつない少年の姿が朧な月光に浮かび上がった。

「黒白霧法。――傷黒牢」

　刹那、バネ仕掛けのように唐突に。

　4人を包み込んでいた霧が先鋭、硬化。霧が槍となり、枝分かれして檻となり、縦横無尽に人獣どもを貫きながら、その全身を縫い留めていた。

「「「「ギャアアアアアアアアアアアアアアアア⁉」」」」

　唱和る悲鳴。

　まるでモズの早贄、枝に突き刺されて乾いた昆虫の骸。器用に死に至る急所、動脈や臓器を避けて全身を貫いた黒の枝槍は、硬質の結晶となってその場に残っていた。

「俺たちの情報が出回ってるらしいが——詳細は伝わってないらしいな」

「ぎ、ぐ、げ……死ぬ、死んでまうぅ……ぎゅ、ぎゅうぎゅうじゃ……！」

「救急車？　殺す気で人を襲っておいて図々しいな。何様のつもりだ」

喘ぐマッチョ・マスティフ。だらりと舌を伸ばし、尻尾を垂れて全面降伏の面。

だが、少年は一切の油断も容赦もなく、その惨めな鼻先を指で弾いた。

「原液から造ったオリジナルの魔剤、か。人獣同士の喧嘩なら絶対有利なスペックはあるな。だが、生憎俺は例外だ。神秘のかけらもない牙や爪で、俺は傷つかないんだよ」

「……なんだ、そりゃ。ハンゾグ、じゃ、ねェが……!!」

「反則でずるで卑怯だ。その点に異論はないが、自由を求めて来たんだろ、お前ら？」

真に自由な世界、この無法地帯において。

「生存競争にルールは無い。良かったな、お前らが大好きな自由だぞ。楽しめよ」

「ぐぎぎぎぎぎぎぎぎ……!!」

悶絶する闘犬男、人喰い熊、恐竜もどき、ドラッグ漬けのライオン。勝ち誇るでもなく告げた少年は、何事もなかったかのように仲間の方へ振り返る。

「待たせたな、終わった」

「久しぶりに見たけど。……マジ強いって言うか、相手になってないわね」

「素人相手にいちいちピンチになってられん。こっちは仕事だ、忙しい」

命の感嘆を、零士はあっさりと流す。

オリジナル魔剤をキメた人獣の基礎能力は、確かに上がっている。

並の人獣と比べておよそ5割増し、能力の組み合わせによっては2倍、3倍になるだろう。

だがどれだけ数字が高くとも、まとめて通用しなければ勝負にならない。

「会社に連絡して、こいつらを回収させる。悪いが柿葉、駅まで送るから命と帰ってくれ」

「わかった。大丈夫？」

「怪我ならしてない。するはずもない」

零士が言った時、柿葉蛍は首を振る。

「違うわ。身体じゃなくて、気持ちの問題。……苛々してるでしょう、今」

「……………」

それはあるな、と零士は静かに自認する。

何故そんな気持ちになるのか、考えるまでもなく——

「こいつらが気に入らない。元はまともな人間だったはずなのに、好き勝手やる馬鹿が」

霞見零士は人間ではない。生まれながらの幻想種、人権なき動物まがいの怪物で。

戸籍を手に入れ、仮にも人権を認められるまでに払った代償——権力に媚び、尻尾を振って生きるしかない屈辱や、経済的に締め上げられた惨めな生活、そのすべて。

自分が望んでも得られないものを持ちながら、平気で捨てて人を襲う、害獣が。

「……気に入らないのは、確かだ。冷静になった方がいいな。ありがとう」

「気にしないで。中学生とか高校生とか、若い男の子にはよくあることだから」

「……中二病と認識されるのも嫌だが、今しがたの言動を思うと似たようなものか……？」

結局のところ、八つ当たり。自覚すると、やや頬が熱くなった。

「こいつら、アンタたちを狙ってたみたいだけど……おかしくない？」

「何がだ、命（メイ）。立ち話をしてる場合じゃないんだが」

「あたしもそう思うけど、おかしいものはおかしいのよ。待ち伏せしてたみたいな感じだけど、アンタたちがここに来たのは偶然でしょ？　あたしがわがまま言ったのが原因なんだから」

仕事柄、ここ《神待ち通り》に零士（レイジ）や月（ゲツ）はよく来ているが。

「今日、この場に来る予定なんざ無かったな。確かにまあ、待ち伏せされるってのは変だわ」

「でしょ？　なら、こいつらどうしてここに居たのよ。どいつもこいつも、この街でもかなりイカれた悪党でしょ。ホイホイ歩いてるとは思いたくないんだけど」

「……何か、俺たち以外の理由があった？」

単なる私娼（ししょう）を狙った物取り、強盗、あるいは暴行という可能性もあるが――

「かもな。ん？」

「どうかしたのか」

串刺しにされたまま、生かさず殺さず。ヒクヒクと痙攣する人獣たち。裸同然の奴らだが、唯一残った人間性の証か、短パンや上着などを着けている者もいる。

ヒクヒク、人狼の鼻が鳴る。血濡れた傷から遡り、いくつかあるポケットへ。

「違う臭いだ。何だこれ、クセェ。……生臭いっつーか、薬臭いっつーか」

ポケットを探る――血に濡れた小銭や小額紙幣。それはいい、月が目に留めたのは、ガムの包み紙に混ざってぐちゃぐちゃになった、《サプリ屋さん》のチラシだった。

「さっきのフクロウが持ってたやつと同じだな。こいつらもあそこで買ってるらしい」

「だな。変な臭いのもと、こいつだわ。裏に何か書いてある……何だこれ？」

サプリ屋さんのチラシは、コピー機か何かで印刷したらしい、手作り感あふれる代物だ。使われている紙も特別な品ではない。ありふれたコピー用紙で、裏面は白い。その余白に、今時珍しく筆で墨を使って書いたらしい、ある文章が目に入った。

「……この線は、見覚えがある。この辺り一帯の街路図か」

添えられた文章は。

「『現金一億　此処ニ有リ』……だと？」

明確な場所までは判らない。

仮面舞踏街に通じた者なら、線がここ《神待ち通り》一帯の道を示していると判るだろう。

「1億って……もしかしてさっき話してた、闇カジノの金!?」

「恐らくな。サプリのチラシに書いてあるってことは、例の和服が手に入れたらしい」

あり得るな、と零士（レイジ）は言った。闇カジノ襲撃犯に怪異（カイイ）サプリを流したのも和服の人物だ。いち早く動き、隠された金を手に入れていたとしても不思議ではない。だとして、なぜ隠し場所をバラ撒（ま）く必要があるのか、それがわからなかった。

その時、風がぬるりと吹いた。

熱くなく冷たくもない夜の風。ぴんとした髭（ひげ）が揺れ、ふんふん空を嗅いだ時――

頼山月（ライサンゲツ）、人狼（ワーウルフ）のふかふかとした首の毛が瞬時に怖気（おぞけ）だち、膨れ上がった。

「……臭う。あっちこっち。どっかでモメてる、血の臭いだ」

「ああ。……聴こえるな。唸（うな）り声（ごえ）……人獣（ニンジユウ）どもが、殺（や）り合（あ）ってる」

まるで遥（はる）か南の大陸、熱帯雨林の只中（ただなか）のように。

いつしか街に満ちていたいかがわしい臭い、街娼（がいしょう）たちの嬌声（きょうせい）や女を呼び止める浮かれた声はピタリと止（や）んで、威嚇じみた遠吠（とおぼ）えや悲鳴のような獣の声がいくつも間近に響いてきた。

「なに、なに⁉　……どうなってんのよ、これ……⁉」

「わからないわ。けど、想像ならできる。……このチラシ、お金が隠してあるって情報」

零士（レイジ）が持ったままの墨蹟（ぼくせき）を、震える命（メイ）に寄り添いながら蛍（ケイ）が指した。

「これが大勢に届いたとしたら、どうかしら？　《街のサプリ屋さん》のお客――闇サプリをわざわざ買うような人たちに、大金が手に入るチャンスが来たとしたら」

「奪い合い、殺し合い。……ありうるな。1匹ぐらい無傷で訊問すべきだったか？」

「そんな余裕無かったでしょ。……無くさせたあたしが言っちゃダメだけどさ」

余裕で倒したように見えた。実際、負ける要素のない戦いだった。

（それでも、あたしが）

車椅子の、自分で自分を守れない人間が傍にいることが、弱点にならないはずがない、と。

理解してしまったからこそ、命は言葉を続けた。

「こいつらの最初の狙いは、1億。それに釣られて来たはいいけど、先に賞金がかかってるあんたたちを襲ってきた……そういう流れじゃないの？」

「恐らくそうだ。俺たちが追っていたカップル。ハブ男とコウモリ女」

臭いの痕跡はまっすぐ《神待ち通り》を目指していて。

「とても大事なことがあると言っていた。自分たちと、子供の将来のために」

大金——1億。それだけあれば金持ちの病院に入院し、魔剤の中毒を治療できるだろう。

だとしたら、この街のどこかで、あのふたりも殺し合っているかもしれない。

「お腹に赤ちゃん入ってんのよ⁉　それで殺し合いとか……頭沸いてんじゃないの⁉」

「俺もそう思う。だが今は他人のことより、お前自身の身の安全を優先しろ」

「わかってる。キレてる場合じゃない。めちゃくちゃ腹立つけど。我慢よ、あたし……！」

命を懸けるだけの額では、あるのだろう。大金を手に入れるチャンス、釣られるのもわかる。

だがそれでも、子供を宿した母親と、子供を守るべき父親がすることではないと思った。

「本社の特命が届くまで、まだ時間があるはずだ」

電波は圏外。スタイリッシュな懐中時計にしかならないスマホで現在時刻を確認する。

京東(キョウトウ)バブルを離れ、焼肉を食べ損ねてから1時間と経(た)っていない。

「その間にバカ騒ぎを止める。例のカップルも、見つけたら止めておく。それでいいな？」

「……お願い。もちろん、あんたたちの安全が最優先よ。けど、けど……！」

「わあってるって。そっから先は言わなくていいっての、命(メイ)」

言葉に詰まり、車椅子の手すりをきつく握りしめる命(メイ)に、ニッと牙を剝(む)いて人狼(ワーウルフ)が笑う。

「赤ちゃんに罪とか、ねえもんな。——できるだけ助ける。いいだろ、零士(レイジ)？」

「ああ。金の奪い合いだの、賞金目当ての襲撃だのなら、正直どうでもいいが」

零士(レイジ)も月(ゲツ)も、その程度にはドライで擦れている。関わり合った人間なら誰でも救うような、映画やマンガのお人好(ひとよ)し、ヒーローになれるなんて思っちゃいない。

「そうでない可能性もある。そして、これから生まれてくる命は守る。——人間として」

怪物ならざる、人間の証(あかし)として。

零士(レイジ)がそう告げた時、不意に嫌な声がした。

『ヒューマニズム溢(あふ)れる言葉だね。とても素晴らしいけど、悪いがこっちが優先だ』

「社長？　どこから……ッ!?」

脳に響くような独特の響き。これまでにも何度か経験した《魔法》——人権を持つ幻想種、《魔法使い》たる楢崎が得意とする、心に直接語りかけるような、明瞭な言葉。

一瞬その主を探した零士は、自分の足元に目を留めた。

信じられない、愕然と眼を見開き、言葉に詰まる。心臓が止まりそうな驚きと、そして。

『こんな姿で失礼するよ、特殊永続人獣諸君。身体はネズミ、心は大人……。しかしてその正体は、名探偵ならぬ君らの愛され社長——楢崎だよ』

異様に人間臭い仕草。手ならぬ前足で、切手サイズの羊皮紙を丸めて抱え。

一行を見上げたのは、薄茶色の毛並みが可愛らしい、丸いお尻の齧歯類——ハムスター。

「《おしり》⁉　……おしりか⁉　まさか。社長……あんた、何をした⁉」

霞見零士が、相棒や友人たちと同じ——それ以上に愛してやまない、家族の形見。

幻想清掃オフィスで飼われ、ヒマワリの種を食べながら回し車を回しているはずの小動物。亡くした妹のペットが、汚い路地にひょっこり現れ、社長の声で喋るのを聞いて。

これまでにない鋭さで零士は叫び、足元を覗き込んだ。

＊

『ハムスターの寿命を、知ってるかい？』

社長——愛らしい子ネズミの姿。器用に肩をすくめ、やれやれと言わんばかり。

まるでアニメに出てくるディフォルメされた動物。いちいち洒脱な仕草が煩わしい。

「話を逸らすな！　おしりを解放しろ、社長。無事なのか⁉」

「落ち着いて、霞見くん。……何となく、あの人の言いたいことがわかってきたわ」

「どういうことだ、柿葉！　お前に何が……！」

袖を引くように言う蛍に、声を荒らげかける零士。白兎の赤い眼と視線が重なる。

強張った貌。強張った唇が、残酷な真実を告げる。

「紹介してもらった時から違和感があった。ハムスターの寿命は、2年から3年よ」

「……は？」

「あの子、おしりはあなたの……今生きている、唯一の家族だと紹介されたのを憶えているわ。

霞見くんが他の家族と別れたのは、いつ？　3年以上前の話じゃない？」

「そんなことが何故わかる⁉　何も話してない。教えていない‼」

「わかるわよ。——友達だから」

あまりにもまっすぐな言葉が、今はナイフのように鋭く、零士の心臓を抉る。

「小学生の女の子のふりをしたり、女の子が食べるようなものを好んだり……。霞見くんは色々変な人だけど、理由もなくそんな奇行に走る人じゃない。そうでしょう？」

「それが何の根拠になる。詮索はやめろ……！」

家族のことを、隠すつもりはなかった。ただ、零士は言えなかっただけだ。

不幸自慢なんて不毛なだけだ。友達の同情を買うようなくだらない真似はしたくなかった。蛍も命も月も、それぞれの理由でそれぞれの困難や不幸に立ち向かい、生きていたから。

「……始まりは、俺が小学校に入った年だった……」

古より伝わる幻想種の血統。戸籍を汚す永遠の烙印。

最低限の社会保障のみを与えられ、地域の福祉で辛うじて生きている寄生虫一家。そんなレッテルを貼られた両親のもとに生まれ、1年遅れて妹が生まれた。

少子高齢化時代。出産、育児には補助金がじゃぶじゃぶと注がれた。補助金目当てで長男、長女と続けざまに産んだ考えなしの親。育児も適当、監査を潜るためだけの最低限。

それでも、それでも――

『お兄ちゃんが好きだよ』

妹の言葉を、血のつながった家族の温かい言葉を、零士は今も憶えている。

「血が覚醒した。幻想種の血だ。家伝の制御法……黒白霧法も知らなかった。霧になる俺を、親は外に見られて迫害されるのを恐れた。だから、それから、ずっと……！」

「細かい部分は話さなくても大丈夫よ。話したいのなら聞くけど、嫌なら言わなくていい」

語りかけたその時、止められた。

はっとする——顔を上げた。周りにいる3人。

いつのまにか零士の手を握り、眼をしっかり見て話している蛍。状況を理解できないのか、月は黙って立っている。命もそうだ、しかしその沈黙は、自分を気遣うものだと理解できた。

「ここにいるみんな、家庭の事情はいろいろあるもの。問題はそこじゃなく、ハムスターよ。おしりちゃん……その子が家族に加わったのは、何年前？」

「……他の家族が、死ぬ直前だ。あれは……」

零士が、本来なら小学6年生になるはずの年。霧化が進行する零士のために、自分が学校に行っている間寂しくないように、と。

「あいつが、一花が連れてきたんだ。小遣いを溜めて、自分が欲しかったと言ってた。けど、そうじゃない。あいつは俺の、ずっと閉じ込められていた、俺のために……！」

連れてきてくれたハムスター。からからと回る車、愛らしい姿に魅了された。

ささやかな癒やし——けれど幸せは続かずに。

限界を迎えた親が。怪物との同居に疲れ、錯乱した両親が一家心中を図り——妹を刺して、家にガソリンを撒いて何もかも燃やした、あの地獄から。

「俺は今、16歳で。あの時は……確か、11歳……いや、12歳になってたか……？」

ただひとつ残ったもの。炎で窓が割れ、外に落下したハムスターの檻。

生きる気力を失い、辛うじて人の形に戻り、収容された病院で散りかけた自分に。

他でもない、社長が。楢崎が連れて来た小さな命が——《おしり》。

「5年……最低、それくらい、経っている……!?」

『そんな感じかな。奇跡的に生き残ったペットのハムスター……家族を亡くした零士くんが、唯一生きる理由がそれだ。亡くしてしまえば、今度は確実に死ぬと思った』

汚れた路上をぽてぽてと歩いてくるハムスターに、蛍はしゃがみ込んで手を差し伸べる。

軽くジャンプ。ふかふかの毛皮が乗った掌を零士の前に運びながら、彼女は問う。

「……本当に無事だったの？　偽物を掴ませたわけでは、ないのね？」

『うわ我ながら信用なーい。そこまでしないよ、僕だって。人の心ってものがあるからね？』

「念のために確認しただけ。それで、社長。あなたは……！」

『お祭しの通りだよ、柿葉くん』

少女の掌の上で、ハムスターが直立する。

大舞台を前にしたマジシャンのように、芝居がかった一礼を——呆然とする零士へ。

『この国に残された幻想種、絶滅危惧種の純血を保護するために。僕は彼の生きる理由である、このネズちゃんを生かさねばならなかった。寿命を超えて2年、3年……いや、もっと』

この男もまた、常識を外れた存在。

寿命を超えて命を保つ、そんな奇跡を成し遂げた、その手段とは。

『この子は僕の《使い魔》だ。精神を繋ぎ、感覚を共有し、疑似的な幻想種に変える魔法……おとぎ話の魔女が連れている黒猫や、魔法使いが飼うフクロウのようにね』

「待て。じゃあ俺は、ずっとあんたを……家族と思って、可愛がってたのか⁉」

敵意すら混じる、真剣な怒りと共に零士は叫ぶ。

詰め寄られたハムスターは愛らしい姿で、ふりふりと頬袋を横に振る。

『そんなの僕だって嫌だよ。寿命の共有と感覚の同期以外、この子には手を加えてない。君が頬ずりした時とかはめちゃくちゃ不快だったから噛んだけど、それだけだね』

「……あんたの仕業か‼　おしりに嫌われたと思って、俺がどれだけ泣いたと‼」

「お、落ち着けって零士！　社長はクソだけど、身体はお前のハムちゃんだろ⁉」

胸を張るハムスターに、怒りをあらわに迫る零士を、慌てて月が止める。

『そのうち話そうとは思ってたんだよ？　友達もできて人生楽しそうだし大丈夫かなーって』

「この忙しい時に……。カミングアウトなら、もうちょっと落ち着いてる時にしてくれ」

『そうも言ってられなくてね。事態が大きく変わった。君たちに一番早く連絡をつける方法が、この子を通して僕の術式射程に君たちを入れることだったんだよ。理解してくれたまえ』

ハムスターの真面目な表情、コミカルに映る仕草。

『BT本社の暗殺チームが予定より早く動いた。例の《黒幕》のアジトを発見、強襲して敗北。拠点として潜んでいた廃ビルから逃走。本社執行部から《幻想清掃(Fantastic Sweeper)》に緊急出動命令――』

柿葉蛍(カキバケイ)の掌(てのひら)で、それは用件を告げた。

『仕事だ、諸君。ただちに現場へ向かい、黒幕を逮捕してくれたまえ』

「いやいやいやいや、社長。ちょい待ち！　今こっちもめっちゃ荒れてんよ⁉」

未(いま)だ響く悲鳴、喚声、戦闘音――1億を巡る《神待ち通り》の騒乱は、勢いを増すばかり。

「放(ほ)っといたら何人死ぬかわかんねーし！　そっちで何とかならねえの⁉」

『ならないからネタバレ覚悟で来たんじゃないか。戦力が欠けるのは痛いけど、月(ゲツ)くんにでも彼女らの護衛を任せて、君はサクッと黒幕を始末してきてくれ。場所は今伝えるよ』

言うと、ハムスターが手にしていた切手大の手紙、羊皮紙のかけらを零士(レイジ)に差し出す。

愛らしい仕草。だが中身はムカつくオッサン――二律背反。心がふたつあるような気分で、零士(レイジ)はそれをつまむように受け取った。

「何も書いてない。……どう使うんだ、これ」

『掌(てのひら)に載せてみたまえ』

言われるままにそうすると――掌(てのひら)に載った手紙が、触れてもいないのにじりじりと。

ある方角を目指して動くのを感じた。

「何だこれ、気持ち悪いな。……虫みたいだ」

『人造生命の探求——ホムンクルスの法、その副産物さ。ある種の幻想種（ファンタビ）が発する気配や体臭、視（み）えない痕跡を探知して引き寄せられる仕組みになっている』

「……あたしこういうの、世界一有名な海賊マンガで見たことあんだけど。パクッてない？」

『フィクションを現実に変えるのは技術屋の夢さ。大丈夫、アイディアに著作権は無いよ』

しれっと言うハムスター。愛らしいだけに憎たらしいが、今はこれが命運を分ける。

『相手がBT本社に送り込んできた式神の一部を練り込んだものでね。暗殺チームが失敗した時の保険として、本社から預かっていたものだ。唯一残された追跡手段だよ』

「了解した、社長。おしりの件については、後でケリをつける。逃げるなよ」

『うっわあガチ顔。怖いねえ、何されちゃうんだろう僕。暴力は止（や）めてくれたまえよ？』

「寿命を伸ばしてもらったとかいう話が嘘（うそ）じゃなければ、何もしない。騙（だま）していた件と、あと俺が可愛（かわい）がってる時嚙（か）んだ件については怒るぞ。めちゃ傷ついたからな」

「意外と根に持つっつーか、傷つきやすいんだよな、零士（レイジ）……」

「ガラスのハートね」

「うるさい黙れ、月（ゲツ）に柿葉（カキバ）。……取り乱してすまなかった。それと」

ようやく落ち着きを取り戻したように、零士（レイジ）は深く息をついた。

蛍（ケイ）の手からハムスターを受け取り、服の胸ポケットへ。ちょうどいい大きさでちょろりと顔を覗（のぞ）かせるそれに和みかけ、中身がアレだと思い出してげっそりと萎えてから。

「命。このまま帰っていいんだな？」

「……当たり前でしょ。立ち話しただけの連中のために、今の……」

痛みがないはずがない。苦しくないはずがないと、霞見零士は知っている。

賣豆紀命という少女は気が強くて、ぶっきらぼうで、口が悪くて——それでいて情に厚く、殺人を犯した後輩すらも許し、一度は共に死のうとさえするほど、優しいのだから。

「友達を危ない目に遭わせることなんて、絶対できやしないわよ!!」

痛みは今も、深々とその胸に。

なぜ自分がこんな風に感じるのか、これほどまでに痛いのか、彼女はわかっていた。

「……あんたたち以外のあたしの知り合いって、そういう奴ばっか。轢き逃げ野郎の舞と……ハブ男とコウモリ女、あのカップルだってそう。大して仲良くもないってのに」

憧れの目を向けられてはいたけれど、友達ですらない——ただの部活の後輩。

ただ偶然出会い、立ち話をしただけの——赤ん坊を宿した見ず知らずのカップル。

気付かなければただ通り過ぎるだけのはずの人々が、すれ違いざまに深々と。命の心を引っ掻いて、いつまでも痛む傷を刻んでおきながら、あっさり死んでいなくなる。

「迷惑なんてもんじゃねーわ。助ける義理もないし、勝手に不幸になってりゃいいのよ!!」

強い言葉とは裏腹の——涙。

傷つき痛み苦しみながら、思いは零れる雫にのみ表して、命は叫ぶ。

短い嗚咽。震える背中を、寄り添う蛍の肉球が浮いた掌が無言でさするのを見つめながら。

「まったくだ。わかってるならいい、連中は見捨てる、お前は助かる。それが大人の判断だ」

「……ひぐっ……ぐすっ。だから、そう、言ってんでしょ……！」

「だが生憎、ここには未成年しかいない。定石を無視してハイスコアを狙う――さんざん若者がどうたらとか説教を垂れてきたんだ。協力してくれるだろうな？　社長」

『はい⁉　何をするつもりだい、零士くん？』

珍しく動揺を見せるハムスター。震える胸ポケットを見下ろして。

「ケリをつける。あの日の失敗……俺は命の後輩を、《轢き逃げ人馬》を殺すつもりだった。償いきれるはずもない罪を抱えて生きるより、ずっと楽だと知っていたからだ」

それは自分自身の、血肉の通った実体験。

両親に殺されかけ、妹を死なせ、すべての原因である自分がひとり生き残ったことへの。

償いきれない罪悪感、永遠に背負う十字架の重さ。

「だが、命は償いを選んだ。池田舞の両親もだ。俺はヒトの善性を、強さを信じていなかった。だから俺はヤツを殺しかけ、結果病院が爆破されて、さらなる悲劇の元になった」

「……不可抗力よ。あんたに責任なんか、ないでしょ」

「そうかもしれない。だが法的な問題じゃない、これはけじめだ。アフターサービスは万全に、たとえ返したとしても、命は俺たちの仕事に1億という値段をつけ、払おうとしてくれた」

金の価値、重さを知っているからこそ。

「焼肉なんかでごまかすのはフェアじゃない。客の本当に望むものを果たす。……命の言葉を借りるなら、これでチャラ。なーし！ ……以上だ！」

贖罪を申し出た柿葉蛍に、命がかけた赦しの言葉。

「モノマネ、似てねーな」

「うるさい。多少手間をかけるハメになるぞ、月。この手紙はお前に渡す——犯人を追跡しろ。戦う必要はない、こっちの鎮圧を済ませて俺が合流するまで、逃がすな」

「あいよ、相棒。……いいじゃねーか。オッサンの言いなりより、気合が入るぜ!!」

追跡用の手紙を受け取り、人狼はタフに笑う。その時、不意に手が伸びた。

「そういうことなら、お手伝いするわ。決着をつけるのはいいことよ、すっきりするもの」

「小学校の委員長決めじゃないんだぞ、いちいち手を挙げなくていい。お前は帰れ、柿葉」

「私も命さんの友達で、命さんに雇われていた縁があるわ。それに頼山くんひとりで追跡して、連絡が取れなくなったらどうするの？ ろくに電話もないでしょう、この街は」

まともな連絡、通信手段が限られるこの街で。

最も信頼できるのは足で駆け、言葉で直接伝えること——。

「メッセンジャー役くらいは果たせると思う。手伝わせて。私の友達と、私自身のために」

「……やめて！ 危ないわよ！ アンタたち、あたしのためになんか、そんな……！」

「お前のためだけじゃない。柿葉の言うとおり……友達のためと、自分にケリをつけるためだ。過去を償おうなんて後ろ向きな気持ちじゃなく、お前と」

　未来を、明日を。

「これからも友達でいるために、俺たちは働く。――命が、怪物を必要とする限り」

「……バカ。バカバカバカバカ、バカばっか！　具体的に何する気なのよ、アンタたち!!」

「シンプルな決着だ。1億の情報を流したのは黒幕――その意図は恐らく追跡を撒くための囮。争奪戦を鎮圧するために兵力を向けさせ、自分への圧力を減らすためだろう」

　楢崎とBT本社の判断も間違いではない。害獣が死ぬだけの争奪戦など放っておけばいい。助けてやる義理などない。ガン無視して黒幕だけ追い詰める、それもひとつの解答で――。

「そんな理屈を吹っ飛ばしてやる。月と蛍が黒幕を追跡している間に、俺が連中を制圧する。悪いが社長、本社警備部を呼んでくれ。鎮圧後の命の保護、捕縛した奴らの確保を願いたい」

　幻想や怪異と戦うには、あまりに力不足な本社警備部。

　しかし車椅子の少女ひとり護衛し、害獣を逮捕するには十分な戦力で。

『……正気で言ってるのかい、君。確かに君は並の人獣の攻撃じゃ傷つかない、本気を出せば超広範囲で攻撃もできる。害獣如きに負ける心配はないけれど』

　問題なのは、巨大な能力を行使するが故に支払うコスト。

『規模を考えれば《白法》を使うことになるだろう。気体化した自分自身を拡散、変質させるあの技は人間性を大きく削る。そんな状態で、黒幕を確実に倒せるのかい？』

「あんたが雇った、あんたの社員だ。できると言ってる、やらせてみろ」

胸ポケットを見ずに、零士は言う。

愛らしい家族が憎たらしいおっさんに操られているのを見たくないから。

「あんただって、命には借りがあるはずだ。仕事を請け負っておきながら一方的にキャンセル、本当なら焼肉おごりでごまかせるようなもんじゃないだろう。違うか？」

『……それを言われると弱いねえ。ま、いいよ。それじゃ貸し借り無しってことで』

消極的な、しかし確かな同意。方針は定まり——。

「あの日しくじった決着をつける。いいな、命」

「勝手なことばっか言うんだから……！」

苛立ったように、命は髪の毛をぐしゃぐしゃと掻き混ぜる。不機嫌な猫のように、そして。

「やるわ。やってやろうじゃん!!　ぶっ飛ばしてやんなさい、零士!!」

「了解。《白法》を解禁する」

少女の叫びと共に、怪物は——解き放たれる。

＊

街のサプリ屋さん——和服の黒幕がバラ撒（ま）いたという《原液》について。

後に知った社長、楢崎（ナラサキ）はいつものイケボで滔々（とうとう）と語った。

『BT本社製造部の怪物（モンスター）サプリ工場、その製造過程を知ってるかい？』

『知らない？　そりゃそうだ社外秘だからね、普通知ってるはずがない。ひとことで言うと、執行部から卸された銀色の液体……《基剤（エリクシル）》を純水で希釈。肉食、草食、爬虫類（はちゅうるい）など分類ごとに分けられた遺伝子サンプル、つまり身体（からだ）の一部をそれで溶かすわけだ』

『カフェインや糖液、炭酸なんかを加えて味を調える工程を除けば、サプリ屋さんがやってることと同じだけど——幻想種（ファンタビ）ならざる凡俗に、怪物（モンスター）サプリの調合という奇跡が成せるのか？　それはいささか専門的な分野、秘匿魔法（ハイディ）と解明魔法（ライブラ）の違いにある』

ほぼ人類の発祥と共に成立した最古の幻想種（ファンタビ）——《魔法使い》。

洋の東西、宗教、文化、言語によって多様な進化を遂げ、近代では《神秘家（オカルテイスト）》とも称される。

その本質——秘匿魔法（ハイディ）とは。

『ぶっちゃけた話、世界に対する《裏コード》だ。システムを構築する際プログラマーが必ず残すというバックドア、抜け道、裏技、ワザップ的なもの。杖(つえ)を振り、呪文を唱えれば世界はそれを承認し、妄想じみた幻想が現実と化す……僕らの血にのみ伝わる異能だよ』

神秘家(オカルティスト)の血を継がぬものが同じく杖(つえ)を振ろうとも、それは何も起こらない。

『世界に接続するアカウント、資格がないため受け付けてもらえない。そう理解すると話が早い。だがこの法則には抜け道が存在する——それが解明魔法(ライブラ)、解き明かされた謎の答えだ』

解明魔法(ライブラ)。その名の通り法則を暴(あば)かれ、世界の《常識》と成り果てたもの。

『秘匿魔法(ハイディ)は暴(あば)かれ解明に至る。かつて感染症による死は魔術による呪いとされ、雷は竜の咆哮(ほうこう)、嵐は祈禱(きとう)による神の怒りとされてきた。だがそれらはすべて、科学という新たな法則によって解明され、今や万人が扱える不変の法則——解明魔法(ライブラ)と化したわけだ』

怪物(モンスター)サプリ。魔剤の調合もまた暴(あば)かれた法則のひとつ。

『かつての世界的パンデミックを止めるため。BT本社CEOが解明し、衆目に晒(さら)した神秘。それが怪物(モンスター)サプリであり、秋津洲(アキツシマ)の全国民、世界に至るまで大勢がその存在を知っている』

『知っているが故に、誰にでも作ることができる。しかしその原液、基剤(エリクシル)の製法は未(いま)だ秘匿魔法(ハイディ)の領域だ。解明には時間が足りず、人類の滅びを覆(くつがえ)すためには迅速な大量生産が必要だった』

現在BT本社製造部が所有する工場によって、日夜製造販売されている《魔剤》の基。

『それは、それだけは未(いま)だに《彼女》による手作りなんだよ。数百万倍に希釈しても大丈夫、故に供給に不足はないわけだけど……ま、それは置いといて』

《怪物(モンスター)サプリ》という解明魔法(ライブラ)は万民が利用できる解き明かされた法則。

だがそのすべてを知る者と、知らない者とでは扱える領分に大きな差があった。

『ぶっちゃけ基剤(エリクシル)に触媒を溶かせば怪物(モンスター)サプリは成立する。だが定められたレシピの外、素人(しろうと)が分量も何も適当に混ぜたものとなると、調整は一切できないと思っていい』

『話がくどいって？　わかったわかった、せっかちだねえ。それじゃ単刀直入に――』

がらりと切り替わる、沈鬱な声。

『――個人製造の《闇サプリ》はくっそ危険だよ。ランダムに組み合わされた獣性は容赦なくヒトの理性を破壊し、獣に近づけるだろう。つまるところ、キマりにキマったガンギマリ』

『一発キメれば中毒者。それどころか異常な副作用……狂暴性の発露、社会性の喪失、過食や奇食の衝動……ほぼ間違いなくイカれた、人喰(ひとく)いサイコ野郎に堕(お)ちるだろうね……！』

地獄のような答えを、誰も知るはずもなく。

神待ち通りの路地裏で起きた常習者たちの喰(く)い合(あ)い、争奪戦はさらに加熱していった。

＊

淀んだ空気。汚れた街の腐臭、ガスが煙る人獣特区の夜。

「おいおいおいおいおいおいおいおいおい、何の騒ぎだよぉ⁉」

「きゃあああああああああああああああああッ⁉」

女を買っていた売春車。ありふれた豚男がパンツを下ろしたまま腰を抜かし、きわどい服を身にまとった雌犬娘が、脱いだばかりのブラを落として車内を転がり回る。

ギシギシ、ギシギシギシ、ギシギシ……！

錆びた車体が軋む音。男女の交わりとは違う揺れの源は、汚れた車窓の外に。

「何だよ、何だよアレ……⁉　幻想種⁉　あんなのいんの⁉」

「き、きもちわる！　……あ、あたし、あたし、虫ニガテ‼」

「ギリギリギリギリキリキリギリギギギギギギギ……‼」

言語らしきそれは、顎に生えた脚が擦れる音だ。

極端に太い腕、前傾姿勢。拳を地面につけて歩くさま――ナックルウォーク、類人猿の印。

だがその身体は黒い甲殻に覆われており、飛び出た大顎の間から、それだけはヒトらしい形をした舌が、ベロベロと空を舐めるように暴れている。

　レシピはノコギリクワガタ×ニホンザル。猿の素早さに甲虫の力と甲殻の相乗効果を狙って混ぜられた闇サプリは、キメたが最後知能が昆虫以下となるデメリットが判明。

　昆虫系の怪物サプリが市販されない最大の原因。形成される外骨格、節々に膨れる神経節。副脳とも言える働きをするこれらがヒトの大脳を圧倒――深刻な知能低下、反射的行動。

　後悔してももう遅い――後悔するような知能もない。

「ギギギギギギギギギギギギギ!!」

「きゃあああああああああああああ!! やめ、やめてくれえええ!!」

「クワガタカーセックスとか聞いたことないわよおおおおっ!?」

　ギシギシギシギシギシギシギシ。

　雌クワガタとでも誤認したのか、黒塗りの車にのしかかり、本能のままに昆虫男が腰を振る。激しく揺れる車内、砕けるガラス、歪むフレーム。哀れな客と娼婦の悲鳴も届かない。

　そんな怪物どもが今、《神待ち通り》全体でおよそ――１００匹。

　同時多発的に発生した争奪戦、隠された1億をめぐり、血で血を洗う抗争を繰り広げていた。

「あぶぶぶぶぶぶ！　うぶぶぶぶぶぶ!!」

服を着た銀蝿が飛び回る。中途半端にキマッたせいか、バカでかい複眼のすぐ下、ヒトの顎。薄汚れたジャケットの背中を破って飛び出した翅が超高速で振動、高速飛行を実現。鉤爪と化した手に引っかかっているボストンバッグ。振動で動いたファスナーが開きかけ、そこからこぼれたものが路地裏に降ると、それをめざして複数の怪物どもが群がってくる。

「カネえええええエエエエッ!!　俺の、カネえええええエエエエエ!!」

「オレの!!　おでノ!!　ちネ!!　とるナ!!　ちねちねちねちねちねちね!!」

ゴミに埋もれていたバッグ。中身は高額紙幣の束——ぎちぎちに詰まった現金、1億。

運悪く複数グループが同時に発見。平等に山分けなどという理性的判断ができるはずもなく、その場で奪い合い、殺し合い。三つ巴の争いの中、ハエ男が横から金をかっさらった。

舞い散る紙幣、大金のシャワー。降ってくる金を求めて押し合い、奪い合い、殴り合う人獣（ニンジユウ）。中でもひときわ目立つふたりが、飛び回るハエ男を引きずり降ろそうと暴れていた。

「しゃぶるるるるる!!　しゃぶるるるるるる!!」

頭はワニ。身体は薄い羽毛で覆われ、革ジャンにミチミチに詰まっている。ズボンは膝から弾け飛び、太く逞しいダチョウの脚が伸びた——　駝鳥鰐（オーストリッチ・クロコダイル）。

外の世界ではほぼ壊滅しつつある文化——ジビエ、狩猟肉料理。ダチョウ、ワニなどはその定番とされ、ここ仮面舞踏街（マスカレード）では食肉として流通している代物だった。

「カネえええエエエエエ!!　かぁねエェ————ッ!!」

草食獣、それも大型はデカく、重く、故に喧嘩に強い。

唾を吐き散らしながら首を伸ばす、身長2メートル越えの巨大草食人獣――鹿角ラクダ。

隆々とそそりたつエゾシカの角、背中に瘤のある独特の体形。群衆を蹴とばし押しのけて、肉と骨が砕ける音をたてながら、凄まじい勢いで突進していく。

ハエ男の手、ぶら下がったバッグをめざして。途中何人か踏み潰したが気にしない。

巨漢がバッグを摑むかと見えた瞬間――傾いた街灯から降ってくる、肉の縄。

「なぎゃっ⁉」

「シャ――――ッ‼」

蛇が喉を鳴らす。伝説のアナコンダより大きな蛇人間《ハブ男》。

赤ん坊のように小さな手足。街角の暗さを利用し、街灯に巻きついて機会を待っていた。

最高のタイミング――妨害達成。鹿角ラクダの上半身に瞬時に巻きつき、長い毒牙を首に。

分厚い筋肉の束を貫通、毒が動脈から一気に脳へ達し、瞬時に巨体を悶絶させた。

蹄が滑る、転がる、トラックの横転じみた大惨事。数百キロ、1トンにも達しようかという巨体が、猛突進の勢いのままひっくり返った衝撃は、ハブ男を巻き添えに周囲を挽肉に変えた。

「あげ⁉」

「あああああああああああ‼」

相反するニュアンス――金を奪った歓喜。そして伴侶を失った絶望と痛み。

金が詰まったバッグを引っ張られた衝撃でスピードを落としたハエ男を襲う黒い影。廃墟(はいきょ)の壁から飛び立った《コウモリ女》の足、手に匹敵する器用さを獲得したそれが1億を奪う。もぎ取られたバッグ——ファスナーが弾(はじ)ける音、さらに散らばる高額紙幣、群がる人獣(ニンジユウ)たち。路上に転がり、でろりと舌を出して気絶した鹿角ラクダ、その下敷きになったハブ男。素人目(しろうとめ)にもわかる凄(すさ)まじいダメージ。もう助からないかもしれない、と悟りながら。

「あなた!!　あなた!!　生きてるなら逃げて!!　早く、こっち!!」

「はは。……ごべん、どじ、ぶんだ。むー……りぃ……!」

あはは、と笑いをこぼしながら、ハブ男は蛇の生命力を発揮する。

胴が半ば潰れていた。一抱えほどもある大蛇の腹も、大型草食獣の質量には敵(かな)わず。ただ転んだ肉塊の下敷きになっただけで致命傷。ヒトの痕跡を残した口から血を吐いて、喉の奥がごぎゅっと膨れる。まるで卵を呑(の)む蛇——呑(の)みこんであった何かを取り出す音。

「あい、してる。きみ、こども。——げんきで」

「やだ……やだやだやだやだやだ!!　一緒でなきゃ!!　いや……!!」

「しゃぶるるるるるる!!」

喘(あえ)ぐハブ男。コウモリ女が飛翔(ひしょう)し、路面スレスレを飛行して彼を浚(さら)おうとする。

だがその隙を目敏(めざと)い人獣(ニンジユウ)が逃すはずもない。高度を下げた瞬間を狙い、ダチョウ足のワニ男が斜めにジャンプしながら大口を開け、ばくりと彼女を1億もろとも食いちぎろうとして。

「あ……ぎゃ、あああああああああああああああああああああ!!」

「しゃぶッ!?」

突如、雷鳴。至近距離で起きた炸裂(さくれつ)。爆発的な肉の膨張と、骨格の変化。

ハブ男の全身が風船のように膨らみ、肉がギュッと凝縮されて再構築される。喉の奥に隠していた容器が割れて、中身——調合済みの《闇サプリ》が消化器に吸収された結果。

「あ、が、ぢゃあああああああああああああああん!!」

まだ名前を決めてすらいない我が子を呼んで、潰れた蛇の半身が再生する。

体形は四足獣——過剰摂取によりヒト要素が圧倒された結果。ヒトの面影を残す猿の頭部、毛並みの悪い野良猫(のらねこ)の手足、路上で繁殖する外来種、ハクビシンの胴体、尻尾は蛇。

この街の路上で、闇市で、ゲテモノ料理の店で手に入る触媒をとにかく混ぜ——過剰摂取による暴走、ただただ壊れて死ぬまで暴れるだけの自爆レシピ。

その姿を目撃した人獣(ニンジユウ)の中、辛(かろ)うじて理性を残した者が叫ぶ。

「ウソだろ、幻想種(ファンタビ)……鵺(ヌエ)!?」

「チュクチュクチュクチュクチュクチュクピィ！　チュクチュクチュクチュクピィ!!」

小鳥(スズメ)のような声で鳴きながら、和製キメラとでも言うべき怪物は躍りかかった。

野良猫(のらねこ)の爪が駝鳥鰐(オーストリッチ・クロコダイル)の尻尾にかかり、切り裂くように引っこ抜く。コウモリ女を噛(か)む寸前、猛烈に引き戻されたそいつは、振り返る前に手近な壁へ叩(たた)きつけられた。

コウモリ女はバランスを崩し、失速。墜落直前、バッグではなく己の下腹部を庇いながら、アスファルトに爪を立てて速度を殺す。散らばる札束、高額紙幣の雨の中で。

「ぴぴぴぴ!!　ぴぃぴぃぴぃぴ!!　ちゅぴぴぴぴ……!」

「しゃ、しゃぶ、しゃぶ、しゃぶ!?」

言語を失った人獣同士。かたや小鳥の囀り、かたや語彙を喪失し、特定の単語のみ。

格付けは明らか――ワニ男の顔に広がる恐怖と狼狽、伝わる――怯え。対する猿顔、真っ赤に紅潮し、興奮のままに大口を開けて犬歯を剥きだすその顔は、ただただ暴力の衝動のみ。

ゴリッ!!

林檎を噛むような音がして、ワニの眼窩に猿の牙が食い込んだ。獣性に呑まれた二組の怪物は、ただただわかりやすい本能のままにかぶりつき、引っ掻き、喰い合う。

その時、別の衝動に呑まれていたもう1匹の人獣が、騒ぎを聞きつけて動き出していた。

「ぎりぎりぎりぎりぎりぎり……!」

「ひぃいいいいっ!!」

潰れたバンから辛うじて這い出し、娼婦と客が逃げていく。

股間をバキバキに勃起させ、カーオイルで淫靡に濡らした昆虫男――クワガタザルが進む。

ガラスのような複眼に映るのは、路上に倒れたコウモリ女の腿と毛皮を包む下着の白だけ。

「や!!　やだ!!　赤ちゃん!!　赤ちゃん、いるのぉ!!　やめ、やめて!!」

「ギギギギギギギギ!!」

言葉は通じない。もはや衝動のみ。

車を犯した股間、自動車油と煤に汚れたそれをいきり勃たせながら、コウモリ女を押し倒す。

もう何でもかまわない、車だろうが人間だろうが、衝動をぶつけられるものならば。

弾け飛ぶスカート、千切れる下着。その奥に命を宿した聖域を狂った虫が犯そうとした時、

棍棒のようなものが飛んでくると、カチ上げるようにクワガタザルの頭を殴り飛ばした。

「チュンチュンチュンチュンチュンチュンピイ!!　チュンチュン!!」

「ああ……ひっ!?」

コウモリ女に、一瞬だけ歓喜の色が現れて、消える。

安堵が絶望に塗り潰される。クワガタザルを吹っ飛ばしたもの——かつての夫。

過剰摂取で顕現した偽りの幻想種《贋作鵺》。長い入院生活で電子書籍に親しみ、自家調合可能な闇サプリを手に入れ、それっぽく古の伝承に従い、触媒を混ぜた結果。

『使う気はないけれど。——お守りくらいにはなるだろう？』

そんなふうに笑ったハブ男の自我は、もはやなく。

股関節からもぎ取ったダチョウの足をくわえた猿。夫の面影を残したその顔に理性は皆無。

血の滴る生肉をしゃぶる唇に、歓喜の笑みが刻まれていて。

「だめだ、ありゃあ……」

地獄のような光景、その目撃者。

ズボンを下ろしたままの客と娼婦が、恐怖すら忘れて呆然と。

「イカれてる」

ごく短い言葉が、真実を突いていた。

「チュンチュンチュンチュンチュン!!」

「ギギギ!!　ギギギガギギギ!!　ギイイイイッ!!」

小鳥と虫の阿鼻叫喚。1匹の雌を巡り、甲虫もどきとごちゃ混ぜの怪物がもつれ合う。そのどちらが生き残ろうとも、コウモリ女にもはや生き残る道はない。

折れた指──潰れた翼。もはや飛べない。足首も嫌な方向に曲がっている。

いかに人獣の治癒力が優れていようと、すぐには回復できないダメージ。唖然と見守る娼婦、客、そして戦う2匹の傍で這いずり、少しでも生きあがこうとするコウモリ女。

「やだ……やだよぉ、あんたぁ……!!　ゆるして、このこだけは、みのがし……ッ!!」

逃れる足首、貫く爪。

「やあああああああああああああ!!」

「ちゅぴっ」

無邪気にさえ聞こえる小鳥の囀り。

甲虫もどきを押さえ込み、筋肉で繋がった外骨格を引きちぎり──文字通り勝利をもぎ取った贋作鵺は、我が子を宿した女を前に、食欲と性欲しか残っていなかった。

「ちゅぴぴぴ！　チュピピピピピ‼」

「やだ……やだ、やだ、やだ、やだ。ああ……あああああああ……‼」

涎がぬるり、糸を引く。

ヒトの面影を残した猿面の牙が、コウモリ女の両足首を摑んで開かせた股座に。

舐めるように伸ばした舌と一緒に、がぶりとかぶりつきかけた――刹那の時。

「黒白霧法。――白梅香」

人知れず為された宣告が、状況を一変させた。

＊

仮面舞踏街、夏木原の空気は、いつも臭い。

マンホールから噴き出す発酵ガス。満足に清掃されていない公衆トイレ。道端で盛る発情臭。

路上に捨てられたゴミ。溜まった雨水や飲食店の煙――あらゆる営みが醸す臭い。

夜の街、辛うじて点灯する街灯とささやかな月光に照らされて、薄い煙が映える。ある一点、《神待ち通り》の片隅に立つ少年が、車椅子の少女の傍らに立って。

「ふう――――――……っ」

右手、親指と人差し指で作った小さな輪。

シャボン玉を飛ばすように息を吹き込むと、吐息は驚くほど濃い白煙となって路地の隅々にまで充満し、その技の名が示す通り――梅の花のような香りで、街の悪臭を打ち消していった。

「いい香り。……香水みたい」

「生物の多くは嗅覚に依存する。イヌ科はもちろん、ほぼあらゆる種類の動物がだ」

ヒトは例外に近い。視覚に依存した結果、最低限の感知能力を残して失った。だがそれでもなお嗅覚はヒトの精神に強い影響を与え、悪臭には不快感を、芳香には喜びを感じて。

白梅の香りを吹きながら――白黒の少年、霧の怪物たる霞見零士は、その技の神髄を語る。

「香りの正体は極微の飛沫……俺自身だ。設定された領域、《神待ち通り》にいて呼吸しているあらゆる奴らの体内へ侵入し、肺に至って本性を現す」

彼の家系に伝わる異能の口伝。ヒトとしての意識で操れる幻想の技。

「黒白霧法、白梅香。春に香る梅の如く、瞬時に人を昏倒させる超即効性催眠ガス。空気中では無害だが、肺粘膜に触れた瞬間分子構造が組み替わり、体内に吸収される」

「……えげつなっ！」

思わず命（メイ）がジャージの袖で口元を覆うほど、恐ろしい。

「ほぼ毒ガスじゃないの。そんなのホイホイ使って大丈夫なわけ？」

「殺すよりはマシだ。無差別に殺すだけなら他にもいろいろあるが」

　正直、それは。

「反省してる。あの日、あの時……《轢（ひ）き逃（に）げ人馬（ケンタウロス）》を無傷で捕まえていれば、病院での暗殺なんて真似（まね）を許さずに済んだかもしれない、と」

「……あの時も、エグかったわね。酸みたいなので、丸焼きにしたんだっけ」

「殺すつもりだったからな。害獣（ゴミ）なんてそれでいいと思っていた。だが」

　かつての戦いを思い出し、そして霞見零士（カスミレイジ）は己の過（あやま）ちを――認める。

「害獣（ゴミ）といえど、信じる人間がいた。誰かに愛されているかもしれないと思うようになった。引きずってるわけじゃないが、無傷で捕まえて法で裁くべき時もあるだろうと感じた」

「もしかしてあんた、あたしに謝ってるつもりだったりする？」

「あの判断は最適（ベター）だったが、最善（ベスト）じゃなかった。……そう認めただけだ」

　裏路地を進み出る。すっかり静かになった通りには、バタバタと倒れた人獣（ニンジユウ）の姿。

　ゴミに埋もれるように寝ている娼婦（しょうふ）と客。踏まれ潰され吹っ飛ばされた数々の死体、互いに争いながら意識を失った人獣（ニンジユウ）たち、死屍累々（ししるいるい）たるありさまの中で、ひとり。

　生きていたコウモリ女が――歩み寄る零士（レイジ）と命（メイ）を見上げて、すがるように言う。

「……やっぱり、あんたたちなのね。これ」

「知ってたか。まあ、そうだろうとは思っていたが」

闇サプリを売る黒幕、和服の男がディープウェブで拡散していたプロモ動画。

映りはぼやけていたが、戦う零士(レイジ)の姿が映り込んでいて——目敏(めざと)い者なら気付くだろう、と。

「お願い、見逃して」

乾きかけた血でずぶずぶに溶けた高額紙幣を、鷲摑(わしづか)み。

下腹部を押さえ、折れていない左手——飛膜の翼で札束を摑(つか)み、コウモリ女は哀願する。

「さっき、私らはあんたたちを襲わなかったでしょ。賞金、かかってたのに……！」

「それを善意と信じられるほど、俺は優しくないんだよ」

プロモ動画に映る戦闘は、解像度こそ低かったが迫力は十分に伝わるもので。

闇サプリをキメた興奮状態の害獣でもなければ、怖気(おじけ)づく。

臭いで大まかに感情を読み取れる人狼(ワーウルフ)、月(ゲツ)は何も言わなかった——その理由を零士(レイジ)は予想する。

「襲う気がゼロじゃなかったんだろう。だが、それ以上に怖かった。そして俺たちに……正確には、俺たちを護衛にしてる命(メイ)に取り入ることを選んだ。身の上話をして、同情を買った」

「……そうよ。卑怯(ひきょう)だって思う？　ずるいって思う？　……それが何よ!!」

眠る鵺(ヌエ)を起こさぬように。

声をひそめた、けれど真実の叫び。

「しかたないじゃない。お金が欲しいの、助かりたいの。赤ちゃんがいるのよ……！」

「別に責めてるわけじゃない。結論から言えば、あんたの考えは正しかったからな」

弱者が常に善良だったり、正直だったり、正しいはずがなくて。

弱いからこそ人を出し抜き、陥(おとしい)れ、間違いを犯す――そんな闇を零士(レイジ)は何度も見てきた。

「決めるのは俺じゃない。だからあんたは、今の術から外した」

血まみれの金を差し出すコウモリ女に、零士(レイジ)は言う。

コウモリ女の視線の先に居るのは――彼の後ろ。車椅子の、賣豆紀命(メズキメイ)。

「お願い。お金ならあげる。せん……いえ。５千万、どう!?」

「それで？」

命(メイ)は冷たく聞こえる声で、即座に問うた。

「とんでもないことになってる、猿だか猫だかわかんないヤツ……旦那さんよね。大事な人をぐちゃぐちゃにして摑(つか)んだ金を渡して、ズタボロで、赤ちゃんまでいて、おまけに病気」

ぐううう、ぐううう……と軽い鼾(いびき)。贋作鵺(フェイクヌエ)は眠りこけ、その寝姿は猫のよう。

だが血に濡(ぬ)れた牙と傍(かたわ)らの首が、そんな可愛(かわい)らしさを地獄めいた悍(おぞ)ましさに変えていた。

「そんなんでこれから、どうするって言うのよ？　見逃してもらえば幸せになれるの、あんた？」

「……だって‼」

愛らしい、兎のように尖った耳。コウモリ女は涙を浮かべ、叫んだ。

「どうしようも、ないじゃない……！　もう、何もかも遅いのよ。手遅れなのよ‼」

「何が遅いの。生きてんじゃない」

きこきこと車輪が鳴る。距離を詰める車椅子、守るように離れない零士。

「生きてんだからどーにでもなるわよ。死んじゃったらおしまいだけど」

「軽く言わないで。あなたには、あなたみたいなお嬢さんには、わからないでしょ‼」

ぎり、奥歯が軋る。静かな刃のような眼で女の言葉を受け止めて、命は言う。

「わかるわよ。……死んだダチがちょうど、あんたらみたいなことをやってたから」

「え……⁉」

「大した度胸もないくせに変なのキメてラリッたあげく人殺して、ついには自分が死んでさ。せめて仇を討とうと思ったら、それも他人に横取りされたわ。あたしのためにダチが死んだってのに、金を出すことすらできない、邪魔だって追っ払われて」

――腹が立つ、腹が立つ。

結局のところそれなのだ。ムカつく大人の理屈に振り回されて、やりたいこともやれずに。ただ守られるばかり、助けてもらうだけじゃ嫌だから。走れないから、歩けないからって、ずっと見下されてたまるかと思った。弱い自分を恥だと思う程、命の魂は強かったから。

「あたしの恨みも！　怒りも！　どこにも行き場が無くなって。……だから!!」

熱い叫び。

呆然（ぼうぜん）と座り込むコウモリ女、握っている血染めの札が、震えていた。

「だから、あんたを助ける!!」

「え……？」

「死んだ友達の魂のため。無くした命（イノチ）のため、新しい命（イノチ）のため」

やる理由はいくらでもあって、やらない理由は思いつかず。

自分の心に従って、賣豆紀命（メズキメイ）は――決断した。

「あたしの、あたし自身の未来のために。ケリをつけなきゃ永遠にモヤったままだから……！

だからあんたを助ける。いいわね、クソみたいなわがままだけど、つきあいなさい!!」

「……そんな。どうやって、私を。たすけ……？」

「あんた、金持ってるじゃない。元は盗んだ金らしいけど、無法地帯で窃盗もクソもねーわ。

文句言えるのは被害者だけ。あとで詫（わ）び入れるにせよ、使っていいでしょ」

「……無茶な理屈だな。山賊かお前は」

呆（あき）れ顔（がお）の零士（レイジ）。ふん、と命（メイ）は息荒く、明快に答えた。

「悪い？　文句言ったって何も変わらない、あたしはあたし。どうせクソ女だわ」

「自己認識が正確で素晴らしい。自覚があるだけ救いがある。それに」

くくく、と零士は思わず喉で笑って。

「誰も助けないクソ女より、誰か助けるクソ女の方がずっといい。――おっと？」

「ぴぃいいぃいぃぃい……ピィ、ピィ……!!」

のそりと獣が起きる。首をうっそりと振り、贋作鵺が瞬きしながら小鳥のように鳴いた。

闇サプリに酔ったイカれた眼を正面から見据えた時、零士の胸ポケットが揺れる。

『仮想顕現。たぶん古い幻想種――鵺の物語を知ってたのかな？　既存の触媒を組み合わせて

それっぽいものを創ったわけだ。偶然とはいえ、そこそこよく出来てるよ』

ポケットの縁に前足をかけ、身を乗り出すハムスター。

キュートな仕草――中身が社長だと思うと素直に喜ぶこともできず、逆にムカつきながら。

「だから白梅香の効きが浅かったのか。なら、少しキツめにやるとしよう」

「ま、待って!!　お願い……殺さないで、私の旦那よ!!」

「知ってる」

素っ気ない答えに、不安に満ちた顔で見上げるコウモリ女。

いかにも朦朧とした顔を歪め、牙を剝く猛獣。ドラ猫の爪、猿の牙、尻尾の蛇――どれもが

必殺、普通の人間なら受けるどころか、掠めるだけで皮が剝げ、肉が削がれる暴力。

「ピピピピピピチィ!!」

どれもが虚しく擦り抜ける。ごちゃ混ぜにした結果、偶然できた偽の怪物。その爪牙に宿る

神秘はあまりに薄く、年経た本物の怪物たる霧の怪物に傷もつけられず。

「……ぴ……⁉」

猿の顎があんぐりと開く。ラリッた脳でも理解できる不条理、でたらめの具現。

零士は笑いもせず、ふわりと地面を蹴って浮き上がる。空中を滑るように半ば霧化した身体が贋作鵺の横面に現れて、しなやかな足がしたたかにその顎を蹴飛ばした。

「が⁉」

丸太のような首が真横に捻られる。いっそ緩やかとすら感じる動きで零士の掌が猿の頭を摑み、左右の耳を塞いだ。嫌がった獣が身を翻すより早く、呪言が完成する。

「黒白霧法、黒耳針‼」

「～～～～～～～～～～～～～～～ッ‼」

声にならない悲鳴が上がる。

耳に触れた掌から伸びた黒い霧が、その耳孔に滑り込む。

存在が世界の法則から半ば外れた怪異、幻ならぬ贋作鵺、生物としての構造的弱点——耳、鼓膜から平衡感覚を司る内耳で極小の爆発が起こり、轟音と振動が脳を揺らした。

「あ……げ……！」

その衝撃は、耳の中で爆弾が破裂するのに等しく。

されど一切の傷を付けず、ただ衝撃だけを伝える。

「耳の中で霧化した俺を破裂させた。鼓膜を破ることなく、振動をダイレクトに脳に伝える。猿を混ぜたのがまずかったな、身体の構造がヒトに近いから、弱点もわかりやすいんだよ」

まったくの無傷——泡を吹いて転がる巨体。かつて同じように似た姿の存在を一蹴した時、その身体は強酸に焦げ、後遺症をもたらすほどに深く傷ついていた。

「殺してないわよね？」

「生きてるし、無傷だ。……警備部の保安チームが到着した、すぐ収容できるはずだ」

耳障りなサイレン音が届く。路地に進入した装甲車、武装した人獣たちが昏倒した者や犠牲者を次々と拘束、あるいは収容していく。サーチライトの輝きが、命と零士を照らし出し。

「生まれついての難病持ち。おまけに怪物サプリの中毒者で、闇サプリをキメて何人か殺した。正直言ってクズの類だし、金をかけて助けたところで、反省するかも限らない」

眩い光を浴びながら——問う。

「それでも助けるのか？　命」

「当然でしょ」

舞の時のように、命は——迷わない。

「全部クソ女の自己満。あたしが満足できればいいって、わがまま言ってるだけなんだから」

恩もいらない、義理もない、ただひたすらに。

「そんだけの話。子供産むまで面倒見て、ついでに中毒も治してから——その後どうするかは本人が好きにすりゃいいわ。この街らしい自由って、そういうことでしょ」

「……」

零士は答えず、静かに口角を上げてから胸ポケットに触れた。

「だそうだ。……後始末しといてくれ、社長」

『どんどん僕の扱いが軽くなっていく気がするよ。愛され社長としては残念だけど』

ちょろりと顔を出したハムスターから、真剣みを帯びた男の声。

『たいがいの注文は呑むから、急いで来てくれたまえ。マジヤバケツカッチンだよ、今！』

「わけのわからんことを。……だが、月や柿葉が危険なら急ぐしかないな」

振り返る。心配そうな少年と目が合って、命はいつものように胸を張る。

「ここは大丈夫、とっとと行って。警備の人の言うこと聞いてりゃいいのよね？」

「ああ。とりあえず保護してもらってくれ、安全は保証する」

武装した人獣たち——BT本社警備部の保安チームがコウモリ女を捕まえ、抵抗がないと判断すると担架で運んでいく。見守る命をその場に残し、音もなく零士は夜空へ跳んだ。

「賣豆紀さんですね？　楢崎社長から保護するよう聞いております。どうぞ、こちらへ」

「……ありがとう」

少年の気配が遠ざかるのを感じながら、きびきびとした警備員の指示に従い、命は車椅子を動かして装甲車に乗り込んだ。バリアフリー対応の気遣いが、無法地帯には似合わない。

よく整頓されているが、獣臭い車内の空気――修羅場を乗り越えた安堵（あんど）と共にその空気を吸いながら、賣豆紀命（メズキメイ）は今は亡（な）き友達に、今度こそ別れを告げる。

（今度こそ絶対、助けるから）

亡（な）くしたひとのかわりには、ならないけれど。
せめてもの慰めとして、死者に手向ける花束として。

「ごめんね――舞（マイ）」

謝罪の言葉だけは、リアルな言葉として。
一筋の涙と共に、無法の街の片隅に消えていった。

＊

導くように揺れる紙片を追って、ふたつの影が駆けていく。
廃墟（はいきょ）から廃墟（はいきょ）へ跳び渡る。頼山月（ライサンゲツ）――オリジナル人狼（ワーウルフ）とＪＫバニー、柿葉蛍（カキバケイ）。朽ちた室外機や換気ダクトを足場に、飛び石を渡るように激しく跳ねながら向かった先は。

「……手紙の動きが止まった。このへん、みてーだな」

「そうね。けど……静かすぎない？」

掌の紙片、標的に向けてじりじりと動いていたそれが止まり、人狼がとある建物に着地。

蛍がふわりと続き、あたりを見回す。特区指定される以前は集合住宅――分譲マンション。

長年経年劣化を放置され、屋上のコンクリートには大きな亀裂が入っていた。

見下ろせば夏木原駅、そして鉄の花のように捻れた巨大ビル――ＢＴ本社。その遥か先には特区外、真に眩く光る大都会、帝都京東の不夜城が、特区を囲むように輝いている。

「建物の中かしら？　……これ、横軸はわかるけど縦軸ってわからないわよね、欠陥品だわ」

「言われてみりゃそうだな。つーか蛍ちゃん、危ないから離れんなって」

屋上の端、遠くを見渡す蛍の傍に月が付き添う。慌てた様子に、彼女はクスリと笑った。

「心配性ね。もう仲間と思って、雑に扱ってくれていいけど」

「そうもいかねって、女の子だもん。俺や零士なら、ケガしても死ななきゃ治るしな」

「頭が吹き飛んでも平気だったわね、霞見くん。やっぱりあなたも首が取れるの？」

「取れねーよ、怖いよ！　ボロい人形じゃあるまいし……手足くらいなら繋がるけど」

「……十分だと思うわ。遠慮したら迷惑になりそうだから、お言葉に甘えるわね」

想像していた以上のタフぶりに、半ば呆れ顔の蛍。

くん、と鼻を鳴らしてそのミルクっぽい体臭を嗅ぎ、月(ゲツ)はあることに気付いた。

「心配いらねーよ。零士(レイジ)なら」

「……何も言っていないわよ」

「オレに隠し事はできねーよ、思考や感情って体臭に出っから。黙ってりゃいいっちゃいいんだけど、仲間ならこういうことも隠すもんじゃねーべ？」

「ええ、誠実だと思う。けど霞見(カスミ)くんは心配するだけ無駄でしょう、だって死なないもの」

「オレもそー思う。けどまあ、オレも覚えあっけどさ」

ぽりぽりと首筋の被毛に爪を埋(うず)め、軽く搔(か)きながら困り顔。

どこかユーモラスな表情で人狼(ワーウルフ)は続けた。

「大丈夫だってわかってても、やっぱ気になるし心配になったりすんだよな、お節介だけど。蛍(ケイ)ちゃんもそんな感じじゃねーかなって思ったんだけど、違う？」

「……そうね」

きょとんと首を傾(かし)げ、可愛(かわい)らしい仕草で一瞬悩み。

「確かに少し、胸が痛いわ。この気持ちはきっと、そういうことなのね。おかん的と言うか、保護者的なものなのかしら？　同級生の男の子に対して、変だけど」

この感情が何なのか、今はまだ整理できていない。

（もしかして私、羨ましいのかしら？）

柿葉蛍(カキバケイ)には友達がいない。学業優先、生まれ育った児童養護施設への仕送り、金策のためにまともな友達付き合いができず、そんなことをする暇も、考える余裕もなかったからだ。

たとえあったとしても、不器用な自分では友達とかできないのでは、という冷静な判断は頭の片隅に追いやって、ここ最近できたばかりの友人たちと、自分の関係を思えば。

(命(メイ)さんを取られるのが嫌なのね。霞見(カスミ)くんとの間に、信頼のようなものを感じるから)

たぶんそうなのだろう、と蛍(ケイ)は首を傾(かし)げつつ、自分の気持ちにそう結論づける。

「おかんって。オレ、あいつのおかんじゃねーっつーの！」

「そうね。どちらかといえば、兄弟みた——」

ＪＫバニーがクスリと笑み、傍(かたわ)らに立つ人狼(ワーウルフ)を振り返る、その半ばで。

月の背後に立つ、人影を見た。

「頼山(ライサン)くん。……後ろ!!」

「は!?　あ!?　嘘(うそ)、どっから……はあああああああああ!?」

理解できないという顔で、月(ゲツ)。突如出現した人物、その特異な姿に声が漏れる。

絶対にしなかったはずの場所。見落とすはずのない屋上のド真ん中に立つ——子供。そうとしか言いようのない小さな身体(からだ)をコスプレじみた古(いにしえ)の装束に包んだ、おかっぱ頭。

ふたりに古典の知識があれば、歴史の教科書に記された童子の姿を思い出したはずだ。

大昔、都で貴族に仕えた少年たちの姿を模したような存在は、ふわりと宙に浮いていて。

「……やっべ。空飛んでる……？」

「あなたのところの社長も飛ぶでしょう。……よくあることじゃないの？」

「違（ちげ）ェよ無（ね）ェよありえねえ。そんな真似（まね）できるってこたあ、つまり……！」

喚（わめ）く月（ゲツ）。童子は能面のような美貌を笑み綻ばせ、微（かす）かに息を吸い込んだ。

「其故（そのゆえ）は　入道相国（にゅうどうしょうこく）の謀（ハカリゴト）に
十四五六の童部（ワランベ）を三百そろへて、髪を禿（カブロ）に切りまはし――」

童子は朗々と吟ずる。

若く幼い顔立ちとは裏腹の、老人めいた声音。

「――赤き直垂（ひたたれ）を着せて召し使はれける」

白地の水干（すいかん）、括（くく）り袴（ばかま）が染まる。

声を張り、しなやかに童子が舞うたびに装束の色が袖や裾から鮮やかな赤に変化する。

それだけではない。動くたび軌跡を追って残像が残り、それらがすべて実体と化して、鏡に映したかのように同じ顔をした、同じ服で、同じ髪の童子が、うじゃうじゃと……！

「ぶ……分身の術……!?」

「忍者!?　ニンジャかよ!?　あ、ありえねー……マンガじゃねえんだぞ!?」

蛍（ケイ）と月（ゲツ）、ＪＫバニーとオリジナル人狼（ワーウルフ）が呆然（ぼうぜん）と、あまりの事態に動けずにいると。

瞬（またた）く間（ま）に増えた童子たち。百人、いやもっと大勢。数え切れぬ童子たちが廃墟（はいきょ）の際（きわ）にふたりを囲むように追い詰めながら、ニタリと邪に笑った。

『びぃすとてっくの掃除屋……魔女の狗めが、のこのこと現れよったな』

「変な喋り方すんな……ガキ？　爺さん？　どっちだよ……！」

何百もの口が声を発し、さざ波のように響く。

童子の群れに囲まれ、じりじりと迫られながら――月は蛍を背中にかばい、風を嗅ぐ。

（何だこの匂い。いきなり出てきやがった。抹香臭ェ……強い匂い）

服に焚き染めているのだろう。お香のような匂いがぷんぷん童子たちの服から漂ってきて、体臭が完全に消されている。動き、感情、時に思考の一部すら読める狼の嗅覚が通じない。

「えるじいびいてぃ。――今世ではそのように申しますそうで。いや、違いましたかな？」

「こっちにも!?」

少し離れた屋上の、錆びて傾いた高架水槽。

いつの間に登ったのか、黒い和装の人影がそこに立っている。右手の小指が根元から欠けて、黒の指抜き手袋に染み込んだ血が、汚い斑を描いていた。

顔は――……見えない。大昔の舞台にいた黒子のような覆面ですっぽりと頭を隠しており、その奥から発せられた声は女性のようで、あるいは声の高い男のようで――。

「せんしちぶな問題故、お答えいたしかねまする。いや、窮屈な世にて御座いますなあ」

「どうしよう。何もかも間違っている気がするけど、突っ込んだら負けかしら？」

「だな。突っ込み待ちじゃねえのか、わざとだろ、あのうざってえ喋(しゃべ)り方(かた)……！」

囲まれる――ふたり。

マンションの廃墟(はいきょ)、その屋上。転落防止の柵も朽ちた端に立つ月(ゲツ)と蛍(ケイ)。

人垣で弧を描き、周囲を固める赤い着物の童子たち、数え切れぬ数百名。そのさらに背後、周囲すべてを見渡す高架水槽の上に立ち、物珍し気に見下ろす黒衣和装の人影。

その正体はもはや誰何(すいか)するまでもなく――。

「――……てめえらか。妙なサプリを撒(ま)きやがった黒幕は」

「ええ、そのようなこともいたしましたな。正しくは、今もいたしておる最中ですが」

「なら話が早え。おとなしくとっ捕まんなら、鎖骨ブチ折るくらいで勘弁してやっぜ」

「ほう……！」

牙剝(む)く威嚇は、内心の焦(あせ)りを隠すため。対峙(たいじ)する――月(ゲツ)にとって、現状は最悪だ。

（わからねえ。真っ赤なジジガキに黒子野郎(くろこやろう)、こいつら……強いのか？）

生きてここにいるということは、本社の暗殺チームを撃退した、ということだ。

決して不可能ではない――月(ゲツ)も零士(レイジ)も規格外。警備部の武力は対人限定、幻想や怪異(カイイ)などと戦うようにはできていない。やれと言われれば可能だろう、それでも。

（何が出てくるかわっかんねえし!!　頭が煮えた怪異(カイイ)より、やりにくいぜ……！）

会話が成立する。いささかずれているとはいえ、この時代錯誤な二人組は賢い敵だ。さらに正体不明の能力、突然増えたこの人数差を思えば、明らかに形勢は不利で。

（追跡するだけの予定だったたってのに。……どうなってんだ、こりゃ⁉）

勝ち筋はひとつ。

（蛍ちゃんを逃がして、零士を呼ぶしかねえ。それまで、オレがこいつらを……！）

牙を剝く。毛皮を逆立て、拳を握る。一触即発の空気、張り詰める殺意、その中で！

「取引いたしませんか？」

「……は？」

絶妙に挫けるタイミングで、黒子が言った。

「争いなど面倒なだけ。我らを追うため授かった術が御座りましょう。それをこちらに渡して頂けますれば、我らみな息災のまま帰れましょう。――いかが？」

「……こいつのことか」

掌に握り込んだ手紙。ぐだぐだと社長がのたまっていた理屈はもう憶えていないが、これがあるかぎり敵は追跡を逃れられず、だから逃げずに待ち伏せすることを選んだのだろう。

「生憎そうもいかねえよ」

忠誠心故に、というわけではない。

自分を試験管の中に産み落とし、消耗品として扱ってきた企業に従っているのは、ひとえに行き場がないからだ。この完全管理社会で、怪物の末裔がヒトに混じる術は他になく。

「こっち は狗だ。ワンワン咆えもしねえのに、尻尾巻いちゃいらんねえよ!!」

「情けなや。古き血脈の裔が、魔女めに飼い慣らされおって」

殺意の臭い——人狼は瞬時に嗅ぐ。染みついたお香でもごまかしきれない濃密な怒り。その瞬間、何百という童子たちが幻ではなく、生身の実体であることが月には解った。

「逃げろ!!」

「——うん!!」

背後に跳ぶJKバニー。パン！　と音をたてて重なる手と手。

別れ際、ハイタッチのように触れた瞬間、握り込んでいた手紙を彼女に託した。迷わずビルの谷間に跳んだ白兎は、まるでボールが跳ねるような勢いで向かいのビルの壁面を蹴り、通りを挟んだ反対側へと疾走していく。迷いない離脱——その理由は、当然。

「信じてくれてんだなァ。なら……通すわけにゃいかねえよ!!」

「喰ろうてくれるわ、狗!!」

まるでゾンビ映画の如く。

端整な童子たちの貌が歪み、びりりと口が耳まで裂けた。開いた口腔には鋸刃のような牙がずらりと並び、ヒトや猿の類とは根本的に違う、ギザギザとした歯列をカッと開く。

「うおおおおおおおっ!!　来るんじゃねえよ、噛みつきジジイ!!」

「硬いわ、獣臭いわ。……喰えたものではないな、小僧!!」

ざわり、童子たちがざわめき飛びかかる。襲い来る敵を次々と剛腕で弾き飛ばす月。

だがとにかく数が多すぎ、すべて防ぐのは不可能だ。餌に群がる鮫のようにガリガリと引っ掻かれ、かぶりつかれ、服が裂け、月の毛皮から血がしぶく。

「指、喰いやがった!!　……またすぐ生えるたあいえ……金払いやがれ!!」

「しゃあっ」

ひとりの童子が、耳まで裂けた口に、嚙み千切った月の指先をくわえてゴリゴリと食む。

直ちに再生——新たな骨が生まれ、筋肉と皮膚が再構築されていく。月齢は傾き、満月ほどではないにせよ、オリジナル人狼の生命力は決して怪童子の群れに劣るものではない。

「げべっ!?　……こやつ、やりおる……!」

嚙みついたところを薙ぎ掃われ、吹っ飛んだひとりの童子が壁に叩きつけられる。

人狼のような不死性はないのか、顔に刻まれた傷から赤黒い血をだらりとこぼし、痛そうに袖口で拭うさまに、様子を見ていた黒子がやれやれと言った。

「さすがにBT本社の奥の手、侮れませぬな。ですから話をいたしましたものを」

「もはや遅いわ。手を貸せ、果心!!」

「そういたしたいところで、御座いますが——」

黒子が不意に、JKバニーが跳んだ方角を振り向いた。

間髪入れずに彼女を追った怪童子、月では止めきれない十数人。

些細な足場を素足で蹴り、亀裂に指を突き立てて次々登る。朽ちた建物のベランダを蹴って
さらにジャンプした蛍の足に童子のひとりが鉤爪を伸ばし、摑みかける。

「触らないで‼」

「がっ⁉」

踏み潰すようなキック――おかっぱ頭を直撃。落下する童子の身体を足場にジャンプ。重力から解き放たれたような軌道を描き、向かいのビルの屋上へ着地した、そこで。

「……どうして、ここに？」

「君たちについてきていたからさ。空から、ね」

突然現れた人物に、柿葉蛍は驚きも忘れて啞然と見上げる。

「騙してしまってすまないね。何せ僕が直接行くと、確実に感知されて逃げられる。その点、君たちなら適任だ――追跡を嫌い、色気を出して迎え討とうとしてくれると踏んでいた」

骨董品の古箒。ホームセンターで売っているような安いプラスチック製品とは違う古木の柄。

長身の男がブランド品の革靴を乗せて直立しながらも、いささかも不安定さは感じない。

高みから吊る糸もなく、それを支える足場もなく。

「何者だ……貴様⁉」

屋上に這い上がって来た怪童子。先ほど頭を蹴られた個体、顔にハッキリ靴跡。

「先ほどの口上は聞かせてもらった。《禿髪》――古の戦物語、その第四幕。謳われたが故に

生まれ、近代にまで残った《怪異（カイイ）》。鎌倉の御代（みよ）の都市伝説か」

右手に杖（つえ）。幻想種（ファンタビ）たる竜の心臓を腱（けん）にして束ねた霊樹の先には蛍のような淡い光が灯（とも）る。

「いささか時代遅れに過ぎるよ。ここは最後の魔女が鍋の底、永遠に続く厄災の夜だ。君たち《寮（リョウ）》に属する怪異（カイイ）幻想の出入りは約定によって厳に禁じたはずなんだけれど――」

その男は、洒落（しゃれ）た眼鏡を丁寧に外し、ジャケットの胸ポケットに仕舞いながら言った。

「どうしてここにいるのかな？　兄さん」

怪物（モンスター）サプリ開発販売卸元。総合幻想企業《BeastTech（ビーストテック）》関連子会社《幻想清掃（Fantastic Sweeper）》社長。

楢崎（ナラサキ）は――通りを挟んだ彼岸側、高架水槽に佇（たたず）む黒子（くろこ）に向けて、はっきりと言った。

8th chapter
魔法使い
The Wizard

「うそ。……兄弟⁉」

廃墟の屋上、ビル風にそよぐ白い兎耳。柿葉蛍が見上げた先に佇む箒に乗った社長。

振り返る。距離が離れているため見づらいが、傾いた給水塔に佇む黒子。月と残った多数の童子は未だ殺し合いを続けており、鋭敏な聴覚に骨が砕け、肉が潰れる音が響いてくる。

だが今は、頼れる同級生・月の心配よりも先に、どうしても気になって――。

「……言われてみれば似てるかも。あのもったいぶった喋り方とか……！」

「いやいやいやいやいやいや。そこかい？　あちらは覆面、僕イケメン。大違いだよ？」

「おじさん構文をリアルで喋るのは止めるべきよ。気持ち悪いわ」

「嫌だねえ、今時のＪＫときたら。おじさんを苦しめるチクチク言葉が無限に出てくる」

面倒臭そうな顔をして、楢崎。

「関係性としては兄弟だけど、血のつながりはないんだよ。幻想種として覚醒した年代が近いから、まあそんな感じだろうなーってお互いを認知しているだけだから」

「義兄弟。……そのような縁でしょうな、お懐かしや」

高架水槽に佇む黒子は、困ったように腕を組んだ。

「当世の暦にしておよそ五百年振りに御座いましょうや。先日《雑巾搾り》の折にてちらりとお見かけしましたが、まあなんとも変わられたもので……いめちぇん、ですかな」

「兄さんに言われたくないなあ。何だいその恰好、小説家のコスプレかい？」

「ええ、そのようなもので。当世にふさわしき装束に御座いましょう」

胸を張る黒子（くろこ）——どこか自慢げ。仇敵（きゅうてき）と言うべき間柄、そのはずなのに。

「……その、めっちゃ遠くに住んでた親戚に再会したみたいなテンション、いいの？」

「大丈夫だよ、お互い古い人間だからね」

蛍（ケイ）のおずおずとした突っ込みに、さも当然の如（ごと）く。

「親兄弟だろうが親戚だろうが、敵となったら殺し合う——そんなのが日常だった時代から、僕らは普通に生きてるんだよ。ところで兄さん、今世では何と呼べばいいのかな」

「果心（カシン）、と」

それはかつて名乗り、歴史の奥に朽ち果てた名前のカケラ。

「七宝行者（シッポウギョウジャ）、果心居士（カシンコジ）……いかにも長いですからな。居士（こじ）とは在野の文人を示す尊称ゆえ——俗世に害をなさんとする私めには、ただの果心（カシン）で丁度よきかと」

「ズレてるなあ。これだから魔法使いは嫌いなんだ。同族嫌悪（どうぞくけんお）ってやつだね」

ぼやくような言葉に、蛍（ケイ）は言った。

「あなたに言われたくないと思うわ」

「……良（ゆ）く言うたわ、小娘。だいたい果心（カシン）……貴様の弟だと⁉　どういうことか‼」

蚊帳（かや）の外に置かれたような恰好（かっこう）になった怪童子——古（いにしえ）の怪異（カイイ）《禿髪（カブロ）》が食ってかかる。

何百という同一存在、ある者は人狼（ワーウルフ）と爪牙（そうが）を交えながら、またある者は高架水槽の下に集い、飢えた獣のように唸りをあげて、露骨に疑念を表している。

「あれはBT本社の狗。俗世に大悪疫をもたらした者ども。《西洋種》の魔法使いぞ!?」

「そこから説明が必要なのかい？　ま、時代遅れは怪異の性みたいなもんだけどさ」

噂、妄想、都市伝説、陰謀論……怪異成立の元となるそれらは、時代を反映する。

人々が何を畏れ、敬ってきたか。ただのヨタ話が怪異として成立するほど広まるには、その時代を生きる人々に訴えかける何かが必要で、それは時間と共に陳腐化するものだ。

「怪異はその成立した時代と文化の精髄だ。変われない、変わらない――ごく稀にメディアに取り上げられてキャラクター化することで変化する場合もあるけれど、たいていは大昔のままタイムスリップでもしてきたように古いものさ。あの恰好を見ればわかるだろう？」

「和服文化を否定するつもりはないけれど」

話を振られ、蛍はそう前置きして。

「古く感じるのは確かだわ。なら、あの子供は……何百年も前の怪異、ということ？」

「そうなるね。僕や兄さんみたいな幻想種には当てはまらないけど」

童子姿の怪異――《禿髪》と楢崎、果心の違いを、楢崎は滔々と語る。

「僕らは近代において《神秘家》として統合された存在。遡れば原始の巫覡、原始社会の精霊、祖霊信仰――最古のヒト属幻想種には大別して、西洋種と東洋種が存在する」

と、**信じられてきた**。

「けれど、両者に差はほとんどないんだ。生物学的な違いはあるけど同じ人類、行使する術は属する文化宗教その他によって違うが、本質的には変わらない」

「「「「――世迷言（よまいごと）を!!」」」」

「とわっ!?」

無数の童子らが激昂（げきこう）し、人狼（ワーウルフ）を攻める手すら忘れて楢崎（ナラサキ）を睨（にら）む。

「同種とほざくなら我らの如（ごと）く俗世への干渉を止（や）め、行に励むべきであろう。それを俗人の真似（まね）などしおって、それが破滅を招いたのではないか!!」

「……はあ？　何だそりゃ」

血まみれの月（ゲツ）が口を挟む。息荒く、服はあちこち破れ、生々しい爪痕が刻まれている。が、見る間にそれらの血は止まり、傷が塞がる――人狼（ワーウルフ）の再生能力による超回復。

「意味わかんねーよ！　世の中に迷惑かけてんのは、てめーらの方じゃねーか!!」

露骨な時間稼ぎ。だがその挑発は、禿髪（カブロ）に覿面（てきめん）に利（き）いた。

「何も知らぬ凡愚めが……！」

「……我ら《寮（リョウ）》は古（いにしえ）の時代より秋津洲（アキツシマ）を守護せし者が末裔（まつえい）」

「貴様らの言葉を用いるなら、《東洋種》が《魔法使い》と古（いにしえ）の幻想怪異（カイイ）妖怪物（ヨウカイもの）の怪（け）……世が世なら神たる者が集まりて、霊的守護を担（にな）いたるものぞ。その歴史も知らぬや!?」

口々に喚（わめ）く禿髪（カブロ）に。

「知らねえって！　小学校も出てねえよ！　歴史とか今勉強してっとこなんですけど⁉」

「そうよ。わかりやすく教えてくれないと伝わらないわ、頼山くんはまあまあバカよ！」

「……いや事実だよ？　事実だけどデカい声で言わねーでくれっかな、バニーちゃん⁉」

　手をメガホンにして叫ぶ蛍。ウサギの聴覚で会話を聞いたか、的確なタイミング。さすがに恥ずかしかったのか月が叫び返すと、眼前の禿髪は心底軽蔑した眼で人狼を見た。

「暗愚無知蒙昧……。ならば貴様らが仕える会社の本性も知るまい！」

「本性？」

「俗世を滅ぼしかけた厄災。貴様らの言葉で言うならば、世界的――ぱんでみっく」

　カタカナ発音ならぬひらがな発音、横文字に慣れていない口調で。

「数億の俗人どもを殺戮し、それまでの世の営みを終わらせた病魔を創り、撒いた張本人こそが。貴様らが仕えし企業、びぃすとてっくの主――《魔女》なるぞ⁉」

「……は？」

　暗愚と言われても仕方がないほどに。

　人狼はあんぐりと大口を開けて、通りを挟んだ夜空に浮かぶ上司へ。

「しーやせん、社長。なんか無茶言ってますけど……マジっスか？」

「話の規模が大きすぎて、実感が湧かないわね」

　月と蛍が告げたのはある意味正直な本音。理解できない、理解しがたいという現実で。

「事実七割、誤解が三割――……ってところかな」

芸能人じみた軽薄な顎鬚をさすりながら。

「世界的パンデミックを引き起こした根源は、《西洋種》の《魔法使い》――西洋の人類社会に古くから溶け込み、貴族あるいは資本家として生きてきた幻想種、その内乱によるものだ」

少年少女が生まれるより以前の話。

「西大陸……欧州政財界には西洋種が多くて、文化、宗教、歴史的に対立していたわけだね。中でも特にイカれた派閥が、敵対する派閥に《死の呪い》を使用したのがコトの発端さ」

「調伏、呪殺、本邦でも死をもたらす呪詛はありふれておりますが――」

「――めちゃくちゃ厄介なことに《死の呪い》は同じ《西洋種》に感染し、対象を必ず殺す。解呪不可能の極めて強力なものだった。ああ、直接の使用者は不明、たぶん死んでるよ」

「ほう、なぜそのように思われる？」

「派閥間抗争で使われたはいいが、使った側も呪いを制御できなかったからさ。陣営派閥に関係なく呪いは欧州を席巻し、片っ端から幻想種を殺しまくった……つまり」

愚かすぎる、その末路は。

「……自滅？」

「そゆことさ。両派閥ともに壊滅、その生き残り――死の呪いを受けた側の生存者が、僕らの上司にして君らの神様。ＢＴ本社のＣＥＯ……《最後の魔女》だよ」

「……待って」

魔法使いと陰陽師（おんみょうじ）。敵対する兄弟が交互に語る内容に、柿葉蛍（カキバケイ）は異を唱えた。

「呪いがパンデミックの原因なの？　西洋種にしか感染しないなら、普通の人は大丈夫なはずでしょう。被害はもっと大きかったと聞いているけど」

「いいところに目をつけたね、バニーちゃん。ヒトと《魔法使い》は互いに生殖可能な近縁種であり、長い年月を共生してきた——いわば共存関係にあったわけだ」

世代を重ねるごとに血は薄まり、幻想種（ファンタビ）としての異能は失われたものの。

血は拡散を続け、西大陸に暮らす人類の大多数が《西洋種》を祖先に持つに至った。

「《死の呪い》は血に反応する。ＤＮＡでも参照してるのかも知れないね。つまり魔法を使う純血の西洋種のみならず、祖先が西洋種だった、というだけの普通の人にすら感染し、連鎖的に広がって——後世に言う災厄、世界的パンデミックとなったのさ」

「待てや、おっさん。つまり……ってことはアレか？　本社のボスのお仲間のとばっちりで、何億人も死にまくったってこと？　そりゃやばくねーか、おい……！」

「そうなるね。主な死者は欧州系だが、血の縁（エニシ）を辿（たど）った呪いは全世界に届いた。現に収束後の現在も、海外の多くでは国力を取り戻せず、衰退の一途を辿（たど）っている」

「…………！」

あまりの事の大きさに、月（ゲツ）は思わず固唾を呑（の）んで。

「け……じゃねえ、バニーちゃん！　どうすっよ、おい⁉　なんかウチのが悪そうだぞ⁉」

「落ち着いて。今の話は興味深いけど、おかしな点があるわ」

動揺を見せる人狼（ワーウルフ）とは裏腹。柿葉（カキバ）蛍（ケイ）は、冷たい美貌を崩さぬままに。

「西洋種の魔法使いは呪いで死ぬ。なら、どうしてあなたは生きているの？」

「その答えは簡単だ。西洋種の多くは呪いに感染したが、まだ少数生きている。呪いの進行を抑える術（すべ）をCEOが発見した結果、西洋種の血をひくだけの人たちは病を克服し生存。コトの元凶である西洋種は延命したものの、現在も根治は不可能となっている」

西洋種の血をひく普通の人間＝治療可能、生存。

純血の西洋種、魔法使い＝延命可能、治療不能、いずれ絶滅。

「だから僕は《転んだ》のさ」

楢崎（ナラサキ）の示唆、その意味は古（いにしえ）の宗教史。さる神を信じる者が、信仰を捨てた時の言葉――。

「僕は《魔法使い》だが――その血脈はそこにいる兄さんと同じ《東洋種》だよ。巫女（みこ）や神仙の類（たぐい）として伝承に語られ、摩訶不思議（まかふしぎ）な術を使う不老長命の種族。けど僕は、西洋魔法をゼロから学び《改宗》して、同族を……西洋種を救う道を選ぶことにした」

「おやおや、そのような仕儀で御座いましたか。存じませんでした」

飄々（ひょうひょう）と果心（カシン）。感心したような声を出しながら、少々身を乗り出す。

「簡単に申しますが……東西問わず《魔法使い》の性（さが）は己（おの）が術の探究にあり。改宗ともなれば幾百年、幾千年もの修行を捨てることになるのでは？」

「捨てたとも。おかげで僕は、西洋種の魔法使いとしては半人前だ」

故にこの国では乏しい西洋魔法の文献、遺物を大金を投じてかき集め、使い方を学んだ。

足りない技術や慣れを道具で補うために。

「動物たちに払う給料をちょいちょいパッパして貯めたお金で触媒や道具を買い込んだり――他にもまあ色々と手管を尽くしても、真の西洋種には程遠い。他にも副業が色々あって、生き残りの子供たちに魔法を教える学校なんかもやってたりする。校長先生も兼任なのさ」

「……いろいろ言いたいことはあるけれど。お給料のピンハネとか」

最後まで噛みしめるように聞いてから、ＪＫバニー柿葉蛍は、通りを挟んだ先にいる人狼に告げる。

「方針は変えなくて良さそうよ。社長も会社も真っ黒だけど、やることは同じだわ」

「だな。……正直、うちの会社が正義だなんて、ハナから思っちゃいねえもの」

だってそうだろう、と頼山月は思う。

まともな会社が国家を牛耳ったり、薬物が蔓延した官製スラムを仕切ったり。

人体実験を繰り返したあげく試験管ベビーまがいの怪物を大量生産したりするものかと。

「あんたらは正義の味方なのかもしんねー。けど、だからってあんたらに従う気はしねえな。バニーちゃんのバイト先に火ぃつけたの、てめーらだろ」

「義のためぞ」

追及された犠牲に対して、禿髪は揺るぎもせずに。

「今世の廓が焼けようが、俗人が死のうが知ったことかや。ましてや女衒の親玉なぞ」

「それだ。世の中のことを汚いもんだって見下してやがるてめえらが、気にいらねえ。うちの社長はクソだけど一応給料払ってくれっし、学校にも行かせてくれっからな」

だから結局のところ——この人狼の正義は、利己的で、個人的で。

「クソしか選べねえ二択なら、そっちにつくぜ。——悪ぃかよ？」

「結局は金か。これだから俗人は度し難い」

睨み合う人狼、怪童子。再び張り詰めた空気の中で。

「確かに、僕たちに正義はないし、大義もない。けど……責任はあると思ってるよ」

どこか哀しげな眼をして、独白のように楢崎は呟く。


「そう、ＢＴ本社は」

場に在る誰に語るでもなく。

「贖罪と救済のために——造られたんだ」

その発端となった出来事を想(おも)いながら、古(いにしえ)の幻想種(ファンタビ)は言った。

＊

——その時代は、ありとあらゆる場所で腐臭がした。

世界的パンデミック、欧州を中心に巻き起こった大悪疫。マスクをし、手指を消毒し、可能な限り対策をとってなお猛威が吹き荒れ、数え切れぬ人間が病に落ち、医療現場はパンク。ほぼあらゆる家庭で自宅看護——ノウハウ無き生活。

感染者は全身の皮膚が硬直、ざらざら荒れて強張(こわば)り、わずかな動きでも罅割(ひびわ)れて出血。絶え間ない咳(せき)、下がらぬ高熱、下血、下痢。あらゆる病苦のオンパレード。

多くの市民が家族の糞便(ふんべん)に汚染された服を無理矢理洗濯して着ていた時代。大勢の人々が交わる場所、交差点で、公共交通機関で、ありとあらゆる場所で、看護の臭いが漂っていた時代。

「——古馴染(ふるなじ)みの招きに来てみれば」

京東都(キヨウトウ)内、某総合病院の隔離病棟にて。

消毒液と腐臭を打ち消すように、ほのかな芳香が漂った。

「ひどいことになっていますね。――お久しぶりです、魔女殿」

「そうかしら。あなたが生きていた時代もたいがいだったでしょう？」

「行儀は良くなりましたね。仏が転がっていても、髪を抜く婆ひとりおりません」

「あら、羅生門？」

くすりと笑む声。集中治療室、隔離された滅菌ビニールの御簾越しに話すふたりの人影。

ひとり――紬の着物に羽織、古の文人めいた服装は近代の病院にはまるでそぐわず、顔を覆う不織布のマスクがまったく似合わない、そんな男。

手にした書をぱたりと閉じる。真新しい藍色の表紙は、古典として伝わる小説の初版本。発表から百年もの時を経てなお新品としか見えぬ装丁は、時空的な矛盾を感じさせた。

「その服もそう。……精一杯、時代に合わせてくれたのね。とても似合っているわ」

「たかが百年、されど百年。前に仙境を開いてからたったそれだけでよくもまあ……と」

もうひとり。滅菌ビニールの向こう側、無数の生命維持装置、管に繋がれた女性。

ありふれた入院着。だがさまざまなチューブが繋がる先は、鳥を模した黒い革の仮面――

「よくもここまで世界を変えたもので。やりすぎたのでは？」

「言葉もないわ」

短い、されど悔恨の滲んだ言葉で、ペスト医師の面を被った《最後の魔女》は答えた。

「私たちの争いが世界を壊してしまった。二度の大戦、核の出現、テクノロジーの進化に怯えた結果。非魔法使いの管理統制を名目に、人類社会へ過干渉を行った結果がこれよ」

「悪いところばかり真似するから」

軽く息をつき、文士風の男はベッドの周りをざっと見渡して。

「林檎でも剥こうかと思いましたが——見舞いの果物すら持ちこめない、窮屈な世の中で」

「そんな風習もあったわね。もうとっくに廃れてしまった……いえ」

女の手がシーツを摑む。乾いた肌がピシリと罅割れ、鮮血の亀裂が二の腕にまで走る。

全世界を席巻する悪疫、その末期症状。常人ならばミリ単位の身動きひとつで悶絶し、たちまち全身の皮膚が砕けて発狂死に至る地獄の中、女の声は平静を保っていた。

「私たちが、殺した。世界は呪いに溢れ、こうしている間にも死に続けている」

「……だから《寮》は、俗世から手を引いた」

あらゆる歴史、文明の黎明において、神秘が社会を支配した時代が必ずあった。

占いで吉凶を定め、医療を祈禱に頼り、国の行く末すら卜占で定めた時代——だがこの国、秋津洲における神秘の時代は長く続かず、中世に至り近代にかかる頃には完全に絶えた。

「天下が定まり、幕府が興った頃——この街、京東の土台を築いたのが最後でしたか。水竜を御して地脈を整え、霊的守護を固めて《寮》の天仙地仙、魑魅魍魎の歴々は姿を消した」

東洋種の《魔法使い》、そして幻想怪異の生き残りを束ねた組織、《寮》の決定。

「俗世への干渉を断ち、かつての国譲りの如く《寮》の者みな仙境へ退くべし……と。要は関わるのが面倒くさくなったので、見捨てて引きこもっただけですが」

「あら。——その後も何度か《寮（リョウ）》の方々が世に出た記録があったわよね？」

「幾度か。地竜を狂わせて帝都を破壊する陰謀があるだの、講和したいから大統領を呪殺しろだの……と。そのたび遣わされる下っ端（したっぱ）としては、たまりませんが」

歴史に埋もれた与太噺（よたばなし）。伝奇物語めいたことを男は語る。

「此度（こたび）もそのひとつ。要は私にあなたを調伏——殺せ、ということですが、気が乗りません」

「あら。どうしてかしら？」

意外そうに女は笑う。

「世界を殺した魔女、最後の生き残り。殺す理由はあっても、生かす理由があるかしら？」

「ありますね。——……というか後始末もせぬまま死なれては困るんですよ」

覆水盆に返らず、こぼれたミルクは皿に戻らず、死者は決して蘇（よみがえ）らない。

「前代未聞（ぜんだいみもん）のパンデミック、感染爆発。そういう形に収まったとはいえ、その本質は呪詛（ズソ）——科学に基づく医療では根治不可能、辛（かろ）うじて多少の延命が可能なだけだ」

「解呪に手は尽くしたわ。けれど、できなかった」

「でしょうね。今世に降りてすぐ見てみましたが、これはどうしようもない」

正確には不可能ではない。

この国の神秘幻想のすべてを束ね、隠れてしまった異界の天仙たちにかかれば。

「《寮(リヨウ)》の方々ならば呪詛(ズソ)を鎮(しず)めることも叶(かな)うでしょう。ですがあの方々はもはや神だ。定命の存在ではなく、永遠となっている——つまるところ時間の感覚が無い」

「永遠を生きるもの。異界に至り、完全に昇華した存在……ということね？」

「百年千年も一瞬だ。世を正すのに百年、千年かかったとしてもまだ早い。問題は、あの方々が動くより俗世が滅ぶ方が間違いなく早い、ということですが」

「お歴々は、さぞお怒りでしょうね」

「解脱(げだつ)しておられますから。その手の感情とも無縁です——俗気のある者、魑魅魍魎(ちみもうりよう)や地仙、呪者(ジユシヤ)の類(たぐい)は怒り心頭でしょうが、俗世へ降(くだ)るまで10年はかかる」

遅すぎる、と。

言葉にせずとも、カーテン越しの顔が告げていた。

「私たちは、罪を犯しました。永遠に許されるはずもない罪を」

「はい」

「割れた卵は戻りません。手をこまねいていれば、雛鳥(ひなどり)は孵(かえ)らずに死んでいく——」

「感染しながらもまだ命を保っている《西洋種》の子供たち、ですか」

「あら、知っていたの？　油断ならない方ね」

「隠し事を暴(あば)くのは得手ですので。電子カルテの閲覧の方が手間がかかりましたよ」

「なら話が早いわ。辛(かろ)うじて西大陸から逃がした西洋種、私たちの血族——50人の子供たち。

未だ魔法に覚醒せず、不老の特性すら目覚めない、普通の人と変わらない世代」

「だから罪はない。……見逃せと？」

「もう一手進めてもらいたいわ。私はこのとおり、いつ死ぬかわからないもの」

滅菌ビニール越しに視線が絡まる。男と女——手を触れることも、息を交えることも叶わぬ距離。だが微かな沈黙と緊張は、ふたりの間に奇妙な空気をもたらしていた。

「いつ死ぬかわからないあなたの、世界を殺した罪人のために」

「いつ果てるともわからない重病の子供、50人を保護してほしいと頼んでいるわ」

「交渉にすらなっていません。まったくもって度し難く、話にならない」

「まったくその通りね。けれど、いいの？」

初めて女は、罅割れた唇を綻ばせ、頬に地割れのような笑みを刻んだ。

「異形に成り果てたこの卵から、どのような雛が孵るものか」

幻想と怪異に汚染され、本来あるべき科学と文明の発展を断たれて。

「卵を割った私と、それをかき混ぜるあなたの手から生まれる存在」

異なる世界線にずれたこの星、歴史、文明——その行きつく先、誰も知らない世界を。

「見てみたいと思わない？　私たちの、未来を」

「……はは……！」

ぞくりとした。

頭から生じた熱が、背骨から股座にまで降りてくるような感覚。

男は思わず、女と鏡写しのように笑って。

「お名前を聞かせてもらえますか？　《最後の魔女》殿」

「いいわ。なら、先にあなたから聞かせてちょうだい。東の魔法使いさん」

甘くて苦いものを口移しで交えたような言葉、ねっとりした疼きに。

「古き名は——……。手垢で汚れた名ゆえ、楢崎とでも」

「そこの窓を見たわね。……ふふ、楢の木から取ったのかしら？」

風にそよぐ葉、蒼い空。隔離病棟で唯一の空を切り取るように——。

「ええ。我々の世では《名》は極めて重要なもの——長く使えば使うほど神秘を帯びて、その素性や性質を暴かれるが故に。あなたの誘いに乗るならば」

「誰も知らない、まったく新しい名前を名乗る。……誠実ね、ならお返しをしましょう」

そして魔女は、その名を告げる。


「——……よ。これからよろしくね、楢崎くん」


その名を知る者は、後にも先にもただひとり。

この時初めて楢崎と呼ばれた男の胸に沈んで、二度と浮かび上がることはなかった。

＊

その想(おも)いを語るでもなく――……。

仮面舞踏街(マスカレード)、神待ち通りから少々外れた廃墟群(はいきょぐん)。ひとつの通りを挟んだビルとビル。

無数の同じ顔、おかっぱ頭の怪童子《禿髪(カブロ)》が、空中の楢崎(ナラサキ)めがけ叫ぶ。

「図々(ずうずう)しいことをほざくでない夷狄(いてき)めが!!　転び者とわかった今、さらに忌々(いまいま)しいわ!!」

贖罪(しょくざい)と救済、楢崎(ナラサキ)はそう言った。その響きが古(いにしえ)の怪物を怒らせ、狂わせる。

「どんなに取り繕おうとも、貴様らのくだらぬ内乱が俗世を滅ぼしたのではないか!!　あげく我らが守って来たこの国を、秋津洲(アキツシマ)を貴様らの腐れた術式で乗っ取り、我らが生きた証(あかし)たる、神秘怪異(カイイ)魔導陰陽(おんみょう)ありとあらゆる伝承すらも、くだらぬ怪奇薬の種にしおって!!」

「伝承(コトバ)は生き物だよ」

流すように――飄々(ひょうひょう)と。

対峙(たいじ)する特殊永続人獣(トクニン)、人狼(ワーウルフ)と怪童子。同じビル、傾いた高架水槽に立つ黒子(くろこ)の術者、果心(カシン)。

寂れた通りを挟んだ対岸、同じく廃墟(はいきょ)の屋上に立つＪＫバニー、柿葉蛍(カキバケイ)とその上空、魔法の箒（ほうき）を足場に立ち、逆巻くビル風にも拘（かか）わらず明瞭に伝わる奇妙な声で、楢崎（ナラサキ）は語る。

「存在するかぎり変わり続けるのが伝承だ。それを恐れて不変の異界に籠もった時点で、文句を言う資格はないだろう？　俗な言い方をするならば――」

どこからともなく現れた、捩（ねじ）れた枝のような杖先（つえさき）に。

白い魔法の光を宿しながら。

「生活費も入れず、別れた女房（にょうぼう）に浮気（うわき）するなとブチギレる亭主のようなものさ。今世の言葉で毒夫（ドクオ）と言う。どうだい、新たな穢（けが）れ名（な）を加えられた気分は？」

「……ッ、があああああああああああああああああああああ!!」

もはや堪（こら）え切（き）れぬという絶叫。端整な唇が耳まで裂け、牙がずらりと並んで見える。それは蛇や猪（いのしし）、狗（いぬ）や猫とは異なるかたち――短く鋭く鋸刃（のこぎりば）のような、鮫（さめ）や魚のそれに近かった。

「殺ス……!!　ぶち殺してくれル!!　止めるでナイぞ、果心（カシン）!!」

「止めませぬとも。あの兎娘（うさぎむすめ）が持つ追尾の符、あれだけは滅するをお忘れなく」

「言われるまでもないわ!!」

獲物を狙う猿の如（ごと）く群れなす怪童子の突撃。

「させっかよ!!」

人狼（ワーウルフ）――頼山月（ライサンゲツ）が立ちはだかる。

傾いた月を背負うが如（ごと）く仁王立ち、手近な廃墟（はいきょ）の錆（さ）びた配管を小枝のように千切り取るや、デタラメな二刀流でただひたすらに、押し寄せる童子を殴り飛ばす。

吹っ飛ぶ影、折れる牙、しぶく血。足元に肩口に脛に腕にと次々群がり噛みつく人妖、文字通りの人海戦術。だが圧倒的なバカ力でしがみついた童子ごと手足を振り回し、ぶっ飛ばす。

「こっちに来るわ。……逃げていい!?」

「かまわない。けど、その必要は無いかな？」

突き進む群れを目前に跳ぼうとするＪＫバニー。上空で魔法使いは、袖口をちらりと見た。

腕時計——スマートウォッチ。チチチ、と鳴る音は衛星ＧＰＳの通知音。分身たる使い魔、その首輪に仕込んだマイクロチップが、雑談による時間稼ぎの隙に到着を告げる。

「時間稼ぎには十分だ。有用性を証明したまえ、特殊永続人獣たち！」

「黒白霧法——黒檻壁!!」

、、、

するりと、影が伸びた。

蛍が立つ廃墟の屋上、月光が射す中を物理法則を無視して。墨汁をぶち撒けたような艶消しの黒が伸び伸びと流れ、今まさに怪童子どもが登り来る壁面にまで届き——

バネ仕掛けのような音がして、平面の陰から無数の鋭い枝葉が突き出し、黒い壁となった。

「「「ぎが!?　お、が、お、の、れえええええェッ!!」」」

困惑、そして絶叫。

突如生えた黒炭のような無数の枝は、槍衾と化して童子たちを串刺しに貫く。野獣の剛力で童子どもが暴れると澄んだ音をたてて次々と折れるが、折れるそばから伸び生える。

「橿（キョウ）——古い言葉で、樫（かし）の木を示す言葉だそうだ」

右手で指印を結び。

「それはいいのだけれど。……近いわ」

「俺もそう思うが、今は黙って守られていろ——柿葉（カキバ）」

名を呼ぶ時だけは、兎耳（うさぎみみ）に唇を寄せて囁（ささや）くように。

左手でＪＫバニーの細い腰を抱き寄せ、我が身を盾に守り——霧の怪物（ブロッケン）、霞見零士（カスミレイジ）は続けた。

「伸ばした影は薄く平面に広がった俺自身だ。物体に塗料を塗ったように均一に広がり、敵が近づくと急成長する。鋭く尖（とが）った枝を束にした槍衾（やりぶすま）、簡単に突破できると思うなよ？」

びきびきびきびきびきびきき……！

軋（きし）んだ音をたてながら伸び続ける黒い枝。数百を超える怪童子に食い込み、離さない。

「何のこれしキ……梯子（はしご）!!」

「「「しゃあっ!!」」」

童子のひとりが叫ぶと、軽業のように数人が一斉に跳ねた。

くるりと空中で回転し、古（いにしえ）の怪異（カイイ）——見た目は華奢（きゃしゃ）な少年の肩に立つ。さらに交差しながら次々跳んだ童子たちが重なるように飛び乗って、文字通り巨大な人梯子（ひとばしご）を作り上げた。

「アレで跳び越えようっていうのかな？　いやはや、まるで昔話の山犬だね。古臭いことだ」

「それが古の種たる定めに御座いますれば。さて、では我らも興じましょうや」

「遊びじゃないんだけどなあ。もう言うまでもないけれど」

砕けた言葉の黒子に対し、楢崎はどこか冷たい横目を向けて。

「今世を楽しみすぎじゃないかな。――正直いい迷惑だよ、兄さん」

「さよう。いやはや、やってみなければわからぬもの。不変の幻想郷と違い、今世はさまざま万華鏡の如く変わるもの。不変の身なれど胸躍り、新たな術式すら閃きしほどにて」

黒子が袖から取り出したもの。それは装いにまるで似合わぬ、近代文明の象徴。

「すまほ、に御座いますか。いやこれはまた便利便利。我が得手とする紙妖術、まこと血肉を通わせんとしたならば、手間も時もかかりますれど……この通り」

指抜きグローブ、素の指先が滑ることなくタッチパネルに躍る。

高性能化した電子端末。本来通じるはずのない電波が近代怪異の異能によって強制接続され、とある企業の有料サービスに違法接続、その演算能力が恐るべき怪を導き出す。

「祝詞入力。――《今世陰陽：厭魅ＡＩ》！」

スマホが唸る。異音、見せつけるように掲げたタッチパネルに生成される画像。

枯れ果てた大地、逃げ惑う小さな人影、空を埋め尽くす炎の中に仏に似た異形の巨像が現れ、呵々大笑しながら襲い来る――ＡＩ生成画像による詳細かつ曖昧なそれが。

小さなタッチパネル、スマホの画面から飛び出し、一気に膨れ上がった。

「《守れ》！」

炎が直撃する寸前、楢崎の杖が閃く。先端の光が文字を描き、不可視の盾となって広がった。焼け爛れた石塊の集中豪雨、火焔の暴風を浴びながら、魔法使いの身には火傷ひとつなく。

「……やってくれるね。ＡＩ生成画像を具現化したのか」

「ささやかな芸に御座います。されどお見事、凌ぎましたな。……ほ⁉」

答えた刹那、楢崎の姿が消えた。

走りもせず、駆けもせず。彗星の如き尾を曳いて足元の箒が宙を飛び、側面へ回り込む。弧を描くように杖を振ると、不可視の力が黒子を突き飛ばす。廃墟の高架水槽——不安定な足場から転落。だが黒子は空中でクルリと前転するや、車輪のように宙を転がった。

路地に張ってあった千切れかけの電線——人の体重を支え切れるはずのない朽ちたワイヤー。その上に両足を乗せた黒子は、まるで体重が無いかのように線上を滑っていった。

「避けたかい。大人しく落ちてくれないかなあ⁉」

「はは、危うい危うい。転落狙いとはまた雅ならざる技ですなあ。可愛げのないこと！」

「呪詛なんてものはたいがい気のせいだ。強い意志で撥ね除けてしまえばただの悪口の類だよ。けれど殴る落とすぶつける、この手の攻撃は血の通う生き物にはたいてい効く！」

箒に乗って宙を舞いながら、楽団を指揮するように杖を振る。

「《痺れろ》！」

「――はははははははははははは!!」

次々と赤い光弾が黒子を追尾。麻痺呪文――西洋魔法使いが操る決闘呪文の基本。

猛スピードで電線を滑りながら、黒子は紙一重で避けてゆく。その間にも具現化した画像は飛び回る楢崎をめがけて次々と天から炎を放ち、灼熱した巨体をぶつけて圧し潰そうとする。

砕けて落ちる瓦礫の嵐。

箒に乗った男が杖をひと振りすると、現れた文字列が世界を変える――《爆ぜろ》変身呪文によって瓦礫が爆弾に変化。《これでもくらえ！》方向指定の斥力が働き、それを射出。古典的な火薬樽――神秘が及ぶギリギリの科学兵器。打ち返された瓦礫が変じた爆撃が果心を襲い、降り注ぐ炎と昇る炎、2種の炎が交差するように夜空に咲いていった。

パニック映画じみた地獄絵――その渦中で。

「何だこれは⁉　いきなり出てきた……魔法ってやつなのか⁉」

「本物としか思えないけど、違うわ。これ……《絵》よ。ものすごくリアルな幻！」

蛍を小脇に抱えて庇いながら、黒い霧を盾に凌ぐ零士。その間にも砕けた岩や火球が間近に着弾し、凄まじい熱波と共に煤や破片が飛んできてチクチクとふたりを苛む。

驚き慌てて当然の事態。だがＪＫバニーの知性は異状を捉え、真実を導く。

「炎は眩(まぶ)しいし、焼けた岩が当たったら痛い。けど――服は焦げてないでしょう？」

「！」

息を呑(の)む零士(レイジ)。火の粉や焼け石に触れて、大小さまざまな火傷(やけど)があちこちにある。だが服には焦げ跡ひとつ付いておらず、皮膚にのみ爛(ただ)れたような熱傷や水膨れができていた。

「普通の炎なら俺には効かない。……神秘を纏(まと)った炎、そういうものかと思ったが！」

「現実のものは傷つけられない仕掛けだと思う。二次元のものは三次元の物体を破壊できない、そういう制約よ。私たちが影響を受けてるのは……《視(み)えてる》から！」

二次元の情報を観測し、それを事実として捉える知性と魂を持つが故に。

そうした生物にとって具現化したＡＩ生成画像の阿鼻叫喚(あびきょうかん)は現実そのもの。されど観測する術(すべ)を持たない無機物にとっては何の意味もない、雑音以下の虚無に過ぎないのだ。

「零士(レイジ)ぃ!!」

「わかってる！　――合流するぞ、月(ゲツ)!!」

蛍(ケイ)を抱えたまま指印を結ぶや、霞見(カスミ)零士(レイジ)は黒の雲海と化した。

膨張する雲が白兎娘(しろうさぎむすめ)をふわりと包み込んだまま炎の嵐を掻(か)い潜(くぐ)り、空を渡って滑り込む。

（上を押さえられてなければ、このまま上空へ避難するって手もあるが……！）

零士(レイジ)は思う。同じ顔をした時代錯誤な恰好(かっこう)のバケモノどもは、身のこなしこそ月(ゲツ)に匹敵するが、飛べるわけではない。具現化したＡＩ生成画像に押さえられていなければ、このまま空へと脱出して蛍(ケイ)を逃がし、心おきなく全力で攻撃できるようになる。

（チャンスが要る。攻撃できるタイミングが、たった一度でいい……！）

二度、三度は考えない。そもそも最初から不可能だ。闇サプリをキメた連中を鎮圧するのに、大技を一度使っている。霞見零士(カスミレイジ)という存在、怪物ならざるヒトが異能を発揮するには、己の人間性を消耗し、自我を揮発させるリスクを冒す必要があるからだ。

家伝の技《白法(ビャクホウ)》——大きく自我を解いて霧化、酸や雲、炎や霧などさまざまな姿に化けて広範囲を狙う。霧の怪物(ブロッケン)たる真骨頂、極大の攻撃規模を誇るが、消耗が激しい。

そして対となる《黒法(コクホウ)》は、逆に自我を固める技だ。一度肉体の境界線を緩め、細胞や皮膚、肉をも極微の飛沫(ひまつ)に解体して組み直し、さまざまな形に硬化して実体を作り出す。

白法(ビャクホウ)に比べれば消耗は小さい——対価として小さな攻撃規模。巻き込めてひとりか数人程度、数百もの得体の知れない怪物を全滅させる超大火力を発揮するには、どうしても白法(ビャクホウ)が要る。

「悪いが月(ゲツ)、俺たちを守れ。スパイクは決める、トスを上げろ！」

「あいよ。……バスケに例えるならアレか？　リバウンドってやつか⁉」

「わからないけど間違ってると思うわ、あなたたち、ふたりとも‼」

不慣れなスポーツに例えて叫ぶ少年たちと、雲の中から突っ込む蛍(ケイ)。炎を突破した零士(レイジ)は、相棒たる人狼(ワーウルフ)の傍(そば)に降り立ち、像を結んで実体化し——

「黒白霧法(コクビャクムホウ)、斬黒刀(ザンコクトウ)。決して折れない黒の刃(やいば)だ。力任せに振り回せ、ぶった斬れ！」

「っしゃ‼　ゴキゲンだな、こりゃあ‼」

立ちはだかる月(ゲツ)――その手に黒煙が集い、凝縮。黒曜石の如(ごと)き硬質の輝き、黒い刀が具現。

「シャシャシャシャシャシャシャシャシャ‼」

「ッわんっ‼」

狗(いぬ)じみた叫び、刃一閃(やいばいっせん)。全身の膂力(りょりょく)で振り抜く力任せの太刀、素人(しろうと)剣術。

だが人狼(ワーウルフ)のバカげた力は、文字通り鉄をも切り裂く。間近に迫った怪童子、3人ばかりを横に寸断。あたかも中世の試し斬りの如(ごと)く、横並びに並んだ胴体を真っ二つにした。

「きゃあああああああああっ⁉」

「見るな、柿葉(カキバ)。不殺を気取れる状況じゃない、眼(め)を閉じていろ！」

「ふざけないで。友達にだけ重荷を背負わせていられるほど、図太くないわ！」

気遣う零士(レイジ)。撥(は)ね除(の)ける蛍(ケイ)。どちらも互いを思っての言葉が、擦れ違い。

「モメてる場合じゃねーぞ、おふたりさん。……コレ、ちゃんと死んでんだよな⁉」

「「「かかかかかかかかか‼」」」

文字通りの、呵々大笑(かかたいしょう)。からからと笑いながら、胴を薙(な)がれて真っ二つとなった怪童子が、たちまち霞(かすみ)と消え失(う)せる。それは霧化した零士(レイジ)に似ていたが、何かが違う。

（血が出てない？　……ううん、あれは）

雲の中、兎の眼と耳が捉えた殺戮の刹那。黒の刃で両断された瞬間、蛍は確かに視た。

(斬られたひとたちが、消えた。まるで最初からいなかったみたいに……)

零士が危惧したようなグロ映像は現れず、幻の炎と焼けた岩が降り注ぐただ中に、ぞろぞろと。おかっぱ頭にギザ歯、嗄れた老人の声で喋る童子姿の怪物が、三百集い群れを成す……！

「しゃあ――!!」

「だあああああっ、うっぜえ!!」

牙剝く童子。鮫に似た、魚に似たギザギザの牙が人狼に歯型を刻む。

肉をひと嚙みちぎり取り、ぶつんと筋線維の嚙み残しを引っ張るようにもぎ取って、ぐちゃぐちゃと血まみれの顎を嚙みしめながら、化け物どもは一斉に笑った。

「「「雲に隠れたとて無駄よ……！」」」

「「「……小娘が隠したる追跡の呪。渡さぬならば貴様ら、みな」」」

「「「まとめてこの場で喰ろうてくれるわ!!」」」

「だあああああああああああああっ!!」

文字通りの十重二十重。人狼を囲い、犠牲も厭わず一斉に躍りかかる怪童子。

振り回される黒刀に何人もまとめて斬られるが、決して減る様子もなく……！

ぼっ、と音がした。ひときわ大きな岩塊が灼熱したまま降ってくる。零士が変じた黒い霧が、蛍を包んだまま傘のように伸びて逸らすが、隕石じみた炸裂が少年を焼いた。

「がっ……!!」

背中一面、大火傷。幻とはいえ熱さも衝撃も本物と変わらぬ、具現化したＡＩ生成画像。

防げるのは零士のみ——仲間を守り、身を焦がす。周囲に散らばるゴミや石ころには焦げ目も付けず、ただ観測者のみを灼熱地獄へ引きずり込む虚構のナパーム弾。

「ずりぃ!!　ずっりぃだろ、てめぇは何で平気なんだよ!!」

「「「かかかかかかかかッ!!」」」

奮戦しながら叫ぶ月。彼らと同じく幻の火焔に焼かれながら、禿髪は笑っている。

その不死身性、無敵ぶりには覚えがある。それは——

「……《雑巾絞り》の同類！　幻想種じゃない、こいつは……現役の《怪異》か!!」

怪異凝りて幻想種となる——。

遥か古の時代に始まりながら現在に至るまで巷説に語られ続ける怪異。

伝説として史書文献の片隅に残り、チープな土産物になるようなものとは違う。少なからぬ人数が今なお畏れ、時には神として祀り、実在を議論するかの如き存在。

「こいつは両方のいいとこ取りだ。弱点を突かない限り無敵、古いものだから神秘まで濃く、サプリをキメた偽物じゃない、自前の意思と実体を持つ……！」

本邦特有の幻想種——。古より続くその名を。

「妖怪。なら……より濃い神秘で潰すまでだ!!」

「「「やってみるがいィ、小僧ッ‼」」」

零士が銃のハンドサインを作り、黒霧を纏った人差し指を妖怪に向ける。

凝縮した霧が鋭く尖り、指と同サイズの極太針を形成。

さらに螺旋の捻りを加えて貫通力を増し、機関銃の如く――‼

「黒白霧法、黒千本‼」

「「「かかかかかかかかかかかか‼」」」

ズダダダダダダ‼　と鼓膜を叩く破裂音。果実のように頭蓋が割れる。

指から無数の黒針を射出する射撃技、その貫通力は凄まじくコンクリートを穿ち、少々の遮蔽など物ともせずに群がる童子を貫通、アニメに出てくるチーズのように穴だらけにする。

大昔の戦争における機関銃の如く、次々吹っ飛ぶ妖怪ども。……だが！

「消しても、消しても、キリがないだと⁉」

「「「年季が違うわ、年季がァッ‼　くかかかかかか、小僧がよォ‼」」」

頭が砕け、胸が潰れ、風穴が空いた怪童子が次々消えては一瞬のみ減る。

だがその刹那、無傷の童子がまた現れるのだ。零士の弾丸のみではない、具現化ＡＩ画像の灼熱や月が斬った妖怪までも、次から次へと煙と消えては即座に還る――。

「俺の神秘じゃ、力圧しは無理か。なら……！」

「法則を暴くしかないわ。けど、ヒントも何もないんじゃ、わからない……検索できない⁉」

「電波来てね――よ!!　ったくこれだから無法地帯はよぉ!?」

零士（レイジ）の呟（つぶや）きに、黒のドームに守られながら蛍（ケイ）と月（ゲツ）が叫び返した、その時。

『――君たち、真面目に学校行ってるのかい？』

不意に響く声――零士（レイジ）の胸ポケット。

ちょこんと顔を出して肘をついた可愛（かわ）いいハムスターの、憎たらしい表情（カオ）。

「あんたか、社長!!　聞いてるなら早く言ってくれ!!」

『さっき直接言ったんだけどなあ、聞いてなかったのかい？　君たちが戦っているのは《禿髪（カブロ）》――鎌倉の軍記物語に謳（うた）われたが故に、現代まで続く怪異（カイイ）となった古い伝説だ』

「……鎌倉の、軍記物語？」

ぴょこん、ＪＫバニーの長い耳が、閃（ひらめ）くように弾んで揺れる。

「それがあの人なの？　古典の授業で習ったわ。歴史の授業でも、さわりくらいなら！」

「知らねえって!!　バニーちゃん、知ってんの!?」

「詳しくは知らないわ。けど、あのお話に基づいているのなら、結末は……！」

ふかふかの毛皮、人狼（ワーウルフ）のそれに顔を埋（うず）めながらも、蛍（ケイ）は叫ぶ。

「――分段（ブンダン）の荒き波、玉体を沈め奉（タテマツ）る……」

帝（みかど）の入水（じゅすい）を謳（うた）った節、うろ憶（おぼ）えの断片を口ずさむと。

「「……止（ヤ）メよ!!」」

絶叫、絶叫、絶叫。

三百を数える怪童子、声を揃えて怒り、喚く。

まるでその声で、触れられたくない傷口を覆い隠すかの如く。

「汀に寄する白波も、薄紅にぞなりにける……」

違う節、記憶は大きく跳ぶ。印象に残った美しい言葉だけが、その儚い終わりと共に。

「主も無きむなしき舟は、潮にひかれ、風に従つて、いづくをさすともなく……だったかな。

揺られゆくこそ悲しけれ……人がいない舟がどこかへ流されていく、悲しい描写……！」

彼女の中で噛み砕かれた言葉、古の伝承はそこで途切れて。

「あなたの法則がこの物語だとしたら。定められた終わりが、これだとしたら！」

思考が閃光のように閃き、蛍は結論を叫ぶ。

「火じゃない……水よ！」

「は⁉　何それ、どゆこと⁉」

「物語のオチ！　歴史的事実っぽい話！　壇ノ浦？　ってところであのひとたちは滅亡して、

一族のひとたちみんな海に沈んで終わりの……バッドエンド！」

要約と言うには雑すぎる記憶。優等生の彼女が授業で習い、頭の片隅に残していたあらすじ。

追い詰められた一門は壇ノ浦の戦いで敗れ、幼き帝は入水し、武将たちも後を追った。

「あの分身する人の伝説が、この物語に縁がある人の根源だとしたら。法則もそこに！」

「なるほど。よくわからん。だから」

零士の答え。それは否定のような——

「わかっているお前を、信じる。……水があればいいんだな⁉」

「「「ヤメロオオオオオオオオオオッッ‼」」」

絶対の信頼を示し、霧の怪物は動く。

怪童子に身体を掻きむしられ、食い千切られ、まるで鳥葬に付された屍のように傷つけられて。それでもなお理由も知らぬ、由来も判らぬ呪印を結び、家伝の言葉で——〆る。

「黒白霧法……黒釣竿」

息を吸い込む。するとその瞬間、零士の右腕が変化した。黒い霧が手刀を包み込んで硬化、鋭い鉤となり——真横へ振り抜くと、大きく撓って凄まじく伸びていった。

それはまさに、腕そのものが黒い釣り竿と化したかのように。細い黒霧が糸として繋がり、先端の鉤が狙った場所へ引っかかる。それは、禿髪どもの頭上を過ぎたある一点！

「引け‼　月‼」

「ぃおっしゃあああああああああああッ‼」

ギギッ、ギシギシギシ、ガギッ……‼

疲労した金属が断裂する音。伸びた腕は廃墟の屋上、ついさっきまで敵のひとり、果心が足場にしていた高架水槽のパイプに絡みつき、鉤を喰い込ませて固定する。

伸びた腕を摑(つか)む白い爪。零士(レイジ)の相棒、オリジナル人狼(ワーウルフ)――頼山月(ライサンゲツ)が全力で引っ張ると、老朽化した水槽は俄(にわ)かに傾き、中の汚水3000リットルが一気にその場を押し流していった。

「しっかり摑(つか)まれ、ふたりとも!!」

「おぼぼぼぼぼぼ!?」

「～～～～っ!!」

零士(レイジ)に抱きつき、必死に耳を押さえて水が入らないように耐える蛍(ケイ)、溺れかける月(ゲツ)。

汚水にまみれ、ふかふかの毛皮がぺっとりと身体(からだ)にへばりつき、風呂上(ふろあ)がりのペットじみた姿になった人獣(ニンジュウ)たちと、ひとり姿の変わらぬままの少年は、次に思わぬものを見た。

「……柿葉(カキバ)。お前、あれを知っていたのか?」

「まさか。……どういう理屈でああなるのか、想像もつかないわよ?」

「きぃいいっ……ぐげぇ……げこっ……!!」

およそ三百を数えた妖怪(ヨウカイ)《禿髪(カブロ)》。人喰(ひとく)いの怪童子は今や、見る影もない。

美しい赤の衣は濡(ぬ)れ鼠(ねずみ)、錆水(さびみず)で洗われ見る影もない。さらに皮膚まで赤く染まり、蛙(かえる)じみててらてらと嫌らしく滑(ぬめ)っている。いぼだらけの顔にかつての美童の面影もなく、唇ならぬ嘴(くちばし)はまるで水鳥かガマガエル、あるいは魚の一種のようで――頭頂の髪が円く、禿(は)げていた。

『――《河童(かっぱ)》という妖怪(ヨウカイ)を知ってるかい?』

零士(レイジ)のポケット。濡(ぬ)れた毛皮をぶるぶると震わせて、ハムスターが呟(つぶや)く。

『原型は大陸に在るとされ、古代から現代に至るまで目撃談から怪異譚まで連綿と続き、河童を祀る神社仏閣史跡の類は珍しくもない。そして中には、とある異説が存在する』

河童の色は何か、と問われ。

多くの人々が想像するのは——雨蛙のような、緑色。

『だが河童は《赤い》んだ。軍記物語に記された敗軍の旗、シンボルもまた《赤》であり——地方によってはその生き残り、いわゆる落人が河童伝承の原型ともされている』

赤い旗を掲げ、赤い服を纏った落人たちが政敵の追及を逃れ、隠れ住み。

人里離れた山中の異界に集う彼らを見た人々は、それを妖怪と考え——伝説が生まれた。

『妖怪《禿髪》は古の武家が放ったという密偵、物語の一節を核として成立する。だがその節が特別広く伝わったわけでもなく、本来なら怪異として成立する要件を満たさない』

——なら《禿髪》とは何なのか？

『その答えがあれさ。童子姿の髪型は《おかっぱ頭》——都を追われ、零落した成れの果て。妖怪《河童》に堕ちた存在が、美しい物語の皮を被って化けていたに過ぎない』

「……河童なら、聞いたことくらいあるわ。施設の怖い本に書いてあったし」

まじまじと、濡れた耳をぴんと立てながら蛍は見た。

汚れた屋上に蹲る河童、顔を覆い、隠しながら悶え苦しむその姿、黄色い眼を。

「リアルだと怖いのね。もっと可愛いキャラクターのイメージだったけど」

『それは後世、漫画やイラストなどによって追加された概念だね。残念ながらアレは成立後、すぐに仙境——迷い家、幻想郷などと言われる異空間へ籠もったようだ』

故に近代の伝承による影響を受けておらず、古代のエッセンスが濃厚なまま現世に蘇り。

『故に水辺の生き物であり、怪力を以て悪さをするが、三百人に分裂する、なんてことはなく。そして愉快なことに……頭の皿が乾くと死んでしまうと伝わるように、熱に弱い』

「ア……!!」

そして今、この場は。

具現化したAI生成画像、幻の炎が創り出した灼熱地獄の渦中にある——!!

「——グエエエエエエエエエエエエエエエエエエエエエエエエエエエエエエッ!!」

熱い岩塊の豪雨、灼熱の暴風に晒されて汚水は乾き、河童の皮膚が瞬時に乾いて軋む。頭の皿が無残にビキリと罅割れて、蒸発した湯気が亀裂から鮮血の如く噴きあがった。

紫の舌が水を求めるように伸び、萎びた目玉がぐずりと縮む。まさに乾き、焼け死ぬ直前の両生類じみた姿に成り果てた妖怪は、もはやたまらぬとばかりに助けを呼んだ。

「果心!! 果心!! 熱ぃぃぃいいい!! 死ぬ!! 術を止め、止めてくれええええええ!!」

「おやおやおやおやおや……これはこれは」

空中——楢崎と果心。魔法と妖術の応酬の最中、その声は届いた。

「これは拙い。《今世陰陽・厭魅AI》!」

「悪いね兄さん、隙ありだ。──《貫き》《爆ぜろ》！」

楢崎がポケットから異国の金貨を掴み出し、空中へ放る。

呪文を受けた貨幣は蒼い光を帯びて弾丸と化し、スマホを掲げる術者に迫る。直撃の瞬間、その身を護るらしい不可視の力によって大きく勢いを殺されたものの、それすらも貫き。

「ぐ……かあっ!!」

身体にめりこんだ金貨が弾け、肉が砕けた。

黒い和装に鮮血が染み、鮮やかな裂傷が浮かび上がる。胸と左肩を大きく抉られた傷を負いながらも、書き込まれた祝詞によってＡＩが画像を生成、妖術がそれを具現化する。

「──また水かよ⁉」

月の悲鳴。箒に乗った楢崎の足元にまで、二次元の荒波が押し寄せてくる。

独特の画風すら再現──浮世絵の波そのまま。青いうねりと飛沫の白、岸辺の松に空の月。絵の世界に取り込まれたような幻、たかだか３０００リットルの汚水とは比較にならない濁流が一切合切を押し流し、眼下の街１ブロックがまるごと濁流に呑まれていった。

「初手の式返しで小指を奪ってなかったら、今の僕じゃ勝てなかったね、これは──」

あまりの出力に鳥肌が立つ。《魔法使い》としての楢崎は、よく言って二流だ。貴重な杖や箒、触媒となる古代の金貨など神秘を秘めた呪具を消費して拮抗していたに過ぎない。

東洋種の《魔法》は口訣(コウケツ)──呪文や指での結印が必須となる。古(いにしえ)から連綿と続く儀式であり、正しい手順を踏むことで神秘は増して、効力を高めるからだ。

たかが指一本、されど指一本。治癒の暇もない追撃によって果心(カシン)は本来の術を使用できず、スマホを用いた画期的ながら神秘の足りぬ術のみを使う結果となり、故に楢崎(ナラサキ)は優位を取れた。

「あれなら普通に重傷だ。何せ僕らは幻想種(ファンタビ)、怪異(カイイ)や妖怪(ヨウカイ)と違って当たり前の生き物だからね。ぶっちゃけ撃たれりゃ大怪我(おおけが)さ。さすがに死なないだろうけど」

十分に打撃は与えた、と言っていい。追跡手段である呪符を蛍(ケイ)が手離していなければ、後にさらに追撃をかけることも可能……かもしれない。

(さすがにそこまでは期待薄かな。占術妨害なり結界なり、凌(しの)ぐ手はあるし)

魔法使いの戦いとは、そういうものだ。

手札と手札のめくりあい──互いに手の内を隠し、隙を窺(うかが)って有効な術を相手に通して優位を稼ぎ、それを保ったまま詰みに行く。正体を掴(つか)んだから初戦としては上々だろう、と判断して。

「そういうわけだから君たち、そろそろ上がってきてくれたまえ。まだ仕事があるからね？」

軽く言いながら箒(ほうき)を操り、地上近くへ降りてゆく。

浮世絵風の荒波は一過性のものらしく、もうすでに退(ひ)きかけていた。幻の濁流は物理的影響をほとんど残さず、瓦礫(がれき)やゴミは流されもしないまま廃墟(はいきょ)の屋上に残っていて。

「――まだやらす気かよ、このドブラック社長!!」

「げぽっ……。ごぼっ、し、死ぬ、死ぬかと思った……！　柿葉……！」

「はいはい。……あのね霞見くん。あなた運動音痴にもほどがあるわよ、泳げないの？」

「犬かきなら、多少はできる……。だが俺はいい、おしりを。社長の人質にされている家族を助けてくれ……。ハムスターに、罪はないっ……！」

　影響を受ける観測者たち――ずぶ濡れの月が両手に口まで使って仲間を濁流から守っていた。右手の爪を瓦礫に突き立てて体重を支え、左手に零士。牙で蛍の襟元をくわえて保護。

　蛍は二度目のせいかある程度余裕。だが零士は消耗もあってか、水を鼻と口から吐きながら、苦しそうに何度も嘔吐いている。そして胸ポケットのハムスターはと言えば――。

「心配ないさ。おしりくんは僕の使い魔だからね、僕が死なないかぎり死なないよ」

「……喜ぶべきか、社長のリモコン扱いなのにキレるべきか、どっちだ？」

「キレていいと思うわ。私もうさちゃんの中身がおじさんだったら愛せる自信がないもの」

　じとりじとり――冷たい視線に突き刺されながら、楢崎は箒から屋上へ降り立つ。

「うさちゃんって君のウサギの名前かい？　安直だなあ、適当すぎないかい？」

「可愛い名前がまだ思いつかないだけよ。それより私たちにこれ以上、何をさせる気？」

　楢崎に反論しながら、スカートの裾を絞る蛍。兎娘の太い太腿が付け根近くまで露わに。

　虚構たるＡＩ画像具現化は、観測者の周囲でのみ本物となる。先ほどの洪水もまた、それを観測している生き物の周囲では本物であり、泳げなければ溺れるし、服も濡れるのだ。

「うーん、ＪＫセクシー画像は素敵だね。まあ僕は熟女専門なのでぴくりともしないけど」

「何いきなり性癖暴露してんすか……」

「セクハラだわ。訴えたいわね」

「訴えないでくれたまえ、勝つけど面倒くさいから。さて、今夜の残業についてだが」

呆れ顔の月と蛍に、楢崎はすっと歩み寄る。

「君の《お母さん》が呼んでいる。会いたいそうだよ。

――柿葉蛍くん。ＢＴ本社の経営権を継げる唯一の人材、次期ＣＥＯと……ね？」

9th chapter
最後の魔女
The Last Witch

——仮面舞踏街の片隅、とある廃墟。


「いやあ、死ぬかと思いましたな」

「ぐ……げげげげ……!!　許すまじ、許すまじぃ……!!」


ばちばちと炎が爆ぜる。老朽化して床が抜け、四角い箱と成り果てたラブホテルの残骸。

焦げたドラム缶には無造作に薪が突っ込まれ、年代物の茶釜がしゅんしゅんと湯気をたてる。中の白湯を汲みとり、しゃかしゃかと茶碗に注いでかき混ぜながら。

「今世では楢崎と名乗っておるようですが、まさか——……が、あちら側についていたとは。《寮》と繋ぎが取れなくなって以来死んだとされておりましたが、思わぬことで」

「まことか!?　貴様……雑巾絞りめの件で見かけた折、気付いておらなんだのか!?」

「おりませんでしたなあ。いや、陰陽道を極め仙に至りし者が幾百年もの研鑽を捨てるなど、まこと大した傾きようで。……薬湯に御座いますが、飲めますか？」

「いらぬわ!!」

黒衣の胸には林檎ほどの抉れ——肉が砕け、骨にすら達する傷と出血。出血が止まった右手、小指が根元から欠けた手で湯呑を持ち、軽く覆面を上げて口をつける。

ずず、とすする緑の薬湯。抹茶とさまざまな生薬を混ぜた仙丹はたちどころに効き、抉れた傷の出血が止まるや、じわじわと肉が盛り上がりはじめていた。

「生薬を得るに五年、丹を練るに十年かかる金丹ですが、完治には遠う御座いますな。欠けた指を生やすにも少々かかりまする故、直接矛を交えるはこれまでかと」

「……ぐう、ううう……苦しい、苦しぃ……おのれ、おのれ、おのれぇ……!!」

果心の足元、濡れた音をたてて惨めに這うは、妖怪《禿髪》。

だが美童と呼ぶにふさわしかった姿は、もはや見る影もない。絹布のような少年の肌は赤いイボガエルのそれに変わっててらてらと濡れ、顔は無残に崩れた河童のそれ。嘴の先から長い舌をだらりと伸ばして苦しげに喘ぐそのさまは、瀕死の両生類そのものだった。

「炎の術など使わねば、弱点を突かれることもなかったものを……！　愚か、愚か者めが!!」

「いや失敬失敬。さりとて互いの手の内を必要以上に探らぬは、呪者妖怪の習いというもの。『ほのおは効果抜群ゆえ避けるべし』と言い置いて頂きたかったもので」

「……やかましいわ!!　ますます俗世にかぶれおって、その諧謔も聞き苦しいぞ!!」

「そう焦らずとも。我らの目的——BT本社の《魔女》めを討つという《寮》の勅命は、既に果たしておりますからな。多少の楽しみがあっても良いのでは？」

「な……!?」

ぎょろりと河童が目を剝き、どんぐり眼を果心に向けた。

「どういうことだ!?　疾く申せ、果心!!」

「そういえば、貴殿は例のぱんでみっく――《死の呪い》について御存知ないようで。あれはヒト種のでいえぬえー……遺伝子に刻まれし《西洋種》の血脈に反応するもの」

ＤＮＡに憑き、西洋種の血脈にわずかでも反応した場合、１００％発病。

全身を硬質、結晶化。柔軟性を失った筋肉や皮膚はわずかの刺激で破断、激痛――臓器不全のおまけつき。ただし心臓と脳、循環器系と脳神経への影響は最後の最後。

即ち、死ねず、生かしたまま最大の苦痛を与え続ける、生き地獄――。

「わかりやすく申しますと、殺さず苦しめいたぶる……拷問魔法の暴走によって生まれたもの、とお考えあれ。本来、防ぐ術はほぼ存在いたしませなんだ、が」

「……《怪物さぷり》。あの怪奇薬なら、防げるのであったか」

「ええ。あれは現世のヒトが多かれ少なかれ保持している《幻想種》の因子を発現、獣の形に変異するもの。故にアレを服用した者ならば、呪いの発動を防ぐことができる」

幻想種の因子を持たないヒトが服用した場合、溶けている触媒からランダムに変異。

そうでない者――遥か祖先より、幻想種の因子を継いだ者が服用した場合、近い要素を持つ特定の動物へ変異し、そのまま固定される。一度そうなれば、どのサプリを服用しても同じ姿の動物へ変異する。カンガルーならカンガルー、オカピならオカピのまま。

幻想種の因子は《獣人》として成立し、固定される。

服用者が《西洋種》の因子を保有していたとしても、怪物サプリを服用する限り発現せず、死の呪いを防ぐことができる。しかし、そうした仕組み故に――。

「既に発病した者には、効きませぬ。一切魔法を使うことなく、俗世の医術による再生治療を施せば延命こそ叶いまするが、時間の問題。かのＣＥＯ……《魔女》とて例外ではなく」

死の呪いを受けた西洋種にとって、魔法の発動は自殺行為。

再生医療によって抑えていた呪いが活性化、急激に容体は悪化する。

「それでありながら《魔女》は式を打ち返した。《魔女の狗》……楢崎めが西洋種に転じておらねばやらせることもできたでしょうが、それも叶わず」

「つまり、それは……！」

「さよう」


河童の顔に喜色が浮かぶ。対する黒子はただ、何でもないことのように。

「BeastTech 本社経営最高責任者、ＣＥＯ。

――《調薬の魔女》が天命、今宵にも尽きましょう」

＊

「いや、救急車はいらない——トラックとクレーン車だ」

同時刻《神待ち通り》にて。

BT本社警備部から派遣された回収部隊が、路上に散乱した廃棄物を処理している。

怪物サプリの過剰摂取、闇サプリによる中毒。《Beast Tech》のロゴが入った道具や車両を操る人獣たちがテキパキと動き、絶命した者は雑に死体袋へ放り込んでトラックに投げる。

荷台に積みこまれたタンパク質の山はそのまま焼却炉へ直行し、燃えるゴミとして分別後、都市から排出された多量のゴミと共に跡形もなく消える。零士が異能を以て眠らせ、鎮圧した数十名は一応そのまま捕獲されるが、大勢を収容可能な施設などなく——。

「明らかな闇サプリ使用者以外は、そのへんの路上に放り出して終わりだ。場所が場所だから普通の街娼や客も混じってるだろうから、目が覚めれば勝手にどこかへ行くだろう」

「……雑すぎない？」

指示を出す零士の隣で、賣豆紀命が車椅子の肘掛けにもたれながら言った。

「警備部は警察じゃないからね。犯罪やトラブルを解決する義務とか無いんだよ」

「そりゃ下請け、オレらの仕事……ってわけだ。つーか命ちゃん、なんでまだいんの？」

どこか疲れた様子。避妊具の自動販売機の隣、タッチパネルに亀裂が入った飲料の自販機に小銭を入れ、怪物サプリ以外の飲み物からミネラルウォーターを選ぶ男、楢崎。

その隣で不良座り——だらっと尻尾を垂らして座り込んだ月は、少しでもカロリーが欲しいとばかりに練乳入りの缶コーヒーを選択、零士と命を挟む位置にいる。

「警備部に保護されたんだろ？　とっくに家帰ってると思ってたわ」

「あたしもそうなると思ってたけど」

ちらりと命が横目で見たのは、物々しい軍用装備を身に着けた人獣――BT警備部。

路地に食い込むように停車した装甲車から展開した10人、1分隊が周辺を警戒し、きびきびと銃を虚空に向けるさまは、まるでアクション映画の一場面のようだった。

「警備部だっけ。あの人らが、ここで待ってろって言うから。あんたらのことも心配だったし、都合いいから従ったけど……どーゆーことよ、これ？」

「わからないけど」

ごとごとん、と取り出し口に落ちてくる、ノンカロリーのお茶と冷たいサイダー。

2つの缶を取ったのは、ＪＫバニー柿葉蛍。服も毛皮も生乾き、どこかぺたりと凹んでいて。

「答えを知っていそうな人がそこにいるわ。いろいろ白状してくれないかしら、社長」

お茶を命に渡し、サイダーのプルトップを上げながら、蛍が言うと。

「この際いろいろまとめて説明責任を果たしてもいいんだが、まずはあっちの始末かな？」

ちらり、楢崎はある方向を見た。

路地を塞ぐように突っ込んだトラック、クレーン車。零士が呼んだそれは車両用だが、作業員が積みこんでいるのは生きた肉体、闇サプリをキメて変化した――贋作鵺。

先に装甲救急車で病院へ搬送されたコウモリ女も含めて。

「アレの治療は金がかかるよ。妊娠中のコウモリちゃんも含めて1億。払うのかい？」

「払うわよ。現金払いで、ほら」

命が突き出したのは、血まみれの汚いボストンバッグ。

散らばった札も集めたのだろう。道路を這ったのか、膝や手のあちこちに擦り傷があった。

「これ最後に持ってたの、あのコウモリさんなのよね。つまり持ち主ってことで、治療費に使っても問題ないでしょ。調べてみたけど、札に名前とか書いてなかったし」

「血まみれだけどね。闇カジノが文句言ってきたらどうするんだい？」

「これが盗んだ金だって証明できるもんならしてみなさいよ、って突っぱねるわ。使い古しの札ばっかだし、番号控えたり防犯塗料塗ったりしちゃいないでしょ。言ったもん勝ちよ」

「……すげえな。拾得物横領に躊躇がねぇ」

「どっかの暗黒金持ちの財布に戻すよりゃ、赤ちゃん産むのに使った方が絶対ましよ。それが悪いってんならかかってくりゃいいわ、あたしが相手してやるから」

ふん、と言い切る命。

突っ込んだ月が呆気にとられ、ちびちび珈琲を舐めながら社長を見る。

「ってことですけど。どーするんすか、社長？」

「ま、認めざるを得ないかなあ。……ＯＫ、怪物サプリ過剰摂取の治療、および持病の検査、延命治療後のサプリ再摂取から解放まで、適当に話を通しておくよ。それに」

楢崎はやや考え、付け加える。

「人獣化して妊娠した時点で、生まれてくる子は人獣だ。両親に持病や遺伝性の疾患があったとしても、そうした性質が受け継がれることはない。健康体で生まれてくるよ、たぶん」

「そう。……良かったわ、マジで」

張り詰めていたものが解けたのだろう。深々と息をして、命はお茶の缶を強く握り締める。

そんな彼女を横目に、零士は自動販売機の前へ進みながら――

「ふたりはすぐ病院へ搬送する。同行するか？　相手も命に礼が言いたいだろう」

「いらないわよ、そんなの。さっきも言ったけど」

自動販売機のタッチパネルに指を滑らせ、商品を選ぶ零士に。

「感謝もお礼もいらないわ。――あたしがやりたいから、やっただけ」

相手のことを思いやった気持ちがゼロではない、けれど。

「あたしはあたしの友達の弔いにあいつらを助けた、それだけ。貸し借りも恩もありゃしないわよ、勝手にやっただけなんだから。だからそーいうウザい話はナシ。いいわね？」

「……ああ」

ぴー、ごとん。

選んだ缶飲料が取り出し口に落ちてきて、零士はそれを取り出すと。

「赤ん坊の無事を祈って、か」

「お茶とジュースで乾杯？　しまらないわね……って何買ってんのよ、あんた？」

見慣れない缶を街灯に掲げる零士（レイジ）。掌中の特徴的なそのロゴは――

「この街の自販機は、怪物（モンスター）サプリ以外差し押さえだの売れ残りだの、期限切れだのが多くてな」

ディフォルメされた梅干しが応援団風のコスプレをした、無駄に濃いイラスト。

「《押酢（オス）!!　超梅団（スッパダン）!!》超濃縮梅肉エキス入り。《外》じゃ販売中止になった代物だが、死ぬほど酸（す）っぱくてうまいんだ。一発で目が覚めるぞ」

「さすがエージェント・ドブドリンク。意識高いチョイスだわ。あとで一口ちょうだい」

「マジ？　飲むの、その見えてる地雷みたいなクソ飲料。って言うか」

眼（め）を輝かせて缶を覗（のぞ）き込（こ）む蛍（ケイ）に呆（あき）れつつ。

「あんたたちと知り合ってから、やたら病院だの葬式だのに縁がある気がするわ。何これ」

「人命はカネで買えるからね」

楢崎（ナラサキ）の皮肉は、この街の――いや、あらゆる近代社会の事実を突いていた。

「今回、浮いたお金がそのへんに落ちてたから彼らは助かったわけだけど、それはある意味、命の選別とも言えるわけだ。金があれば助かり、金が無ければ死ぬ。シンプルな原理だね」

「それはそれでムカつく話だけど、ただの貧乏人のひがみでしょうが。持ってる金使って身内助けることまで否定されちゃ、たまんないわよ」

「そりゃそうだ。けど人獣から生まれた子は人獣、当然秋津洲国籍を得られない。野生のヒト、この街の片隅で動物として生きるしかないわけだ。君たちの同類だよ、おめでとう」

楢崎の視線が向いた先は、零士、そして月のふたり。

特殊永続人獣――動物として扱われながら限定的に人権が付与された特例。辛うじて人間と認められている少年たちは、生まれの違いこそあれど同じ境遇とも言える。

「ムカつくこと言うなあ、社長。命ちゃんいじめてどーすんだよ？」

「いじめてるわけじゃないんだけどなあ。いわゆる――」

「……事実、ってやつでしょ。けっこうそのへんモヤってんのよ、あたしも」

む、と命に言葉を引き取られてしまった楢崎が口をつぐむ。命はいつものように怒るでもなく、お茶のボトルを傾けて唇を軽く湿らせてから、これからのことを口にした。

「何度も言うけど、あのバカップルを助けるのはあたしの自己満よ。けどその後また詰んで、ホイホイ死なれたら腹立つじゃない。せっかく助けた意味無いわ、ムカつくし」

「……人道的なのか即物的なのかよくわかんねー感覚だな、おい」

「命さんらしいと思うわ。科学的な野蛮人みたいな印象」

「誰がテクノバーバリアンよ。まー、近いかもしれないけどさ」

頰毛を掻きながら言う月、ひっそり頷く蛍に、命は少しむくれながらも続ける。

「このまんま放置しとくと、あのカップルも生まれる赤ちゃんもバッドエンド確定なのよね。だって今は凌(しの)げても、怪物(モンスター)サプリの中毒は将来的に必ず発生するし、次同じ治療ができるとは限らないでしょ。赤ちゃんの教育とか、育児とかだってどーすんのよ？」

「……少しでもましな施設に入れるくらいしか思いつかないな」

カップルがボランティアで面倒を見ていた人獣(ニンジュウ)の子供たちを思い出し、零士(レイジ)。

「外の金持ちが支援しているという団体だ。それなりに世話をしてくれる、とは思うが」

「基本、あたしはあたし以外の善意を信じないことにしてんの」

「……間違ってる、とは言わないが」

それはつまり、外の手を借りず、自分自身でカップルと生まれる子の面倒を見ねばならず。

「めちゃくちゃ金がかかるぞ。どうするんだ」

「金渡そうかとも思ったのよね。あんたらに払う予定の2億、まんま浮いてるから」

だが、それは違うと命(メイ)は思って。

零士(レイジ)を待つ間、兵隊に囲まれた待ち時間で、結論づけていた。

「それやったら、赤ちゃんもカップルもまるであたしのペットじゃないの。てめぇの力で生きてなきゃ、命に価値なんぞ無いわ。勝手なポリシーだけど、ハンパな同情よりマシよ」

威風堂々、そんな四字熟語が似合う車椅子の少女。

キャラと迫力に圧(お)され気味(ぎみ)の人獣(ニンジュウ)たちは、尻尾を丸めてきゅ～ん……と短く鳴きながら。

「……正直オレら、金もらえんならわりと何だっていいけども」

「わからなくもない話だ。誇りとか尊厳とか、そういうものの話だろう」

誇り、尊厳、プライド。

生きるには邪魔で面倒なもの、だけれど。

「持ち続けるには負担だが、まったく無ければ屑になる。かといって何もせず放り出したり、善意で助け続けるのも違う気がする——要約するとそんな感じか？」

「そういうことよ。地味に頭いいわね、零士」

「命さんの言葉遣いが物騒なだけだと思うわ。友達だけど、そこは良くないところよ」

「ま、そうね。さんざ現役時代も警告とか喰らってたし、今さらだわ。けどそれってつまり、マイナスを無視できるほどがっつりプラスを稼げばいい、ってことでしょ？」

「……毎度思うが、何食ったらその世紀末覇者メンタルが身に付くのか、気になるな」

「鶏ささみと卵とブロッコリーよ。決まってんでしょ」

ボディビルダーや糖質制限をやる人間が誤解されそうなことを、言い切って。

「舞……《轢き逃げ人馬》って、何人殺してたっけ？」

「正確な人数は不明だね。我々が把握している数なら、11体だ」

「11人、じゃないの？」

「ヒトとしてカウントできる状態じゃなかったからね。身分証明書と一緒に死んでないとさ」

自分から来たとはいえ――姿を変え、顔も名前も判らぬまま殺された、11の命に。

賣豆紀命は逃げない、迷わない。正面からぶつかると決めていた。

「OK、ならそれを目標にするわ。11人、舞のやらかした数だけ救ってみせる」

「「は⁉」」

彼女の友人、蛍が、月が、零士が驚き、注目する中で。

「……救うって、どうする気だ。もう死んでるぞ」

「本人は無理なら、別の誰かを救うわ。誰でもいいわけじゃない、あたし自身の意志で、救いたいと思う誰かを決める。壊れた人生のかわりに、11人の人生を背負ってやる」

古の戦士が神々に誓う宣誓の如く。

罪の意識に囚われた自分と、愚かな友人の魂を救わんがために。

「あたしが舞を忘れるために。あいつの罪をただの思い出にするために。昔の言い方なら、死んだあいつを成仏させてやるために。いつまでも痛む気持ちに、ケリつけるのよ」

噛みつくように命は言った。

「……めちゃくちゃだけど、筋が通っている気がするのが不思議ね。具体的にどうするの？」

「まず、あんたらに報酬払うわ。今までつきあわせた分のお礼と詫びで、ひとりあたま300万ってとこ。受け取らないのは無しよ、いらないなら札ごと燃やすから」

突然の申し出に、貧乏人たちの反応は早かった。

「よせ、やめろ!?」

「命ちゃん、マジでやりそうだから超こええよ……。つーか、300万て。マジ?」

震え上がる零士と月に、ふんと命は言って。

「あたしの感謝の最低レート、そのくらいなのよ。底辺生活、ちっとは改善しなさい。つーか他人事みたいな顔してるそこの白ウサギ、あんたの分もあるわよ、300万」

「え？……待って待って待って待って！　私、何もしてないけど!?」

「してんのよバーカ。あんたがいなけりゃヤバかった場面、何回もあったんでしょ？　その分キッチリ払ってやるわ。金額があたしの誠意よ、文句ある?」

「……札束で頬を叩かれるってこんな気分なのかしら」

呆然とした面持ちで頬を押さえ、蛍。

「今の命さんにならエッチなことをされてもいい気がするわ。お金って大事よね」

「落ち着け柿葉。それはそれで問題しかない」

「だって300万円よ、300万円。卵なら1パック12個300円で、1万パック買えるのよ?」

「……それを言われると困る。全裸でピアノくらい弾いてもいいかもしれん」

「落ち着きなさいよ、タコども。あんたらにンな真似されても笑えるだけでしょ。……まあ、笑えるは笑えるでいいっちゃいいけど、結局のとこはそれ。金なのよね」

　命が今夜見て来たもの――京東バブル。有り余る金を背景に築かれた無法地帯の楽園。

　強すぎる光の陰にひっそり潜んで暮らす子供たちや、神待ち通りに集う街娼たちと群がる男、そして半グレまがいの占拠者ども、強くなるためなら人間を平気で辞めるイカれた害獣。

　そのすべてがとは言わない。だが、そのほとんどが――

「金さえありゃ、何とかなるわ。家も飯も安全も戸籍も、金を積んで手続きを踏めば買える。きちんとした職場でまっとうに稼いで、誰かに恵んでもらうんじゃなく、手に入れる」

「そんなもんこの街にねえって……あ？」

　否定しかけて、月がふと例外を思いついた。

「蛍ちゃんの勤め先。……死んだオーナーがやってたことって、それじゃね？」

「そう、それよ。稼げる場所を作って利益を出して、きっちり給料毎月払う。それをやるの。そうすりゃ社員は救えるし、人生を取り戻せるはずだわ」

「……JK社長ってこと!?　マジかよ、起業すんの!?」

「ビジネスの知識なんて別に無いから、自分じゃ無理ね。できそうな人雇ってある程度投げて、足りない分は勉強するわ。幸いアテもあるから、何とかなるわよ」

「アテ？」

　小首を傾げる蛍を、命が不躾に睨んだ。

「あんたよ、あんた。燃えたガールズバーのキャスト、連絡先くらい知ってんでしょ？　あと二階でホストクラブやってるオーナーの部下、カンガルーのおっさん。紹介して」

「……もちろんわかるわ。ガルーさんも、連絡はできると思う」

屈強なカンガルーの人獣（ニンジュウ）、艶（あで）やかな巨漢元ボクサー。今も同じ店でホストクラブを経営しているはずだが、相続をめぐるトラブルで店を移転することになるのではと危惧していた。

「報酬払った残りの金、1億9千万ちょいでビル買うわ。火事が起きたばっかりの建物だし、今の所有者は人殺しまくって再起不能。手続き踏めば買（か）い叩（たた）けるでしょ。どう？」

「そこで僕に振るあたり、マジで言ってるみたいだね」

楢崎（ナラサキ）——さすがに意表を突かれた面持ち。困った顔、やや眉を上げて。

「この街は僕の管轄だ。しかるべき代理人を通して遺族と交渉、土地建物を買い上げるくらいやろうと思えば簡単にできるよ。普通のルートじゃ売買不可、換金不能だからね」

「ならお願い。あとはビル担保にして金借りて——3億くらい引っ張れるでしょ。それを元手に建物改装して、ガールズバー再開するなり商売替えするなりやりゃいいわ。ホストクラブはそのまま営業、家賃払ってもらうのと、ＯＫ取れれば経営実務のサポートで店長雇うわ」

すらすらと出てくる、具体的な案（プラン）。

あまりの勢いに、世慣れているはずの特殊永続人獣（トクニン）たちの方が、圧倒されて。

「……スケールが、スケールがデカい……！」

「3億借りるとか言ってんだけど。借金だよな？　……何で平気なんだよ、借りれんの⁉」

「ビビってんじゃないわよ、たかが金よ。こんなもんただの数字だわ」

たかが数字、その怖さを知り、重さを知ればこそ。

「腹立つのよ、人間様が生きるのに便利だから使ってるってだけのクソ概念が、偉っそうに！　数字はあたしが何とかする。だから気合入れてマジメに人生やりなさい。あんたたち‼」

「……口、悪ぃー……」

「びっくりするほど酷いな。興奮すると口汚くなるのは悪い癖だぞ、命」

「ごめんなさい、とても擁護できないわ。……でも」

顔を見合わせる仲間たち。月が、零士が、蛍が――頷いた。

「私は、悪くないと思う。バイト先ができるならめっちゃ助かるし」

「たまに手伝うくらいならアリだろう。社長が許せばの話だが」

「そこで僕かい？　ま、この街の安定は僕らの職分でもある。多少便宜を図るくらいのことはアリアリのアリだし、命くんがこの街に関わる腹を決めたなら歓迎するよ」

けど、と楢崎は言葉を切り、そして思いがけない言葉で繋いだ。

「――すべてはこれから、今夜の問題を解決してからだ。協力を頼むよ、諸君？」

この瞬間、主導権がこの男に移ったことを、すべての若者たちが理解していた。

ぞくっとする奇妙な感覚――警戒心を誘われる殺気じみた気配。いつものへらへらとした顔、だが滲み出る何か。焦り、怒り、痛み、ミックスされた大きな感情が端々に出ている。

「オレでなくてもわかるくらい、強い感情(ニオイ)だ」

人狼(ワーウルフ)がすんすんと風を嗅ぎ、楢崎(ナラサキ)を制するように。

「何焦ってんすか、社長？　さっきの話……蛍(ケイ)ちゃんがどうのって話と関係あんの？」

「時間が無くてね。こうして話している時間も惜しいくらいなんだけど――……お互い休憩が必要だろう？　何せおじさんだからアクションは辛(つら)いよ、息は切れるわ肩は重いわ」

深々とため息、わざとらしく肩を回してみせるジェスチャー。

いかにも『疲れたおじさん』らしい仕草を、ＪＫバニーの黄色い眼(め)が冷たく睨(にら)む。

「私の自称《お母さん》が面会を希望している、という話よね？」

蛍(ケイ)の冷たさの意味――カケラも信じていない顔。

「うさんくさ太郎だと前から思っていたけど、詐欺の臭いしかしないわ。帰っていい？」

「だよな。社長やべぇよ、やべぇよ社長」

「ブラック企業だとは思っていたが、さすがに闇バイトはどうかと思う。悔い改めろ」

「君たちさぁ……！」

社員たちにまで責められて、これ以上韜晦(とうかい)を続ける意味がないと悟ったのか。

「さっきも言ったけれど、ＣＥＯ……君の《お母さん》が面会を望んでいる、これは事実だ。くれぐれも丁重にお連れするように、とね。この通り。お願いだから、ねっ？」

大の男が拝むように手を合わせ、ＪＫバニーに頭を下げる。

「……頭を下げられても困る。そもそも、お母さんって何？　私に、そんなひとは……」

「いない、それは事実だ。ネル君に依頼して君の身元調査は徹底したからネ」

柿葉(カキバ)蛍(ケイ)――児童養護施設に幼い頃から預けられ、そこで育った。

施設に入る以前の記憶が無いため、過去を探る手掛かりは一切無かったが。

「ぶっちゃけ君たち、うちの会社で食事したよね？　あの時使った割り箸を回収して、ＤＮＡ鑑定したんだよ。で、国のデータベースと照合して該当者を探した」

「……想像した以上に気持ち悪い方法だったわ。変態みたい」

「うわぁ……」

もはや言葉もなくドン引きした様子の蛍(ケイ)と命(メイ)、互いを守るように手を繋(つな)ぎつつ。

そんなガチの反応に傷ついたのか、嫌そうな顔をしながらも――。

「結果、国のデータベースに該当者なしだ。いくら管理社会とはいえ、全国民のＤＮＡが保存されてるわけじゃない。犯罪歴があったりしないとサンプルが無いからね」

「おたくの社長、蛍(ケイ)の自称母親とは照合したの？」

「もちろん。そちらも不一致、少なくとも蛍(ケイ)くんとＣＥＯに直接的な血縁関係は存在しない」

「なら、ますますお母さんなんて呼ぶ筋合いは無いじゃない。どういうことよ？」

「大切なのはもうひとつの血統さ。パンデミック後のこの世界で――《死の呪い》を受けない西洋種、魔女の裔(えい)……。君だけがＢＴ本社を引き継げる、ということだ」

「待った」

不意に零士(レイジ)が社長を止めた。

「そこがわからん。どういうことだ？　具体的に説明してくれ」

「了解。まず僕ら《魔法使い》は幻想種(ファンタビ)だが、ある特性を除いてヒトとまったく同じだ」

「特性(ソレ)なら予想がつく。《魔法》が使えるかどうか……だろう？」

「意外と賢いね、零士(レイジ)くん。その通り、多くの幻想種(ファンタビ)は人間離れした特徴を持つが故に交雑が難しく、現代まで残る血統はごくわずかだ。しかし、《魔法使い》は逆で——もともと個体数が多かったのもあって、やりまくった末に血が薄くなりすぎちゃったんだよね」

「何でそうなんだよ……。魔法使いは魔法使いとだけ恋愛すりゃいーじゃん？」

「個体数が多いって言ってもポイポイそこらに転がってるわけじゃないよ、月(ゲツ)くん。現代と違って出会いの手段にも限界があるし、そのへんの普通の人と番(つが)った方が早かった」

結果、東洋種西洋種を問わず、魔法使いの血統は世界に広まり。

「現在では《霊能者》とか……《超能力》なんて新たな系譜が誕生したりするほどだ。僕ら的には新興文化に基づく魔法使いでしかないから、驚くことでもないんだけどね？」

「じゃあ、魔法使いって意外と珍しくないワケ？」

「ちょくちょくいるね。たいてい勘が鋭いとか、こねたパン生地がめっちゃ膨らむ魔法とかを無意識に発動するのがせいぜいだから、まあ普通の人と変わんないけど」

「微妙っちゃ微妙だなあ……」

ぼやく月。だがその直後、ふと気付いて。

「パンデミック！　呪いってやつは魔法使いにかかるんだろ？　大勢いたらやばくね⁉」

「結論から言うと平気だよ。《死の呪い》は特定の西洋種とその系譜にしか感染しないんだ。現在この国、秋津洲に分布する魔法使いは、ほぼすべて《東洋種》だ」

話しているうちに、本来の顔が出てきたのか。

楢崎は身振りを交え、聴衆を前にした学者のように語り始める。

「《魔法使い》を例えるなら、犬だね」

ヒトによる品種改良の結果——犬種によって違う外観、能力を獲得したイエイヌは、どれほど違って視えようと遺伝的には同じ種だ。大型犬と小型犬でも理論的には交配可能で。

「《死の呪い》が感染する条件は第一に、西洋種の血統。呪いをかけた人物と敵対する派閥に属する《魔法使い》、そのＤＮＡがわずかでも含まれていれば発動する」

「それだけ聞いてると普通って言うか、派閥のヤツら皆殺しにしたら終わるんじゃないの？」

「さっきも言った、血の拡散が問題なんだよ。西洋において魔法使いの血脈は貴族階級、または聖職者などの知識階級に多く、財産を持ち寿命が長く魔法が使える。……つまり」

金持ち、貴族、寿命が長い。下世話な言い方をすると——。

「モテたんだよ、それはもうめちゃくちゃモテた。やりまくりモテまくり、札束風呂も余裕。

当時は娯楽も少なかったし、やりまくった結果子供が大勢できた。優秀な人材は教育して魔法使いの血族にしたけれど、それ以外は未覚醒のまま市井に戻され、普通の人になった」

「……昔の倫理観ってマジわかんねーな」

「現代の価値観で古代を断罪するのは無意味だが、それでもバカだと思う……」

呆れ顔の月と零士。

雑誌の裏の広告じみたジェスチャーをした楢崎は、そのまま続ける。

「そうした風潮を嫌ったのが本邦の《東洋種》だ。彼らは逆に孤立主義をとった――つまり、神秘が濃くて魔法が使える個体を選別し、別次元に引きこもったわけだね。それがさっき君らが戦った連中、《寮》と呼ばれる組織のメンバー。一連の事件の黒幕さ」

「ちょい待ち、カッパも魔法使いでいいのかよ？　カテゴリ分け、間違ってねえ？」

「あれは妖怪だから別枠だけど、どこぞの預言者の箱舟みたいなもんさ。あの世は一方通行、後の時代も神秘に覚醒した新しい魔法使いや妖怪、怪異がちょくちょく流れてくる」

忘れ去られた妖怪、都市伝説の成れの果て。怪異が行きつく最後の地。

「赤マント、口裂け女、八尺様――忘れられた怪異や神秘の保護も《寮》、東洋種が住む別次元の町内会みたいな組織の仕事なんだ。彼らは秋津洲……BT本社主導の管理社会、怪異の誕生すらコントロールする現状を嫌い、抗議してきていたわけなんだけど」

交渉は決裂、こじれにこじれた末に。

「ついにテロまで仕掛けてきた……か。魔法使いも人間も、似たようなもんだな」

「驚くようなことじゃないと思うわ。だって、社長みたいな人の集まりでしょう？」

「しれっとキツいこと言うな、柿葉（カキバ）……」

その時、ずれた話を戻すように、楢崎（ナラサキ）が軽く手を打った。

「さて、話を戻そうか。世界に蔓延（まんえん）した死の呪い、それから人類を救う手段があった。それは《最後の魔女》——呪いを受けた西洋種の派閥、その生き残りが完成させた秘儀による」

DNAに潜伏した幻想種（ファンタビ）の血脈、ごくわずかな神秘を違った形に昇華、変異させる。

「それが《怪物（モンスター）サプリ》であり、人獣（ニンジュウ）特区——仮面舞踏街（マスカレード）、夏木原（ナツキバラ）を成立させた理由さ。現代人の多くが保有する魔法使いの因子、それを無害化した呪術的感染症、人狼病（ワーウルフ）で置き換える。ぶっちゃけ月（ゲツ）くん、技術部の試験管で君と、君の兄弟が創られた理由はそれだよ」

「……人助けのためだった、っつーことスか？ イカれたマッドの実験とかじゃなく」

「そう思ってたのかい、正直だね。まあそうだ、手段を問わなかったのは事実だけど、一刻も早く怪物（モンスター）サプリを完成させ、パンデミックを収束させるため。——人類を救うためだ」

結果として、いち早く秋津洲（アキツシマ）におけるパンデミックは収束し。

安定した地盤を得たBT本社は秋津洲（アキツシマ）を拠点に、世界の呪いを解いていった。

「今、諸外国で流通している《死の呪い》対抗ワクチンは、ほぼ薄めた怪物（モンスター）サプリだよ。人獣（ニンジュウ）化するほどの濃さはないけれど、呪いの発動を止められる……ベストな配合を探す実験場、当初の夏木原（ナツキバラ）、仮面舞踏街（マスカレード）はそういう場所だった。ま、今じゃただのガス抜き場所だけど」

「なんか世界の真実ー！　みたいな顔して語ってるけど、それと蛍（ケイ）に何の関係があんのよ？」

「あるよ、大ありだ。――ここだけの話なんだけどね？」

ちょいちょい、と手招きする楢崎（ナラサキ）。めちゃくちゃ嫌そうな顔をする少年少女。

だが渋々集まって来た彼らの耳元に、無駄なイケボが囁（ささや）きかける。

「――このままだとＢＴ本社、潰れるよ。《怪物サプリ（モンスターサプリ）》が作れなくなるから」

「「「「はあ⁉」」」」

またもや、絶叫のコーラス。

ハモッた悲鳴をあげる彼らを両腕で抱え込み、楢崎（ナラサキ）はひそひそ話を続けた。

「ぶっちゃけ《怪物サプリ（モンスターサプリ）》は最後の魔女、ＣＥＯの魔法の産物だ。原材料である基剤（エリクシル）は全部、彼女の手作りなんだよね。彼女が亡（な）くなったら、全部おじゃんさ」

「マジかよ⁉　病気なんだろ、ＣＥＯ⁉」

「マジもマジマジ、大マジさ。もともと彼女は《死の呪い》に感染していた。あの手この手で進行を遅らせてはいたけど、もともと死は約束されていたんだ」

秋津洲（アキツシマ）におけるパンデミックは収束したとはいえ——。

「今ウチが潰れると、それは国家の破綻とイコールだ。ワクチン供給を止められた諸外国との関係は急速に悪化、ガス抜きを失った国内では超管理社会への不満が爆発するだろう。なので社を継げる人間、後継者が必要になる。それが君だよ、柿葉蛍（カキバケイ）」

「それで何で私が出てくるの？　意味がわからないわ」

「だって君、創れるだろう？　怪物（モンスター）サプリ。それこそ本社が必死で再現を試みている秘匿魔法（ハイディ）、国家予算を投じても再現できない超級神秘だ。その復活の理由は……」

カカッ、と踵（かかと）が鳴った。

楢崎（ナラサキ）のブランド靴が、タップダンスのように軽快なステップを踏む。

「ここ、仮面舞踏街（マスカレード）だよ。例外的に濃い《西洋種》の因子を持つ男と女、パンデミックによる死を免（まぬが）れて人獣（ニンジュウ）化し、偶然出会い、産まれた子供。人獣（ニンジュウ）の間に生まれながら、人獣（ケモノ）ならざる形で生まれた君こそ——死の呪いを克服した魔法使い、《新生種》だ」

「……待って！」

詰め込まれた真実に悲鳴があがる。

「西洋種の生き残りって、ＣＥＯとかいう人以外にもいるのよね？　どうして、私なの」

「魔法は才能の世界だからだよ。魔法は文化だ、伝える者がいなければ絶える。けど当然向き不向きがあって、怪物（モンスター）サプリを造るには薬学、錬金術に特化した《魔女工芸（ウィッチクラフト）》が必要だ」

現在生き残っている西洋種は、それこそ限界集落の若者並――世界中でほんの数人。死の呪いの感染を避けるため離島に隔離され、そこで魔法を学び暮らしている。

「滅びつつある魔法を彼ら次世代に伝えるため、僕はこれまでの修練を捨てた。そのおかげでさわり程度の教育はできるけど、ほぼ全部リモート授業にならざるを得ない」

「そんなところは現代的ね。直接会えないのは、あなたから感染するリスクがあるから？」

「鋭いね、蛍くん。彼らが育つには数十年かかるし、《魔女工芸》のような異能を持っているとは限らない。あまりに分の悪い賭けだが、他に手が無かったんだよ」

何としてでもCEOを延命させ、時間を稼ぎ。

新しい魔法使い、魔女の中から怪物サプリ製造能力者が生まれるのを待つ――。

「それがあなたたちの計画、だとしたら」

蛍は言い、我が身を振り返って言う。

「――私、いらないでしょう？　もう帰っていいかしら」

「とことん興味ないんだね、君。チベットスナギツネみたいな顔するの止めてくれたまえよ。それにいらなくないよ、めちゃくちゃ必要なんだから、もうちょい我慢してほしい」

「出来の悪いネット小説の導入部を延々聞かされてる気分だわ」

さっくりと今、蛍が自分の置かれた状況を言語化するなら、そんな感じで。

「いきなり大きな会社の後継者だの、お母さんだの言われても困る。現実感無さすぎ」

「超越者に愛されちゃって辛(つら)い系(けい)の主人公かな？　ま、この場合死にかけの金持ちがたまたま超遠い親戚に遺産を貢(みつ)ぎたがってる、とかそんな感じと思えばいいよ」

つまるところ《新生種》だの、調薬の魔女(カクテルウイッチ)だのとややこしい言葉にする必要もなく。

「欲しいのは怪物(モンスター)サプリの原液……《基剤(エリクシル)》をＣＥＯに替わって調合できる人材だ。君の才能を買うためなら、ＣＥＯはありとあらゆる財産を君に譲るだろう。それだけの話だよ」

「そんだけの話にしちゃ、初対面からずいぶん間が空いてない？」

命(メイ)が突っ込む。事の発端――和服の怪人たち、《寮(リョウ)》の介入に始まる騒動の中。

柿葉蛍(カキバケイ)を楢崎(ナラサキ)が見出(みいだ)した後、彼はその存在を本社に明かすことなく、隠蔽していた。

「今になって騒ぐくらいなら、すぐお迎えしとけば良かったでしょ。なんで今なのよ？」

「……こっちにも事情があってさ。すぐにそれはやりたくなかったんだよ。まあ会社の方針というよりは、僕個人のわがままだ。もう2～3年は時間を稼ぎたかったんだけどなあ」

後継者が、見つかってしまえば。

「ＣＥＯが……彼女が生きる理由が消えてしまう。それは止めたかったんだよ」

どこか遠い眼(め)。ごく最近、ＳＮＳ社会において成立した概念――《匂わせ》。

寂しげな雰囲気を敏感に感じ取って、命(メイ)と蛍(ケイ)は思わず顔を見合わせた。

「あらやだまさか恋バナ的な？」

「熟女専門だったわよね、社長(あなた)。……それなら話を聞きましょうか」

「めっちゃ食いつくね君たち。いいのかい、それで？」

「いいわよ。けどこれだけは言わせてちょうだい」

　これまでにない真剣な顔。断罪の場に引き出された罪人のような緊張感で。

「そのひとの後を継いだら——あなたが義理の父親になったりするの!?」

「今、見たことのない顔したな……」

「マジもんの絶望顔な。めっちゃ嫌そうだわ」

「そこまで嫌かい!?」

　絶望顔の蛍（ケイ）、続く零士（レイジ）と月（ゲツ）。ハンサムと言っていい中年男が泣きそうに。

「結婚してるわけじゃないから、そこは平気だよ。安心してくれたまえ」

「そうなの？　でも、好きなんでしょう？」

「否定はしないよ。けど彼女がどうかは知らないし、報われるとも思っちゃいない。ただ——私が、僕が、自分が、勝手に愛して勝手に尽くした。それだけの話だからね」

　諦めが混じった顔で言う男に、柿葉蛍（カキバケイ）は背を向けて。

「霞（カスミ）見くん、ラーメンおごるわ」

「唐突だな。……おごりならケーキがいい。果物ケーキ工房の、いちごのフルーツタルトだ。飲み物はホットミルク、ダブルケーキのセットにしてひとつは季節限定にする」

「女子力の高いチョイスね。……いいわ。前は私がおごってもらったし」

それは以前《バズるスマホ》事件、暴動の最中（さなか）で交わした会話の、立場を変えての再現。

「……ひとりで行くのは怖いから。お願い、ついてきて」

「了解した。報酬はフルーツタルト、やりがいのある依頼だな」

白兎（しろうさぎ）の少女と白黒の少年は、クスリと笑みをこぼしながら握手を交わし、契約を結ぶ。

奇妙な距離感。友達よりは近い気がするし、恋人と言うには遠すぎる。強いて言うなら同類、同族、仲間意識、あるいは信頼のようなものがふたりの間にあるように見えた。

「ちょっと、わんこ。……あいつら、つきあってないわよね!?」

「オレら法的に動物だし、無理よ。零士（レイジ）は心に幼女が住んでっから、気が合うんじゃね？」

「相変わらず頭おかしい理由ね……。社長（オッサン）、あたしらもついてくわ。いいでしょ？」

睨（にら）むように言われ、楢崎（ナラサキ）はオーバーアクション気味に肩をすくめた。

「必要なのは柿葉（カキバ）くんだけだし、君は帰ってくれてもいいんだけどなあ。それでもかい？」

「それでも。友達がヤバい時に帰ってても気になってしょうがないわよ。つーか」

じろりと命（メイ）は楢崎（ナラサキ）を睨（にら）む。

「あたしをここに引き留めたの、あんたでしょ」

「どうかなあ。さて、覚えがないけれど」

「とぼけんじゃないわよ。蛍(ケイ)は金が欲しいけど、金で釣れる女じゃない」

柿葉(カキバ)蛍(ケイ)はそういう女だ。故に、他の餌で釣る。

「だからあたしをここに残した。ＢＴ本社が潰れて、仮面舞踏街(マスカレード)が壊れたら、償いの場を失うあたしに、蛍(ケイ)を説得させるつもりだったんでしょ。うまく乗せられると思ったワケ？」

「買いかぶりだよ。ま、そうなればいいなー、とは思ってたけどね」

「それをハメたっつーのよ。とりあえず、あたしは蛍(ケイ)に付き添うわ。いいわね」

命(メイ)の念押しに続き、月(ゲツ)がすっと手を挙げる。

「そんならオレも。零士(レイジ)は相棒だし、蛍(ケイ)ちゃんは友達だし。行く権利あるっしょ？」

「やれやれ。了解だ」

お手上げ、と言うように苦笑しながら、楢崎(ナラサキ)は路肩に停(と)まった車を指した。

「どうやら話はまとまったらしい。それじゃみんな、乗ってくれたまえ」

「乗れって。……アレに？」

――ザッ!!

軍靴(ぐんか)の音と共に敬礼。一同の会話が耳に入らぬよう遠ざかっていた人獣(ニンジユウ)たち――

警備部所属、ボディアーマーに銃火器を装備した人獣(ニンジユウ)が列を作り、蛍(ケイ)と零士(レイジ)を先頭にした５人を囲むと、頭を下げながら分厚く重いドアを開ける。

「ネル君、運転頼むよ。――目的地は仮面舞踏街《京東バブル》BT本社ビルだ！」

『りょうかい。最新版地図データ読み込み完了。遠隔自動運転サポート、開始』

ふかふかのレザーシートで軽く尻を弾ませながら楢崎が言うと、無人の操縦席から声がする。

モニターに映った秘書ネルの顔が頷いた瞬間、エンジンが恐竜じみた唸りをあげた。

完全自動操縦に調整された武装装甲リムジン、某国大統領がテロ対策のため乗り回すのと同型。幻想清掃本社ビルから遠隔操縦された特殊車両は、驚くほどスムーズに発進する。

「……最高警備目標、移動開始」

「警備部の名誉に懸けて守れ。厳戒態勢だ、移動中邪魔なら撃ってよし‼」

武装した人獣を満載した装甲車が同時に発進、リムジンを囲むように警護。

国家要人クラス、いやそれ以上の厳戒態勢で、車列は仮面舞踏街の中心部へと向かった。

＊

「おやおやおや？　……おやおやおやおやおやおや？」

「喧しいわ‼　ええい、貴様の声も耳障りだが、何だあの喧しい音は⁉」

装甲車の車列が奏でるサイレンの合唱は、黒幕たちが潜む廃墟にまで届き。

果心と禿髪、ふたりの耳にまで達していた。

「緊急走行サイレン。仮面舞踏街であんな代物をかき鳴らすは、ＢＴ本社の警備部ですかな。障害物だらけのこの街では、喧しいだけでさしたる効果も無さそうですが」

「緊急走行だと？」

火傷だらけの醜い蛙面で、ぎょろりと河童が目を剝いた。

「まさか我らを追っておるのか⁉」

「それならばサイレンなど鳴らさず忍び寄るかと。そも尋常の兵が呪者妖怪を討つは難しく、そのような愚行を為すとも思えませぬゆえ——となれば、答えは恐らくアレでしょうな」

「回りくどいわ。わかるように言わぬか、果心！」

「おお怖や怖や——……いえ、ＢＴ社ＣＥＯは今夜にも身罷るはず。なれば当然、後継ぎに座を譲るのが筋というもの。邪魔する我らを退けた今が好機、で御座いましょう？」

「待て。……待て待て待て待て待て‼」

ぺたぺたと乾いたコンクリートを這って、禿髪は縋るように訊いた。

「後継ぎだと⁉　かの邪知暴虐の悪徳企業めに、そのような者がおるなど聞いておらぬ‼」

「血縁ある故ではありませぬからな。絶えたはずの魔女の系譜、仙薬をも調合してのける兎娘の存在を、以前ちらりとお話しいたしたはずで御座いますが……お忘れで？」

「兎？　聞いた覚えはあるな。最初に薬を与えた《人馬》めを拾った、がーるずばー？今世の廓にて、手製のさぷりを醸しておるとか、おらぬとか」

「それに御座いますよ。私めの見立てによりますれば、あの娘は市井（しせい）に散った西洋種の血統。この仮面舞踏街（マスカレード）にて人獣（ニンジユウ）となり、悪疫を避けて生き延びた者らが出会い、孕（はら）み生まれた奇跡。つまるところ次代の——今世の魔女とでも言うべき、幻想種（ファンタビ）に御座います」

「……かあああああああああッッ⁉」

喉が裂けそうな絶叫。

「果心（カシン）‼　貴様それを知っておりながらなぜ兎娘（うさぎむすめ）を始末せなんだ⁉」

「しようとはいたしましたぞ？　《雑巾絞り》を与えたちんぴらめに妄想を吹き込み、機会あらば始末せよと申してはおきましたが、その後は魔女の狗（いぬ）らに保護されましたからなぁ」

尋常の感覚では捉えられない警備網。秘書ネルが張り巡らせた機械的な監視の目のみならず、楢崎（ナラサキ）が仕掛けた結界、守りの術は《幻想清掃（Fantastic Sweeper）》オフィスビルの周囲を完全掌握している。

「迂闊（うかつ）に近寄れば我らの暗躍すら割れかねず、手出しは控えておりました。そも——」

血で汚れた和服の袂（たもと）から、点々と鮮血の痕がついた白扇子を出し、ぱたんと開いて。

「魔女の系譜とは申せ、親の因果が子に報い……ということも御座いますまい。あれも本邦、秋津洲（アキツシマ）にて生まれし者なれば。我ら《寮（リヨウ）》は娘を保護すべき立場ではありませぬか」

「そんなものは建前に過ぎぬ‼　その新しい魔女とやらがＢＴ本社に赴き、瀕死（ひんし）の魔女めと面談したなら。ＢＴ本社は潰れるどころか、もはや——……！」

「新たなＣＥＯのもと、これまで以上に大量の怪物（モンスター）サプリを製造できましょうなあ。大々的に他国に輸出するのすら可能やもしれませぬ。それを阻(はば)んでいたのは現ＣＥＯの病故に」

　数百万倍に希釈しても効果を発揮する、とはいえ。

　ひとりの魔女が、それも呪いに触れぬよう微(かす)かな力で練り上げるのでは、製造できる基剤(エリクシル)の量は少なく――それがこの国、秋津洲(アキツシマ)の外にまでＢＴ本社の権力が及ばぬ理由でもあった。

「それでは……それでは、魔女めを討ったとて何にもならぬではないか!!　我らが手で神州、秋津洲(アキツシマ)の幻想怪異(カイイ)を差配する。陰陽復古(おんみょうふっこ)の大号令を、貴様どのように考えるか!!」

「それはお偉方のお考え、に御座いましょう？　私めが受けた役目は現ＣＥＯの呪殺、および仮面舞踏街(マスカレード)に確固たる《寮(リョウ)》の地盤を築くこと。その任は果たして御座いますれば」

　ぱたぱたと血染めの白扇で自らを扇(あお)ぎ、黒子(くろこ)は言う。手にしたスマホ――登録された連絡先、情報、得た生き方(ノウハウ)こそ。

「一足飛びに成るほど、陰陽復古(おんみょうふっこ)も易(やす)くは御座いますまい。現ＣＥＯ亡(な)き後は重役らにも動揺が走り、切り崩しの策も叶(かな)うかと。焦(あせ)ることはありませぬよ」

「悠長なことを言っておる場合かや!!　――殺すぞ、何としてでも魔女の後継者を討ち果たす。厳重なる守りの中に入る寸前、今を逃せば好機は二度とあるまい！」

「ええ～？　ほんとでござるかぁ？」

「何だそれは!?　やる気があるのか果心(カシン)!?」

俗語(スラング)混じりの、凄(すさ)まじく腹の立つ口調で反対意見をのたまう陰陽師(おんみょうじ)に、妖怪(ヨウカイ)は詰め寄った。

うかつな答えは許さぬとばかりに湿った腕で果心の脚を抱え込み、上目遣いに睨んで。

「はて、さように申されましょうとも……無い袖は振れぬ、と申しますゆえ」

小指が欠けた右手をひらひらと振る。

「この通り深手を負って瀕死のありさま。貴殿も本性を暴かれ、ろくな術も使えぬのでは……決死で兎娘の車列を襲ったとて討たれるだけでは？」

「ぬぐ、ぬぐぐぐぐ……!!　口惜しい、口惜しいぞ!!　何か、何か策は無いのか!?」

「御座いますが、お勧めは致しかねますぞ？」

しょうがないなあ、と言わんばかりの態度で、果心は再び袂を探る。

「《寮》のお歴々は否定なされておりましたが、この俗世――なかなかに愉快でありまする。特にこの街、仮面舞踏街は今に再現されし京の都の如きもの」

「京だと？　……いつの御世のことを言うておる」

「東に将門、西に純友が立ちし折に御座いますかな。最果ての坂東に帝を迎えて都が建つなどまっこと浮世は面白き。お役目ありとはいえ、ただ潰すにはちと惜しい」

「愚かな。たかが千年ぞ？　無限の時を生きる天仙が、人のまやかしに毒されるなど！」

「まやかし戯れ、それも良き。俗世の戯画、遊戯、すまほ……どれも幾千年在ろうとも仙には創れぬものばかり。この世の行く末、あるがままにて観てみたい――」

「――貴様ァ!!」

殺気を感じた禿髪が、抱え込んだ脚を捻り折らんと力を込める。

その本性——古来河童は相撲を好み、人や馬を川辺に引きずり込むとされる。その剛力で、決して武人とは言えぬ果心の脚など、たやすくへし折れるはずであった。

「指抜きぐろうぶは、札を繰るのに良うござる。——申しましたな？」

「か……かかかかかか……カッ……‼」

声が出ない、手が動かない、指一本動かせぬまま、河童は固まっている。

その背に貼られた1枚の紙片。汚れて折り目のついた高額紙幣に、千切れた小指から滴る血で描いた五芒星がほのかに光り、古き妖怪を金縛りに捕らえていた。

「き……貴様ッ‼　何を、寮を、裏切ッ……‼」

「失敬な、叛意など微塵も御座いませぬとも。貴殿の望みを叶えて差し上げんとしたまで」

血染めの高額紙幣。そこに籠もった猛烈な念。

それが、果心の奥の手。

「今世陰陽《悪党蠱毒》——路傍に放った盗み金、1億を巡りて争いし、百の悪党がその魂。夢破れたる残念をすべて束ねし万札を、呪符と見立てて呪いけれ——」

「ま……テッ‼　な、何ヲ……‼　よせ、やメ——……‼」

「古の幻想、貴殿の如き妖怪を近代怪異に造り替えることすら叶いましょう。さて」

袂を探っていた手を出すと、そこから出てきたのは小さな猪口と、徳利ひとつ。

ぽん、と手も触れぬのに栓が抜け、宙に浮いた徳利から、中身が猪口に注がれる。とろりと波打つその液は、放棄した拠点で果心が醸した仙薬――《闇サプリ》その原液。

「魔女の仙薬、怪物さぷりの原料たる《基剤》より醸したる《原液》に御座います。本来なら貴殿の如き妖怪に、薬など効かぬところで御座いますが……今ならば」

札に縛られ、力を封じられた今ならば。

「十分に通じましょうや。貴殿の妖力と、俗世より忘れ去られ《寮》に流れし怪異の残滓――溶かしたるこの霊薬、《怪異さぷり》にてひとつとすれば、兎娘の討伐も叶いましょう」

じゅわっ――……。

炭酸水を注いだような音をたて、猪口の液体が泡立った。

果心が取り出した古い布切れ、汚い包帯のかけら。それはパンデミック以前、この秋津洲に自然と流行した巷説から生まれ、そして消えていった怪異、その遺物が液体に溶けてゆく。

「怪異さぷり《とんからとん》――調いまして御座います。ささ、ぐっと」

「があああああ……!!　んん!!　い、ぬ、げ……やが……げごおおおおっ!!」

黒く泡立つ液体を、果心は河童の嘴へ流し込んだ。

涙を浮かべ身をよじり、必死で逃れようとするが容赦はない。硬直した全身の皮膚が裂け、赤い両生類じみたその中から、乾いた血でまだらに汚れた包帯が現れた。

「怪異(カイイ)を構成する要素は、貴殿が血肉や骨より造られまする」

　ごき、骨が鳴る。

　腕の骨が異様に伸びて突き出すと、棒切れのようなそれが突然鋼の輝きを帯び、糸を巻いた柄(つか)や鍔(つば)まで形成される。腕の骨から生まれた日本刀、そして下半身の変化はなお大きく。

「あぎゃぎゃぎゃがばばばばばばばばばばぎいいいいいいいいいい⁉」

　拷問で石を抱かされるが如(ごと)く、かつて妖怪(ヨウカイ)だったものが泣き叫んだ。

　蛙(かえる)の後ろ脚が曲がって回る。それはもう脚ではなく、車輪だった。肉と骨で作られた二輪車――自転車に似ているが、臓器のように脈動するそれは、もはやバイクに近い。

　ハンドル部分からヒトの胴体と繋(つな)がった、半人半馬(ケンタウロス)ならぬ半人半車。皮膚の代わりに包帯で包まれ、筋骨逞(きんこつたくま)しい上半身を肉の二輪車が支え、ふいごのように呼吸器を鳴らす。

　包帯の隙間からところどころ髪が飛び出した頭、顔立ちはヒト――皮肉にも本性を暴(あば)かれる前、貴公子然とした《禿髪(カブロ)》のそれに似ているが、血走った眼(め)と尖(とが)った歯は獣じみている。

「また、あなたさまの妖力も残っておりますぞ。そうですな、最大三百を数える《禿髪(カブロ)》……同時に偏在する分身の技、ひとりひとりが強くなった分、およそ百といったところ」

「……どん……が……らっ……ぁ！」

「おっといけませぬ。忘れておりました」

するりと、どこからともなく——果心の手に、針と糸が現れる。

妖怪にして怪異と化した成れの果て、その包帯から覗く唇に、いささかの容赦もなく。

「————〜〜〜〜……ッ!!」

「おや、痛いですかな？　ですがまあ、我慢なされませ」

裂けた唇を、縫い合わせた。

肉の奥へ針を通し、糸を突き抜けて×を描き。決して喋れず、開かぬように。

「貴殿が飲んだ怪異さぷり、それは極めて強いもの。されど、法則を突かれたならばたやすく退散させられてしまう弱点も御座います。故にこうして口を塞げば……」

「ぐん！　ぐっ!!　ぐんぐぐ、ぐん……！」

「『とんからとん』——申せますまい？　宜しい、これで貴殿はまさに無敵。怪異の法則にて守られる限り、矢も鉄砲も妖術魔術の類すら、決してその身に通じませぬ」

「んおおおおおおおお……!!」

ぶぉんぼんぶぉんぶるるるどどどぶうううう……!!

エンジン音を口真似したような排気音。

下半身が変じた肉のバイク、その排気管から唾液と共に、熱い吐息が吐き出される音。唸る、叫ぶ、口を塞がれ言葉を失った分、自分を捕らえた術者に対する恨みすらも燃料に変えて。

怒りの籠もった眼。凄まじい殺意を浴びながら、果心は丁重に一礼する。

「それでは、行ってらっしゃいませ。——ご武運を」

「ぐぅん!!　ぐご、ぐん……!!」

喉の詰まったような叫びと共に、肉と骨の二輪車が飛び出した。

人皮のタイヤが路面を擦(こす)る。甲高いスリップ音。見送る黒子(くろこ)を置き去りに急発進した妖怪(ヨウカイ)と怪異(カイイ)の成れの果ては、縫い合わされた唇をもごもごと動かしながら突っ走る。

「ぐんぐぐ、ぐん……!!　ぐんぐぐぐん!!　ぐんぅぐ、ぐん——……!!」

異様なリズムを刻む喉。叫ぶたびにくぐもった声が二重三重に聞こえはじめたかと思うと、ふとした拍子にその姿がまるで影法師の如(ごと)く増えていった。

「「「ぐんぐぐぐん!!　ぐんぐぐぐん!!　ぐんぐ……ぐぅんぐぐ、ぐぅ——……!!」」」

増える、増える、増えてゆく。

仮面舞踏街(マスカレード)の荒れ果てた路上を、瞬く間(またたくま)に肉の二輪が埋め尽くす。

怪異(カイイ)の法則に加わる、宿主自身の妖力。分身を生み出す《禿髪(カブロ)》が異能によって増えた半人半車の怪物は、およそ百もの車列となって緊急走行を続ける車列を追っていった。

＊

「ひえええええええええええええっ⁉」

「ぼ、暴走族ぅ⁉　時代遅れもいいとこだろ……ぎゃあっ‼」

裏路地を抜けた、仮面舞踏街（マスカレード）の表通り。ほとんどが歩行者天国、違法営業の露店、人混み。そのど真ん中に突如出現した人肉バイクの群れが、障害物レースのような挙動で突っ走る。

異様に弾むタイヤ。バッタじみた動きで跳ね、屋台の屋根から垂直の壁まで縦横無尽。その手に握った日本刀が通りがかりの人獣（ニンジユウ）を次々に斬りつけ、無差別に殺傷していった。

「「「「ぐんぐぐぐん‼　むんんぐぐぐ‼　ぐんぐぐぐッ‼」」」」

籠もった叫びが、奇妙なリズムを取りながら響く。

縫い合わされた唇――血の滴（したた）る糸、ギリギリと軋（きし）む音。

バラックを撥（は）ね飛ばしながら百もの二輪車が車道へ飛び出すと、遠く輝く《京東（キヨウトウ）バブル》の黄金の夜景と、そのさらに向こう側に絢爛（けんらん）と咲き誇る巨大ビル、ＢＴ本社の威容――そして。

ファンファンファンファンファンファンファンファンファンファンファン……！

派手な緊急走行サイレン、閃（ひらめ）く赤光（しやつこう）。送迎用の高級リムジンを前後に２台ずつ警備部の装甲車両が挟み、急接近してきた異常な集団に気づくなり銃口を向けた。

後部ハッチが開く。軍用自動小銃がずらりと並び、人獣対応の装備を身につけた部隊が一斉に迫る半人半車の群れへ弾丸を見舞う。射撃、轟音、火花、炸裂、そして。

「――……ばかな、効いてねえっ⁉」

「んぐがら、ん――ッ‼」

くぐもった叫び、人肉エンジンの咆哮。

怪物どもの下半身に繋がった筋肉と骨が躍動し、エンジンならぬ生の心臓とガソリンならぬ血液が規格外の力を発揮し、急加速。包帯まみれの怪人が急接近し、手にした刀を振るった。

「……嘘だろ⁉」

特殊部隊の悲鳴。一見ただの刃物、だが妖怪の骨から生まれた神秘の具現。イカれた怪物の振るう刃はチーズでも切るかのように装甲車の車体を刻み、致命的な箇所まで切断した。

パパパパパア――……ッ‼

悲鳴じみたクラクション。装甲車が傾き、スピードの慣性のままに横転する。

火花を散らしてガードレールを吹っ飛ばし、手近な廃墟にめり込んで火を噴くと、ポップコーンが弾けるように乗員たちが飛び出し、炎に撒かれながら転がり回った。

唸る唸るエンジン音――大火傷、打撲、骨折、その他。痛み苦しみにのたうち回る特殊部隊、だがそれに眼もくれず、怪異《とんからとん》の群れは標的を猛追する。

――戦火は後方に映えて、脱出を図る車中にも届いていた。

「……めっちゃ来てる!!　変なのがめっちゃ追っかけて来てるわよ、ちょっと!?」

バリアフリー対応、車椅子ごと乗車できる後部座席から、賣豆紀命（メズキメイ）は振り返る。

窓越しに視（み）える異形の追跡者ども。バイクと直結したような上半身、血の滲（にじ）んだ包帯、刀。

猛スピードで追って来る怪物に対し、彼女が乗った車のスピードは法定速度やや上程度で。

「どうやら新手の怪異（カイイ）か幻想か――……往生際（おうじょうぎわ）が悪いねえ、まだ手があったらしい」

やれやれと言わんばかりに首を振り、楢崎（ナラサキ）。

「ネル君、運転をマニュアルモードに変更。ハンドル出してくれたまえ、僕が運転するよ」

『いいの？　しゃちょー、たしかぺーぱーどらいばー。しゃこいれ、どへた』

「この大都会で車とか要らないだけで技術は習得しているよ。基本操作に問題はないさ」

運転席に座った楢崎（ナラサキ）の指示で、収納されたハンドルがメカニカルに変形、展開する。しかし追跡劇に劇的な変化は無く、周囲の混乱を避けて安全運転を保っていた。

「……トロっ!!　遅（お）っせえよ、社長！　マジ追いつかれる、スピード上げらんねえの!?」

「交通ルールも何もないこの街でカーチェイスとか、通行人を5〜6人撥（は）ねる結果になるよ？　僕は別に構わないけど、君の友人は傷つくんじゃないかな」

「……あ……」

楢崎の指摘に、狼狽えていた月がしゅんと肩を落とした。

「悪ぃ、命ちゃん。無神経だったわ」

「いいわよ、気を使ってくれてありがと。でも暴走は止めといて」

「了解だ。さてネル君、車内および車外カメラの使用を許可する。記録された映像から追跡者を分析、BT本社の怪異データベースと照会。該当ないし近似値を報告してくれたまえ」

『おーらい。……すぐ終わる、きっと、めいびー』

舌足らずの声が途切れ、秘書が沈黙する。その時、激しい衝撃が車体を揺らした。

「きゃあっ!!」

「んごおおおおおっ!!」

柿葉蛍の悲鳴。彼女が座っている座席の間近に、接近した二輪怪異の斬撃が襲う。

ロケット弾の直撃すら防ぐ専用車両、大統領や政府要人の使用実績あり。装甲車より遥かに金がかかった安全装備をも貫通して、怪人が車を膾切りにするのは時間の問題だった。

「俺が出る。窓でも何でも開けてくれ」

「ダメよ、霞見くん。だってあなた、軽いもの！」

蛍の指摘は、彼の人格面を評しているのではなく——ただただ純粋な物理的事実。

「そんなにスピードは出てないけど、車外に出た瞬間、風で霧のあなたは置いていかれるわ。そもそも今夜は何度も戦って擦り切れかけてるはずよ。無理、止めて！」

「だが、他に手が……ッ⁉」

無言で楢崎(ナラサキ)がスイッチを操作、天井のルーフが開く。生温(なまぬる)い都会の風がぶわりと吹き込む中、素早く座席を立った少年が、黄色いメッシュ入りの毛皮をなびかせ、リムジンの屋根に立つ。

「任せとけ。こういうのは、オレの出番だ‼」

「どんッ⁉」

喉の詰まったような声。獣の如(ごと)く唸(うな)りをあげて、頼山月(ライサンゲツ)——オリジナル人狼(ワーウルフ)が跳んだ。

「わんっ‼」

犬じみた叫び、ルーフから飛び出しざまに薙(な)ぎ掃(はら)うように宙を蹴る。

車内で緩めた作業用ブーツ、分厚い靴底、金属板入り、そこそこの重量——遠心力を受け、即席のカタパルトとなって迫る怪異(カイイ)の鼻面(はなづら)を直撃、バランスを崩して後続を巻き込み転倒。

転がる人体、繋(つな)がったバイク。ごちゃごちゃに折れて固まりながら路上を滑り、路肩に放置されていた廃車に激突、残っていた燃料に引火して派手に炎上する。

炎と閃光(せんこう)、煙を貫く人影——人狼(ワーウルフ)。靴を脱ぎ、手ならず足も鋭い鉤爪(かぎづめ)を露(あら)わにして。

「こっから先は通行止めだ‼　かかってきやがれ、暴走族‼」

「「「んぐ‼　むご‼　ごんぐがごん‼」」」

詰まった叫びの唱和。縫い合わされた唇から血と唾液が混ざった涎(よだれ)が落ちる。下半身の人肉バイクが興奮に唸(うな)り、リムジンとその屋根に立つ月(ゲツ)めがけ突進してゆく。

「やべっ、武器くれ、零士!!　何でもいいから投げるやつ！」

「了解。黒白霧法……黒羽牙！」

開きっぱなしのルーフから漏れ出た霧に月が手を突っ込む。するとぎゅるりと霧が捻れ、指の間で挟まるように実体化する。黒曜石のような硬質の刃、自動生成される無限手裏剣。

「補充する。いくらでも打て、月！」

「バンダナとか巻いといた方が良かったかもなあ、無限っぽくてよ！」

格安で楽しめる古典ゲームアーカイブでプレイした潜入アクションゲームを思い出し、叫ぶ。

両手に掴んだ手裏剣を次から次へと投擲し、迫る怪異に叩き込む。

人狼の膂力と生成された幻想が合わさり、当たれば肉は砕けて骨は折れる、しかし！

「……効いてねえ～～～ッ!!　こいつら、アレと一緒だ!!　法則外の攻撃が効いてねえ!!」

肉に刺さり、頭蓋を砕く刃の傷も、次の瞬間には虚しく消える。

まるで、傷を受けたことそのものが無かったかのように。転んで派手に爆発した者すらも、炎の中から這い出して再び元気に追って来る、数はまるで減っていない。

「警備部の射撃が効かなかった時点で予想はできたが。……やはり《怪異》か！」

曰く大衆が妄想の具現、都市伝説の怪物。

本来ならくだらない噂話に過ぎないものが実体を得た時、そは定められた物語の終わり——《法則》に基づかない攻撃は一切無効の、文字通り不死身の怪物となる。

傷つけど傷つかない。ただ一行の矛盾をそのままに、怪異(カイイ)化した存在は風説、神話、伝承上の弱点を突かれない限り、いかなる攻撃を受けようと瞬時に再生するのだ。

「んぐ!!」

「ごご!!」

「ふんぐぐ、ぐん!!」

「マジ元気だなあオイ!? きりがねーよ!! ネルさん、何かわかんねー!?」

浮き足立った声の、すぐ後に。

『検索終了。画像データ、および動画と音声を照合。適合率82ぱーせんと』

狼(おおかみ)の耳元——尖(とが)った耳に装着されたインカムに通信。

秘書ネルの音声は月(ゲツ)のみならず、リムジン車内にも同時に届いていた。

『階級(クラス)《黄(Warning)》収蔵番号Y030114——《とんからとん》』

「アレかぁ。……こりゃまただいぶ変わったもんだ。こりゃまた面倒くさいなあ!」

ハンドルを切り急カーブ。意外にも器用なコーナリングを見せてギリギリ曲がるリムジン。

路上に散らかる酔っ払いやゴミ箱を避(よ)けながら、楢崎(ナラサキ)は叫んだ。

「パンデミック以前、BT本社が台頭する以前に発生した怪異(カイイ)だ。とん、とん、とんからとん、そんな風に歌いながら現れる、自転車に乗って包帯を巻き、日本刀を持った怪人だね!」

『社長違うアレチャリ違うバイクっつーか肉だよ!?』

　月（ゲツ）の悲鳴。車体に爪を立ててしがみつき、接近する怪異（カイイ）どもを寄せつけず。

『ポン刀は持ってっけど違うだろアレ！　何、どうなったらあんなんなるの⁉』

「法則の曲解と拡大解釈。純粋な存在ならああはいかない――《怪異（カイイ）サプリ》で変異したな。本社から流出したものじゃない、闇サプリ同様に触媒を手に入れて創ったものだ」

「できるの、そんなこと⁉」

「構造そのものは怪物（モンスター）サプリと同じだからね。基剤（エリクシル）に触媒を溶かすだけでいい。……となるとBT本社以外で怪異（カイイ）の触媒を入手可能な存在が犯人、というわけなんだけど」

　一瞬すら考える余地もなく。

「秒で犯人が判（わか）るね。例の《黒幕》こと果心（カシン）が放ったものだろう。彼自身が怪異（カイイ）をキメるとは思えないから、同行していた妖怪（ヨウカイ）、禿髪（カブロ）を依童（ヨリワラ）に使ったかな」

「専門用語で喋（しゃべ）るの止（や）めてくれ、社長。素人（しろうと）に判（わか）り易（やす）く頼む」

「巫女（みこ）、巫覡（フゲキ）、神凪（かみなぎ）などなどさまざまな呼び方はあるけれど、幻想や怪異（カイイ）と交信する異能者は珍しくない。そして彼らは異界の存在との接続を強めるため、薬物を頻繁に使用した！」

　新大陸の先住民は幻覚成分入りのサボテンを使い、西洋においては魔女の鍋で毒草が煮え、いわゆる神懸かり――トランス状態を作り出すため、さまざまな工夫がなされてきた。

「それと同じだよ。キメるのが麻薬か闇サプリかの違いだ。妖怪（ヨウカイ）に怪異（カイイ）サプリを与え、幻想を纏（まと）った肉体に怪異（カイイ）を降ろすことで、両方の性質を持った怪物を誕生させたわけだ！」

「まとめてそれか。……十分長い!!」

「これぱっかりは性分だからね！　《とんからとん》の法則に基づきつつも不都合な縛りを踏み倒し、かつ元の禿髪が備えていた妖力の一部を使う。まさにチート野郎さ！」

「――ずるい!!」

柿葉蛍の絶叫。車体が激しく揺れる。月の眼を掻い潜った1匹が日本刀の一撃を叩き込み、厳重な装甲を破って車体に深々と傷をつけた。

「数、多すぎ!!　見えるだけで7……8……もっともっといるわよ!!」

「《とんからとん》の法則はもともと増殖を含んでいる――だがそれにしても早いね。やはり禿髪と同種の分身能力を持っている、と判断していいだろう」

キュキキキキキ……!!　ゴムが擦れる異音、凄まじい慣性。巧みなハンドリングで狭い路地を右折、同乗者たちが広い座席にドカドカと偏り、身体を重ねかけたと思えば。

「……こういう状況でラッキースケベを避けるとか、逆に空気読めてなくない？」

「理不尽だ」

女性陣に触れる前に霧化して圧迫を避けた零士、むっつりと。

「話を戻そうか！　《とんからとん》の法則はよくある怪異遭遇譚――人気のない道を歩いていると、突然とん、とん、とんからとん……と歌声が聞こえる。驚く視点人物の前に自転車に乗り、全身に包帯を巻いて日本刀を持った怪人が現れ、問いかけてくるというものだ！」

「ものすげー不審者ね。通報しなさいよ！」

「そんな冷静さがあったら怪異にならないよ。そして接近してきた怪人はこう言う」

――『とんからとん』と言え、と。

「『とんからとん』と答えれば怪人はそのまま去っていく。しかし呼びかけられる前に『とんからとん』と答えたり、答えなかったりした場合、刀で斬られた上に包帯を巻かれて同じ怪異に成り果てる。これが『とんからとん』、パンデミック以前に発生した近代怪異だ」

「はあ？　んじゃ答えれば帰るのね、って――」

「答えようがないわね。そもそも呼びかけるのが無理じゃないかしら」

命の言葉に続く蛍。車の外の様子が見えるよう、座席に設置されたモニターに車外カメラの映像が映っている。必死で敵を追い散らす月、高速アクション。それを掻い潜って接近する怪人の唇は、遠目にもわかるほどぎっちりと、×字を連ねるように縫い合わされていた。

「とんからとん、とも言えないわ。だからさっきからむぐむぐ言ってるのね」

「弱点が露骨というかめちゃくちゃ判り易いからね！　唇を縫い合わせた糸が文字通りの縛り、施した術者の力量を怪異の法則が上回るまで、あれは簡単には千切れない。……つまり！」

「倒せない、時間制限付きギミックボスだ。ターン数を稼ぐぞ、月!!」

「めちゃくちゃわかりやすいけどゲーム感覚じゃねえよ、こっちは!?」

社長の言葉を遮るように零士が叫び、ルーフ越しに人狼が答える。

「パンパンに空気が詰まった風船みたいなものだ。こうしている間にも、成されることのない怪異（カイイ）の法則は内側でどんどん抉（えぐ）れて溜（た）まる。彼氏がかまってくれない彼女の不満のように！」

「その喩（たと）えはムカつくし絶対意味ねーわ!!」

「彼氏彼女いないボーイズ&ガールズには少々刺激が強いかな？　ともあれ時間だ。そのうち年経た妖怪（ヨウカイ）の耐久力を以（もっ）てしても、膨れ上がる怪異（カイイ）の法則に耐えられず、拘束は弾（はじ）けるだろう。その時、法則に則（のっと）った受け答えを返し、弱点を突けば勝機はある、という……」

――キュイッ!!

ハンドルを操りながら喋（しゃべ）っている途中、不吉なスリップ音と振動が遮った。

「あいつら……壁を奔（はし）って来やがった!!」

「んぐぐ、ぐ――――んっ!!」

表通りとはいえ狭い、仮面舞踏街（マスカレード）の車道。まるで古い大陸の街並みのように、原形を保った廃墟（はいきょ）にはさまざまな看板が立ち並び、派手なネオンサインが輝いている。

まるで障害物レースのように。重力を無視してほぼ垂直の壁に肉のタイヤを喰（く）い込（こ）ませて、数匹の《とんからとん》が何度も跳ねながら突っ走ると、月（ゲツ）の弾幕を抜けて急接近する。

「……やばい!!」

印を結ぶ暇もなく、零士（レイジ）が叫ぶ。その全身が黒い靄（もや）と化し、車椅子ごと固定された命（メイ）と、律儀（りちぎ）にシートベルトを締めて座っている蛍（ケイ）の身体（からだ）を包み込んだ。

直後、衝撃。轟音。ミキサーにぶちこまれたような振動。つんのめるように停まる車。後部タイヤに巨大な障害物が飛び込んで、ぬるぬると滑りながら空転している——!!

「——どあわあああああああああああっ!!」

人狼の膂力を、慣性の法則が上回った。爪をたてて装甲板に引っ掻き傷を刻みながら、リムジンの屋根に立っていた月がスピンする車体から弾き飛ばされる。

看板をなぎ倒し、破裂するＬＥＤの破片にまみれながらコンクリートに叩きつけられる月。だがその惨状に仲間たちが目をやるより早く、リムジンの車体は近場の電柱に激突した。

再びの轟音、衝撃、そして——停止。

「あいたたたた……。生きてるかい、諸君？」

「ギリ……。エアバッグ＋が利いたわ、ありがと。胸とか触ってもいいわよ」

「いらん。そっちは無事か、柿葉……！」

「おでこぶつけたわ。瘤になってる気がするの……痛い」

後部座席。緊急作動したエアバッグに挟まれた命と蛍、どちらも無事かあるいは軽傷。霧化してふたりの身体を固定、かつ衝撃を吸収した零士は無傷だが、顔色はひどく悪かった。

能力の過剰使用による人間性の喪失——。

古き幻想種にして、実体無き霧の本性を人間サプリでヒトに保っている彼にとって、長時間や連続しての能力使用は致命的な消耗を招き、最悪人間性の喪失に繋がる。

「連中、後部タイヤに身体ごと突っ込んで来たらしい」

文字通りの自爆、特攻。怪異を巻き込んだタイヤは壮絶にスリップ、コントロールを失って路肩の電柱に激突した。そう言う楢崎もまた、激突の衝撃でかけていた眼鏡が割れていた。

「ネル君、車体の自己診断を開始。まだ走れるかい？」

『再起動実行。完了まで3分。致命的なエラーは認められず、まだ自走可能』

「とのことだ。つまり我々はあと3分、この場を凌がねばならないわけだけど――」

ぞろぞろ、ぞろぞろ。

バイクの排気音ならぬ、口真似じみた呼吸器の異音。半人半車の怪異、とんからとんの大群。車体を囲み、興奮した蜜蜂の群れのように駆け回って、禁じられた言葉を合唱する。

「「「「うんぐぐ、ぐん!!　んぐぐ、ぐん!!　うんぐぐ、ぐん!!」」」」

「素敵な群衆のお出迎えだ。零士くんは消耗、月くんは吹っ飛んで、僕は運転手。自動運転で対応できるものでもないからね、いかにも手が足りないわけだ」

「……何が言いたいの？」

ねちっこい事実の羅列に違和感を覚えた蛍の質問に、楢崎はパチッと指を鳴らした。

「この車、バーカウンターがついててね。ドリンクを冷やしておけるわけなんだ」

「死に水でも飲めってての？」

「いいや、逆さ。生きるために飲むんだ。——命（メイ）くん？」

開いた冷蔵庫。ほのかな冷気が漂ってくる、薄靄（うすもや）の向こう。高級そうなワインやウィスキーのミニボトルに挟まって、小さな缶飲料がひとつだけ混じっていた。

ロゴはない。無地のアルミ缶、普通にお目にかかることはまずない代物。キンキンに冷えた表面には、マジックペンか何かでこじゃれたメッセージが書かれていた。

「そろそろ覚悟を決めたまえ。トラウマはわかるが、お客様気取りは止（や）める頃だろう」

「……煽（あお）ってんの、あたしを？」

「そういう意図もあるかな。だがそれは、君にふさわしい代物だ。保証するよ」

車椅子に身体（からだ）を固定するための安全帯を外し、命（メイ）は手を伸ばす。冷蔵庫の中、無地のアルミ缶に触れた掌（てのひら）が心地よく冷えるのを感じながら、表面に書かれたサインを一瞥（いちべつ）し。

「舞（マイ）のお残しってワケ？」

「本社に引き渡す前にちょいちょいっとね。チョロまかしておいたわけさ、はっはっは」

しれっと横領を自白する社長。サインの主も彼だろうと想像できた。

それはすべての事件の発端、始まりを告げるもの——

「——幻想（ファンタピ）サプリ《人馬（ケンタウロス）》」

読み上げる声が、震えた。

賣豆紀命(メズキメイ)にとって、それは破滅の二番底。足を無くし、夢を奪われてどん底の日々を送る中、親しかった後輩が、よりによって自分のために——死ぬきっかけとなった幻想(ファンタジ)サプリ。

正直言って反吐(へど)が出る。怪物(モンスター)サプリもそうだ。自ら化け物になりたがる屑(くず)どものこと、今も理解できないし知りたくもない。けれど、ここでしか生きられない人がいると、知った。

(あいつらは、ここで生まれて)

命(メイ)の脳裏に閃(ひらめ)く友達の面影。霞見零士(カスミレイジ)、頼山月(ライサンゲツ)——すべて知っているわけではない。

けれど、誰よりも人間でありたいと願う怪物たちは、この街でしか生きられなくて。

(死ぬまでここで、生きるしかない——……!)

柿葉蛍(カキバケイ)もそうだ。外の世界だけでは彼女と、彼女の家族は救えなかった。完全管理社会の網から零(こぼ)れた大切なものを救い上げるために自分の手を汚すことを選んだ、女友達の儚(はかな)い笑顔。

知り合ったばかりのカップル。病院に入れられ何も成せずに死ぬはずだったふたり。それが恋をし、子供を産んで、未来のために生きようと必死で足掻(あが)いた。

(あたしは、もう。あんたを——舞(マイ)を、拒むのを、止(や)める)

ずっと拒み続けてきた怪物(モンスター)サプリ。得体の知れない薬への恐怖感、それは逃げだと感じる、若く潔癖な嫌悪感(けんおかん)。だがそれよりも、ちんけな自分の誇りよりも、守るべきものがあるから。

「あたしは、あたしだ」

正直怖い。舞のように自分も力に溺れるかもしれない、と感じている。

自分だけは特別だ、などという過信は断じて無い。脆い、弱い、愚かで、口が悪くて、バカ。

ただ戦うことしか知らなくて、噛みつくことしかわからなくて、ただそれだけで生きてきた。

自覚がある。理解している。だからこそ、あのムカつく社長が言うように――

「いつまでもお客様で、守られっぱなしとか。誰かに助けてもらってばっかりなんてムカつく
ヒロインみてえな真似……してらんないのよ‼」

「命⁉」

「黙ってて。――零士、蛍を連れてとっとと行って」

冷えたアルミ缶を握る。

止めようとする手が止まった。零士のそれを掴み、真摯な眼差しを向けてくれる蛍。

命のそれと視線が重なる。捉えどころのない、変わり者の優等生。趣味も違う、性格だって
まるで合わないのに、めちゃくちゃ好きになってしまった――親友。

「自称お母さんとやらに、一発カマして来なさい。それまで、その道は……！」

プルトップを折る。プシッと噴き出す炭酸。

野菜ジュースに似た香り――ニンジンのフレーバー、フルーツっぽい赤。

躊躇はしない、覚悟と共に口をつけ、一気に飲み干す！

「――あたしが、ブチ空ける!!」

仲間に、友達に手を汚させておいて。

自分だけ知らん顔など、できやしないのだ。

「……ッ!!　ああ、んっ……ああああああああああああああぁぁぁぁぁ!!」

熱い稲妻が脊髄を蹴る。心臓が激しく脈打ち、車椅子の上で身を縮める。食いしばった歯、ギシギシと苦痛に耐えて奥歯が擦(こす)れ、嫌な音が頭蓋骨を通して鼓膜に響いた。

わさわさ、毛が伸びる。頭蓋骨がうねりながら変容する感覚、ぎょりぎょり内臓と筋肉が無痛のままに配置を変え、断線していた脊髄の神経が繋(つな)がり、久しぶりに爪先の感覚が戻る。

「あたしは!!　あたしだ!!」

もう一度叫ぶ、言葉(フレーズ)。

強固な自我、自分自身を規定する言葉。耳が引っ張られるように尖(とが)る。分厚い毛に覆われ、尻から何か硬くて熱いものが伸びていって、座っていられなくなった。

クッションを蹴とばすように立つ。二本の足で、揺るぎなく。

「立てる。走れる。あたしは……!」

ＪＫにしてはかなり発達した太腿(ふともも)が、ぴっしりと茶色い毛皮で覆われていた。

短い被毛、厚い皮膚。形を変えた関節部、親指が変形したU字形の蹄(ひづめ)が履いていた靴を内から破り、下駄(げた)を履いたような感覚で彼女はその場にすっくと立った。

「……どこが人馬(ケンタウロス)だ？」

「馬では、あると思うわ。けど、どちらかと言えば――」

呆然(ぼうぜん)と呟(つぶや)く友達ふたり。零士(レイジ)に守られながら、蛍(ケイ)は命(メイ)の姿をこう評した。

「馬鬼娘(ウマオニムスメ)とか、そんな感じね」

「どっかのアプリゲーか!!　気ぃ抜けるから間抜けな呼び方しないでくんない!?」

ミニスカートから伸びてシートに立った、馬の脚。ソックスを貫いたU字形の蹄(ひづめ)はまさしく馬、だが脚は二本きり。馬の後ろ脚を無理なくヒトの脚に置換したような、独特のフォルム。

頭部――髪が伸び、変形した耳が頭頂部あたりから飛び出ている。

鋭く尖(とが)ったその形は、馬の耳を模倣しながらヒトと合わせた双角の如(ごと)く。発達した八重歯が牙の如(ごと)く噛(か)み合(あ)って、唸(うな)る喉は肉食獣。尻から伸びた馬の尾は鞭(むち)のようにしなる。

「だしゃあッッ!!」

蹴り足一閃(いっせん)、リムジンの後部ドアが吹っ飛んだ。

「さて、諸君。賣豆紀(メズキ)という姓について、知ってるかい？」

意地悪な教師のような語り口。車内の誰も答えないが、楢崎(ナラサキ)はひとり語り続ける。

「結論から言うとそれは、ある地方における神社由来のものだ。幕府が倒れ、政府が庶民に姓を名乗るよう命じたころ、彼女の祖先が故郷にちなんで名乗ったもの」

昔から続く一族ではなく、ごく新しく、神秘もない。

だが、そこに抜け道が存在する——。

「言霊（コトダマ）。音が等しき存在を同一視する、共感魔術の一種だ。賣豆紀（メズキ）という姓は伝承にある地獄の獄卒、宗教説話における馬頭（メズ）の鬼と同じ韻を踏むが故に、馬と非常に相性がいい」

牛頭（ゴズ）、馬頭（メズ）。そう呼ばれる幻想と。

幻想（ファンタビ）サプリ——人馬（ケンタウロス）。《馬》という因子を共有する、東西の幻想種（ファンタビ）。

「言霊（コトダマ）により、これらはすべて繋（つな）がった。賣豆紀（メズキ）は馬頭鬼（メズキ）、馬頭鬼（メズキ）は《馬（ウマ）》となり人馬（ジンバ）となる。本質的には《禿髪（カブロ）》を《とんからとん》に塗り替えたのと同じ、拡大解釈の結果だよ」

故に、素人（しろうと）だろうが、女子だろうが、関係なく。

「パワーだけなら、オリジナル人狼（ワーウルフ）にすら匹敵するよ。何せ《馬》だからね！」

分厚い装甲がひしゃげ、歪（ゆが）み、曲がる。内部の要人を守るために設計された厳重なそれを、ただ馬の脚ひと蹴りで内側から蹴破った馬鬼娘（ウマオニムスメ）は、昂（たかぶ）るままに全力で咆（ほ）えた。

「だあああぁあぁあぁぁぁあああ————ッ!!　かかって来いやあッ!!」

「おいおいおいおい……プロレスラーかよ!?」

特区の路上に降り立った彼女に、横から思わぬ合いの手が入る。路上でひっこ抜いたらしい、錆びたバス停の残骸を大剣の如く肩に担いだ人狼が、彼女の隣に飛び込んで。

「イカした登場してくれんじゃん、命ちゃん!! カッコいいぜ、それ!」

「ハッ! それだからモテないのよ、月っちゃん。……プリティーとか言えっての!!」

可愛げとは程遠い、咆哮。

「うんぐぐ、ぐん!!」

想定外の乱入に驚くような人間性も無く、とんからとんが襲い来る。

刀を抜いた半人半車、壁や路上を縦横無尽。突っ走ってきた3人が擦れ違いざまに、超常の力を宿した刃をふたりに向けて薙ぎ掃う。装甲車すらあっさり寸断する幻想の剣を、

「「――うっぜえわ!!」」

「「うんグッ⁉」」

月の絶叫、命の咆哮、怪異どもの悲鳴が重なる。

錆びたバス停の標識が刃の側面を打ち、払いざまにカウンター。バス停の鉄板を顔面に叩きこまれたとんからとんの鼻がグシャリと潰れ、頭蓋骨までミチッと歪む。

生々しい月の暴力とほぼ同時、迫る刃を前にしながら一切臆することなく突っ込んだ命の蹄、ウマそのものの形をした鈍器が、真正面から人肉バイクのタイヤを蹴っ飛ばした。

ひしゃげる人肉タイヤ、折れる骨スポーク。くの字に変形したタイヤが千切れて吹っ飛び、あまりの衝撃に半人半車のとんからとんが、蠅の如く手近なビルの壁に叩きつけられた。

トマトのように潰れる肉——再生がすぐ始まる、だがそれでも軽傷より遥かに時間を喰う。

行動不能に陥ったひとりを横目に、月は狼の口で器用にヒュウと口笛を吹いた。

「めっちゃくちゃパワフルじゃん。負けそうだわ！」

「知ったこっちゃないわよ。ヒト蹴るのって初めてよ、あたし。あんななるのね！」

「普通はなんねーよ。交通事故じゃん、もう……」

呆れ顔の月。事実、今の命の脚力はヒトの領域を飛び越えて、もはや自動車やバイクの類だ。

そして相手は半人半車、ほぼ互角に感じるが、量産型の怪物などに怯まぬ覚悟が命にはある。

「1匹潰した？　どーせまだまだ来るんでしょうけど」

「だな、めっちゃしつけえわ。……来やがった!!」

月の警告、ぶんぶんぶぅん、とエンジン音を口真似したような排気音。

次から次へと襲い来る怪異の群れ。先頭に立つ8人の中には手脚が折れ曲がっていたり、包帯で覆われた顔が、明らかに人ではなく獣のそれである者も混じっていた。

「何だありゃ!?　毛色の違うのが混じってんぞ!?」

「あー、あれの中身は人間だ。殺さない方がいいよ、手加減したまえ」

「は!?」

車内から響く社長の声に目を見張る月。

迫る刀。月と命は一瞬だけ視線を交わすと、一呼吸置いてから迎え撃つ。

毛皮を逆立てた人狼(ワーウルフ)は野生の本能を剝(む)き出(だ)しにして初撃を躱(かわ)すと、手に残っていた手裏剣をナイフのように扱って敵の刃(やいば)を逸(そ)らし、火花を散らして受け止めた。格闘術の訓練、ナイフの扱いもそれなりに慣れているが故にできたことだが、素人(しろうと)の命(メイ)にできるはずもなく——

「命(メイ)ちゃん、逃げ……！」

「ッけてんじゃないわよゴルァアアアッ!!　ッ殺す!!」

「うわあ……」

荒事に慣れた月(ゲツ)がドン引いた。

アドレナリンを沸騰させた馬鬼娘(ウマオニムスメ)は迷わず突撃。白刃(はくじん)に身を晒(さら)しながら一切恐れず、異様なフットワークで避(よ)けながら、もはや凶器でしかない蹄(ひづめ)で蹴り、踏み、潰す。

獣の頭、犬面(いぬづら)の『とんからとん』——薙(な)ぎ掃(はら)うような脛(すね)蹴りが胸骨を砕く。千切れた包帯の下から見覚えのある軍用ボディアーマーが覗(のぞ)き、記されたロゴが目に入った。

「《Beast Tech(ビーストテック)》……警備部の社員じゃねえか!?　この人っつーか、獣の頭してるのって！」

「さっきまで護衛してくれてた人、ってことね。死なない程度に蹴るわ！」

「暴力に躊躇(ちゆうちよ)無さ過ぎんよ！　命(メイ)ちゃんホントにカタギ!?　生(い)き辛(づら)くねえかその攻撃性！」

「ッさいわ!!　ぐだぐだ考えるのは生き残ってからでしょうが!!」

言い合うふたりの前に、ひとりの『とんからとん』が視界に入る。

それは頰に掠(かす)めたような切り傷を受け、持っていたはずの装備を失った保安部の人獣(ニンジユウ)。装甲車から放り出された時に折ったのか、脚は異様な方向に曲がっているが――

「んぐ!!　んご!!　んごごごぉ!!」

血で汚れた包帯が、頬の傷口から触手のように湧きだした。瞬く間に全身を包み込み、牙が並んだ犬の顎には二重三重に包帯が絡まって、まるで猿轡のように固めている。

「うんごご、ご!!　んがごご、ごぉ!!」

その下半身がゴキゴキと音をたてて変形するさまから、思わずふたりは目を逸らした。

「……アレ、斬られたら仲間にされる的なヤツなわけ⁉」

「さっき説明したろ？『とんからとん』の怪異法則、呼びかけに答えない者を日本刀で斬り、傷を受けた者は包帯を巻かれて『とんからとん』に成る。そういう能力だよ」

「オレらも成るのかどーか、わかんねえけど……一太刀も喰らえねえってのは、わかった!!」

「めんどくさっ……!!　拳で勝負しなさいよ!!　暴力でケリつけるのがルールでしょうが!!」

「オレが言うのも何だけどぜってー違うからな。ヤンキー漫画かよ、そのルール!!」

喋っている間にも攻勢は続く。もはや文字通り、一太刀の傷を負うことも許されない。

致死性の猛毒が塗られているも同然の刀、本来なら怯え、竦むのが当然。だが少年と少女はいささかの恐怖も見せず、ひたすらに停まったリムジンを守り続けた。

『システム再起動、完了。――社長、ごー』

「了解だよネル君愛してる。次のボーナスは期待しててくれたまえ!!」

エンジンが唸る。動き出したタイヤが軋み、瓦礫に突っ込んでいた車体を引っこ抜いた。

「うんぐぐ、ぐ――……‼」

無防備な初動を狙って、ふたりの『とんからとん』が襲い来る。

刹那、即反応した月のバス停標識が横殴りに迎撃。警備部員が変形した個体ではない。故に手加減容赦なく、フルスイングでぶっ飛ばされて血の花を咲かせる。

もうひとり――命。多少の距離があるのを視た彼女は一瞬で間に合わないと判断。高級車のバンパーをヘシ折る勢いで思いっきり蹴り、走り出したリムジンを吹っ飛ばした。

「きゃあああああああっ⁉」

「壊れる壊れる壊れる‼　いくらすると思ってるんだいこの車、クッソ高いんだよ⁉」

「ぶった斬られるよりマシでしょうが‼　もっと速く走りなさいよ、あたしのが速いわ‼」

ガガガガガガガ……‼

機銃掃射じみた蹄の音。蹴りの衝撃で吹っ飛んだリムジンはそのまま加速、表通りを直進。ビルの向こうに眩く輝く光のエリア、金持ち専用《京東バブル》の検問が見える。

走る車に横並び、二本足で並走しながら、命はハイテンションのままに叫んだ。

「メッチャ速――――いっ‼　最強‼　最速‼　ぶっちぎり‼　あはははははは‼」

「……キマりまくってる！　大丈夫か、アレ⁉」

「サプリが切れたら黒歴史になりそうだな……。しがみつけ、月。はぐれたら死ぬぞ！」

リムジンのトランクに爪を立て、ギリギリしがみついた月が尻尾を巻いた。

後部座席の窓越しに相棒を励ます零士。検問は接近する暴走車にいち早く気づき、探照灯の強烈な光がいくつもこちらに重なって、迫る怪異どもの姿をも同時に浮かび上がらせる。

『こちらBT本社執行部特別送迎車両!!　絶賛暴徒に追われ中!!　助けてくれたまえ!!』

「――……!?」

リムジンから響く耳慣れた声。外部スピーカーでもついていたのか、それとも魔法のなせる業か。

明瞭な救援要請を受けて、にわかに検問が勢いづいた。車両を遮るバーが上がり、警備員が手に手に銃器を化け物どもに向け、躊躇なく発砲。怪異に致命傷こそ与えることはないものの、弾幕が圧となり、衝撃と足止めを嫌った怪異どもの動きが鈍った。

「ここまでだ、零士くん。君も出てくれたまえ！」

「え!?」

ハンドルを握ったままの社長の指示に、蛍は咄嗟に異を唱えた。

「待って！　霞見くんは私と一緒に行く予定だったはずでしょう!?」

「悪いが状況が変わった。《京東バブル》は金持ち特区だ、化け物どもを中に入れて酔っ払いひとり死ぬだけで、めちゃくちゃ面倒な事態になるんだよ！」

「お金の問題なの!?　それなら――！」

蛍が反論しかけた時、不意に着信音が鳴った。

ありふれた振動、蛍のポケット。いつもなら人獣化した時点でロッカーなどに預け、特区内には持ち込まないはずのスマホが、デフォルト設定そのままの音を鳴らしている。

「スピーカーにして、通話を繋いだままにしておいてくれ」

「霞見くん。……それじゃ、あなた……！」

コール状態のスマホを掲げ、命がブチ抜いたドアから身を乗り出して、零士。

「離れていても、繋がってる。……柿葉蛍、お前はひとりじゃない」

「お前、って言うのは止めて。恋人だったら別れ話に発展するわよ」

「面倒くさい女だな……。恋人じゃないからいいだろう」

「デリカシーの問題なのよ！　できれば近くにいて欲しいし、電話だけじゃやっぱり不安だし、可能ならメッセージは即レスで、スタンプじゃなく文章がいい！」

「束縛が強い……わかった。これが済んだ後なら、全部呑む。だから……」

風が吹き込む後部座席。早くも零士の身体、輪郭はぼやけ始めていた。

黒い霧となった身体が解れ、末端から薄くなっている。それでも最後の影を車内に残して、零士は最後の言葉を守るべき相手、蛍のもとへ残していった。

「決着をつけてこい、柿葉。俺たちが、守る!!」

「……わかった!!」

ごうっ、風が吹く。

最後の霧が吹き飛ばされ、リムジンの後方で像を結んだ。

同時に着地するひとり、そして並走していたひとりが踵(きびす)を返し、アスファルトを割って到着。

3人の怪物、生まれながらの幻想種(ファンタビ)、試験管生まれの人狼(ワーウルフ)、ハイになった馬鬼娘(ウマオニムスメ)が揃(そろ)う。

京東(キョウトウ)バブル検問前、銃声響く戦場からいくらも離れぬその場所で——。

「カッコいいこと言うじゃないの、零士(レイジ)。珍しくヒーローしてたわよ?」

「悪いが俺はヒーローじゃない。ただのブラック企業の社員だよ」

通話状態のスマホをポケットにしまう。スピーカーの手ぶら通話、恐らくこの話も車内に、柿葉蛍(カキバケイ)に届いていることを知りながら、あえて不敵に笑い、強がって。

「バイトなのか、正社員なのかもよくわからん。ぶらぶらした立場だが……」

「最近、やりがいがある仕事が続いてていー気分だよな。待遇悪(わり)ぃけど」

相棒の言葉を引き取る人狼(ワーウルフ)、頼山月(ライサンゲツ)。相変わらずバス停の標識を凶器代わりに担(かつ)ぎ、リムジンから離脱した時に爪にまとわりついた装甲のかけらを捨てながら、牙を剥(む)いて強気に笑う。

「お前にばっかいい恰好(かっこう)、させてらんねーもんな。やったろうぜ、ヒーローってやつを！」

「ああ」

熱い言葉に、冷たく答え。

「化け物どもを、1匹たりとも通すな。行くぞ!!」

叫ぶ――反撃の狼煙。

＊

短く濃密な追跡劇の果て。

特区の檻のさらに檻。出入りする者たちの総資産を合計すれば、国家資産の八割は超える。金持ちを守るための バリケード、高給で命を張る警備員の怒声、一定間隔で設置された銃座がバタバタと紛争地帯じみた曳光弾の軌跡を閃かせる、そんな風景を置き去りにして。

「特別緊急車両が着くぞ!! ――道を空けろ!!」

「これ以上どうやって……ひゃあああああああっ!?」

スーツ姿の人獣たちが大慌てで逃げ散る中、猛突進するリムジン。タイヤはとっくに潰れ、外れたバンパーが道路に擦れて火花を放ち、窓は煙や煤でギトギトに汚れている。

もはや高級車の面影はなく、路上に放置された事故車の風情。それでもなお車はスピードを落とさず、歩道に乗り上げて階段を無理矢理駆け上り、巨大ビルの門前に突進した。

「いやあ、着いた着いた。諸君、出迎えご苦労!!」

「二度とあなたの車には乗らないわ。……最低、最低っ！　した、かんだ……！」

斜めに傾(かし)いだ運転席から姿を見せた楢崎(ナラサキ)は、外れたハンドルを適当に放り投げながら笑う。

続いてドアが無い後部座席から降りた柿葉蛍(カキバケイ)は、可憐(かれん)な舌をちろりと出して涙目だった。

「お疲れ様でした、楢崎(ナラサキ)様」

「ＣＥＯがお待ちです。大至急、こちらへ」

ヤギやヒツジの頭をした、高級そうなスーツ姿の役員たちが並び、出迎える。頭を下げたまま微動だにしない彼らのさまは、まるで預言者の前に真っ二つに割れた海のよう。

「こういうパフォーマンス、嫌いだわ。偉くなったと錯覚するもの」

「このままいけば君、そうとう偉くなるから大丈夫じゃないかな？」

「なら言い方を変えましょう、趣味じゃないわ。行列はお昼のラーメン屋さんだけで十分よ」

驚くほどの泰然自若――国家経済を握る超巨大企業の経営陣、役員、役職持ちにヒラ社員。リモートで繋(つな)がっている者も含めれば数十万に達する注目の中、柿葉蛍(カキバケイ)は悠然と歩く。

音も無く転がる赤絨毯(あかじゅうたん)。ロビーを縦断、執行部専用エレベーターへ直結。楢崎(ナラサキ)のエスコートを待つまでもなく、彼女はその真ん中を悠々と歩き、当たり前のようにパネルに触れた。

「すぐに来た。早いわね、このエレベーター」

「そのくらいの配慮はするさ。何せ次期ＣＥＯの初出社になるかもしれないわけだし？」

「就職先を決めた覚えは無いのだけれど。私、まだ学生よ？」

「モラトリアムが二十歳過ぎまで許された時代なんて、30年も前に終わったよ。君くらいの年から将来のキャリアを積まされ、職業人のモラルを叩きこまれる。実に面倒くさいね」

「そんな世の中にした責任者に言われると説得力を感じるわ。叩いていいかしら?」

「平手打ちくらいなら甘んじて受けるよ。ＣＥＯとの面会が終わったらね」

会話の間にエレベーターが閉じ、軽い浮遊感と共に超高層ビルの最上部へ昇ってゆく。

カウントが進む階層表示。透過パネルが仕込まれたエレベーターは周囲３６０度を見渡せて、まるで魔法で宙に浮かんでいるかのようだ。ふたりが立ち去ってなお動かない社員たちの頭上を遥かに超えて、巨大な蛇の骨じみたビルの内部構造が見え始める。

「趣味が悪いのね」

「そうかい?」

「無駄に高いところに住んで、周りのひとを見下して生活するのって、好きじゃないわ」

「実用的な理由が一応あってね。何せ彼女は《死の呪い》の感染者だ」

「隔離施設、ということかしら」

「察しが良くて大変助かる、説明台詞を続けるのも面倒だ。天の頂にて俗世と隔絶したならば、地に呪いを振り撒く恐れもない。彼女は優しさ故に孤独を選び、孤立を願った」

「わからないわ」

「何がだい?」

　エレベーターの中、ずっと背を向けたままの楢崎に。

「その人のことを話す時、あなたが少し早口になるのが。世界を滅ぼしかけた人たちの仲間で、この国を不自由でおかしな形に変えた人で、普通に考えるとすごく悪い人だと思うのに」

「そうだね。その通りだ。僕も彼女も極悪人だ。この世に神がいるのなら、すぐにでも天罰をブチ込んで来て欲しいものさ。けれど残念、それは決して叶わない」

「妖怪や魔法使いはいるのに、神様はいないの？」

「神を名乗る幻想種は存在するだろう。けどそれは人が考えた神、ただの概念だ。造物主だの全知全能の神様なんてものは、結局ただの妄想でしかない」

　そは妄想であり、懇願であり。

「だから彼女は、自分たちで殺した世界を、自分で救うしかなかった。裁いてくれる誰かも、罰を与えてくれる何者もいない世界で、自分で選んだそれだけが罰だったからさ」

「そう。ありがとう、面白かったわ」

　エレベーターが停まる。軽い浮遊感の中、開きかけたドアを見据えて蛍は呟き。

「人の恋話って、好きだから」

「世界に関わる重大な話のつもりだったんだけどなあ。君にはただの恋話かい？」

「知り合いの中年男性の、傍迷惑な恋話。私にとっては最初から最後まで」

　善も悪も知らない。それは自分が判定すべきことではないだろう、と柿葉蛍は思っている。

「――他人事（ひとごと）よ。巻き込まれた決着をつけに来ただけ」

無音でドアが開く。エレベーターの向こう側、病院を思わせる消毒薬の混ざった空気。

人払いが為（な）されているのか、がらんとした廊下を臆することなく蛍（ケイ）は歩き出し、やや後ろを楢崎（ナラサキ）がついてくる。耳が痛くなるような静寂は、病院かあるいは霊廟（れいびょう）のようだった。

「そこの奥だよ」

指示を受け、無人の執行部管理オフィスを抜けてとある扉にさしかかる。

分厚い気密ドア、完全滅菌のクリーンルーム。消毒を経て入室した先で目に入るのは、生命維持装置が稼働（かどう）する、完全自動型の集中治療室と医療用ベッド、そして。

『間に合ったわ。ありがとう――晴明（ハルアキ）くん』

微（かす）かに動いた唇が、ピキリと割れて血が零（こぼ）れた。

罅割（ひびわ）れ、硬直した皮膚。無数の管に繋（つな）がれたひとりの女性――大きな嘴（くちばし）、中世のペスト医師を象（かたど）ったマスクを傍（かたわ）らに置いた、彫刻のような美女がそこにいた。

やつれた儚（はかな）げな面影は、枯れ切った果ての乾燥花のよう。唇の動き、神経電流を感知して代理発声するＡＩスピーカーを傍（かたわ）らに、屍（しかばね）のように横たわる人物が。

「初めて聞いたわ。社長（あなた）、そういう名前だったのね」

「古すぎて手垢にまみれ、弄られまくった面倒な名さ。現世で知るのは君でふたり目だ」

苦笑する楢崎。そのまま蛍を追い越して、ベッドの傍へ寄り添うように。

「こうなることはわかってた。だからこっそり、彼女のことは秘密にしておいたんだけどね」

『女に嘘はつけないものよ。殿方は秘密を持つと、すぐに態度が変わるものだから』

くすりと笑むような気配がスピーカー越しに伝わってくる。

『ごめんなさい、柿葉蛍さん。本当なら一緒にお食事をしたり、もっともっとお話をしたり、メリットやデメリットを説明して、納得の上でお願いしたかったのだけれど』

「………」

蛍はそんな言葉に答えず、ただゆっくりとベッドへ歩み寄った。

「触っていいかしら。痛みはない？」

『ないけれど……私に触れるつもり？　呪われた女の、穢れた身体を』

「私には感染しない、って社長さんから聞いたわ。つまりただの病人でしょう」

ただ事実だけを切り取ったように、柿葉蛍は呆気なく言って。

「亡くなる前は、誰かに手を繋いでもらいたいと思うから。それなら寂しくないと思うから。できればあなたの手を握りたいのだけど、許可を貰えると嬉しいわ」

『……血のつながりはないはずなのだけど』

隠しきれない喜びのニュアンス。ほんのわずか、ぴくりとベッドの中で手が揺れる。

それを答えと解釈して、蛍は毛布に包まれた女の手をとった。その皮膚は、人と言うより石の彫刻のように硬くて冷たく、強く握れば卵のように脆く潰れてしまいそうで。

『私たち、似ているのかしら。まるで若い自分と話しているみたい』

「そう。きっとモテなかったのね、あなたも」

『全然よ。何百年生きても連れ合いひとりいなかった。だから病にかかるのも最後だったし、こんな遅くまで生きてしまった。何をするのも人より鈍くて、困ったものだわ』

「教訓にするわ。そういう気になったら、なるべく早くするようにする」

『いいわね。私みたいになっちゃダメよ？　錆びた缶詰みたいになってしまうから』

「……最後の魔女と新生の魔女の会話かい、これが？　めちゃくちゃ俗っぽいけど」

呆れ顔の楢崎。病床の手を握ったまま、蛍は素っ気なく口にする。

「初対面だもの。複雑な話題なんてないし、これくらいが限界」

『それでも、手を握ってくれるのね。……優しいわ、あなた』

「病人に優しくするのは当たり前だと思う。何も特別じゃないわ」

『そうね……私たちが原因で壊れてしまった世界が、新しく生まれ変わる時代。その優しさを、ぜひ未来へ伝えていってもらいたい。それがあなたを呼んだ理由で、最後のお願い』

「いきなりするには、重すぎる話だと思うわ」

『そうね。すごく迷惑だと思う。けれど、あなたしかいない。あなたしか、できない』

軽いモーター音が響き、片隅に控えていた介護ドローンが蛍に近付く。

掲げたタブレット――次々に表示される電子ペーパー、有効性が保証された正式書類。法的に整えられたそれは、サインするだけで完全な効力を発揮する。

『対価は、私のすべて。巨大企業《Beast Tech》の株式と経営権、設立当時からCEOとして勤めた報酬、国内や海外の不動産や個人資産……総額いくらか、自分でもわからないわ』

「…………」

沈黙する蛍の前に、タブレットごとタッチペンが差し出される。

『養子縁組、その他必要書類はすべて用意したわ。そこにサインしてくれれば、貴女にあげる。次の時代を担う責任の対価としては安すぎるけれど――お願い』

かきっ、と硬質の音。

頭を下げようとしたのだろう。ベッドの上で女の首がわずかに下がり、皮膚に亀裂が入る。首を切られたように滴る鮮血がシーツに染みを作る中、彼女の遺言は終わった。

『柿葉蛍さん。――受け取ってくれるかしら？』

「嫌よ」

即答だった。

＊

特区内特区、金持ち専用エリア――《京東バブル(キョウトウ)》検問は、小規模な要塞だ。

外周を囲う防壁は分厚いコンクリートに軍用装甲を施した鉄壁に、登攀(とうはん)対策の鼠返し(ねずみがえ)。上部は急激に反り返り、人獣(ニンジュウ)の身体能力でも容易に乗り越えられず、高圧電流と有刺鉄線つき。

唯一の開口部――車両止めのバーで仕切られた出入り口は緊急事態を察知すると即閉鎖され、装甲シャッターが暴徒の侵入を防ぐよう設計されている。銃座が設けられた監視塔にはWEBカメラが設置され、京東(キョウトウ)バブル内のカジノやホテルから《観戦》すら可能となっている。

「……凄(すご)いな、本当に現実か？　まるでゾンビ映画だ……！」

「噂(うわさ)の怪異(カイイ)サプリというヤツか。おい、アレは買えないのか？　面白いじゃないか」

「貧乏人には過ぎた力だ。ああいう玩具(おもちゃ)は、まず我々に流すべきだと思うんだがね？」

映画じみた激戦が、ひと舐(な)めで平社員の月給を遥(はる)かに超える高級酒の肴(さかな)として消費される。防壁を乗り越えようと迫る半人半車の《とんからとん》、サーカスのバイク乗りめいた動き。警備担当者たちのインカムに通達――的確な戦闘指示。

『暴徒はバイクに乗車、日本刀を所持。白兵戦、接近戦は固く禁ずる』

『ヤツらのカタナには毒がある。斬られたら同じ化け物になる、と《幻想清掃(Fantastic Sweeper)》情報担当から通達があった。負傷者は構わん、壁外に突き落とせ。決して中に入れるな！』

『『了解（コピー）』』

衝撃的な指示に軽口ひとつ返すでもなく、訓練された武装警備員――実質旧時代のほぼ軍人、富裕層を守る兵力は、魚群のように駆け回る相手にひたすら火力を叩（たた）き込（こ）む。

響き渡る銃声、砲声、炸裂音（さくれつおん）。流れ弾や跳弾が市街地にまで届き、ボヤ騒ぎや通行人にまで危害が及ぶが、この街に集う人獣（ニンジュウ）はみな危機感などなく、遠間に逃れて見物に回っていた。

「うっひょ――――ッ!!　すげえすげえ、花火みてえ!!」

「戦争見ながらヤるのって超気持ちよさそうじゃね!?　ホテルあるかな、野外ＯＫ!?」

「なぁにやってんだよクソバケモン!!　もっとエグい角度で攻めろって、金持ち殺せって!!　バリケードが破れたら、ドサマギでオイシイ思いができるんだからよ！」

「火をつけろ!!　火をつけろ!!　火っをつっけろっ!!」

古（いにしえ）の時代、支配者たちが争う戦場では必ず何も持たざる庶民が見物し――決着がついた後は竹槍（たけやり）や手製の武器を手に敗残兵を狩っておこぼれに与（あずか）ったという。

近代において再現された、戦場のハイエナ。肉眼とＷＥＢカメラの違いこそあれ、富裕層と最底辺がバリケードを挟んで同じように、血と暴力を娯楽としていた。

「あたしが言うのも何だけど、このクソ民度見てると命がけで守る価値あんのか疑問だわ」

「価値はあるさ」

京東(キヨウトウ)バブル、バリケード至近のカジノ。金持ち向けらしいシックなデザインの建物に雲が奔(はし)る。馬鬼娘(ウマオニムスメ)と人狼(ワーウルフ)、ふたりを抱えて盛り上がった入道雲は屋上に着地し、戦況を見渡して。

「警備員は高給取りだ。死亡時には保険金も下りるし危険手当もつく」

「オレらにゃ両方ねえけどな」

「ああ見えてエリート様ってことかしら。つーか意外とキッチリ守れてんじゃない？」

入道雲が像を結び、霞見零士(カスミレイジ)が現れる。その傍(かたわ)らに並ぶ頼山月(ライサンゲツ)と賣豆紀命(メズキメイ)、現在この特区で最強の暴力を持つ怪物トリオは、加速し続ける戦況をそう分析した。

「バリケード越えてないし、警備員の死人も出てなさそうだわ。放(ほ)っといても大丈夫そう」

「社長の受け売りだが——何かで仕切られた空間は、胡散臭(うさんくさ)い界隈(かいわい)で言う《結界》らしい」

堅固な城壁でなくとも、ロープなどで仕切った空間でもかまわない。

来るな、入るな、そういう意思を示すことで結界は成立し、設計段階から魔女と魔法使いが関わった特区内特区は霊的防御が施された魔術的要塞としての側面がある、と。

「クッソ胡散臭(うさんくさ)いわね」

「俺もそう思う」

端的な断定。その後、零士(レイジ)は新たな気づきを口にした。

「敵……《とんからとん》の動きが悪いな。統率が取れてない、デタラメに暴れてるだけだ。プレイ無料スマホゲームのタワーディフェンスみたいに、手近な防壁に突っ込んでる」

怪異サプリの最大の欠点。使用者に異能を与える代償。

「キマり過ぎて酔ってるな。まともな判断力を失っている――逆に厄介だな。勝ち筋が無いと判れば退くところを、あの調子だとくたばるまで突っ込んでくるだろう」

「つまり、どうすりゃいい？」

「化け物どもを逃がさず、突破させない。そんな法則だ」

戦いの基本、幾千年前の生存競争から続く共通理念。

「時間さえ稼げばあいつらは自滅する。月と命は前線へ、刀に注意しろ、掠り傷ひとつ負うな。俺がここから大技をぶち込むまで、正面を突破されないよう防いでくれ」

「それはいいんだけど。……何だか、ヤバそうな感じ！」

「……うっわあ……おいおいおいおいおいおい⁉」

夜景の奥、正門前に固まった怪物どもの群れを指す命、目を丸くする月。

まるで要塞に突撃する古の騎士。10人単位で固まった半人半車の《とんからとん》が、刀を背中の鞘に納めて神輿のように何かを担ぐ。それは――

「オレああいうの……映画で観たことあんだけど⁉」

仮面舞踏街は工事が多い。建物の破損や廃墟の崩壊、リフォームから修理まで。あちこちに点在する工事現場から、抵抗する作業員を振り切って持ち出したのは、特大の脚立だった。

足を乗せるステップに腕を通し、数人がかりで担ぎ上げる。人肉エンジンが唸り、タイヤが凄まじい擦過音を立てて、ロケットのように急加速しながらブッ飛ぶ、それは！

「即席の破城槌……あれでシャッターを破る気か？」

「たぶん。昔のイケメンヤンキー映画で観たわ、オレ。マジでやる奴いんのな⁉」

「面白そうね。終わったら観るわ、あたし」

呆れに驚き、感嘆まで混ざった複雑な感想。凄まじい激突音、シャッターが歪む。

バリケードが激しく揺れて、上部に陣取った警備員たちが落ちないように身を屈める。その隙に激突で砕けた骨や肉を再生しながら、脚立を抱えた怪物どもは離脱していった。

「距離をとって再突撃か。続くとまずい、止めろ！」

「あいよ‼」「っしゃあ‼」

零士が号令するや、人狼が跳んだ。一拍遅れて馬蹄が轟き、命も屋上から跳んでいく。

ふたつの人影が夜景を跳び越え、放物線を描いてバリケードの奥へ落下した。常人ならほぼ自殺、全身骨折か打撲で即死も有り得る衝撃を、ふたりの幻想種は自前の足で受け止めて。

間髪入れずに跳躍。ビルとビルの間を渡りながら、最前線へ——

「「「「んぐ‼　んご‼　んんごぐ、ごん‼」」」」

「「ッしゃああああああああああああ‼」」

その差、100対2。自分自身を鼓舞する絶叫と共にただふたり、人狼と人馬は突撃する。大剣の如く掲げるバス停標識、アスファルトにU字を刻む必殺の馬蹄。

群れなす怪異(カイイ)の斬撃、斬撃、斬撃の嵐。高速で突っ込んでくるバイク騎兵の突進を潜(くぐ)り抜(ぬ)けるように躱(かわ)しながら、一切怯(ひる)むことなく前進。その間にも後方——守るべき拠点からは銃撃、誤射など一切気にしない機銃や爆弾の掃射。身体(からだ)スレスレを弾丸が貫くショック。

恐怖を塗り潰す闘争本能——アドレナリンで滾(たぎ)る意識。

「だありゃあああああああああああッッ‼」

「「がごぎぐ、げッ⁉」」

独楽(こま)のように人馬(ケンタウロス)が廻(まわ)る。いわゆる胴回し回転蹴り——浴びせ蹴り。飛び込みながら両手で己を突き飛ばし、バネのように何度も跳ねながら蹴りまくり、突き進む！

空き缶のように吹っ飛ぶ半人半車、スピードと加速の優位をも弾(はじ)き返(かえ)す幻想。次々と敵を撥(は)ね飛(と)ばしながら、その蹄(ひづめ)はもちろん脛(すね)までが鮮血と肉片で長靴のように赤く染まった。

「オラオラオラオラオラオラオラオラオラァァァァァッッ‼」

真横を駆ける人狼(ワーウルフ)の暴力。バス停標識を支えるコンクリートの重石(おもし)を鈍器に使い、パイプがひん曲がる勢いで振り回しながら叩(たた)き潰(つぶ)し、突き進む。群れを突破した先の目標目指して。

突っ込んでくる即席の破城槌(はじょうつい)——脚立(きゃたつ)を抱えた怪物どもの猛突進。まるでひとつの塊、速度を帯びて転がり落ちる岩石か、砲身を突き抜ける砲弾の如(ごと)き襲撃に、挑む。

「オオオオォォォ……オオオオォォォォォ……‼」

軋(きし)む紐(ひも)。怪物どもの縫い合わされた唇が、今にも千切れんばかり。

奇声と共に特攻する半人半車。袈裟懸けに振り下ろされる刀、野生の直感で軌跡を見切る。バス停標識で弾く——キン、寸断されるパイプ、突き抜ける白刃。いつもならそのまま斬られる。人狼の再生能力ならまず死なない——むしろ身体で刃を止めて反撃するフラグ。

(喰らったらやべぇ!!)

だが今回はそれが許されない。当たり前の人間のように、斬られれば怪異化、死ぬも同然。全身の毛がぞわりと逆立つ。恐怖、怖い、死を感じる、心臓がバクバク弾ける、けれど。

「ツカアアアアアアアアア!!　めっっっちゃ、生きてッぜえ!!」

「どぉんッ!?」

ギリギリの見切り——刃との距離1ミリ未満。ふさふさの被毛がぞろりと剃れた。バス停標識を捨てて身をよじり、跳躍。手近なビルの壁面で三角跳びを決め、突き刺すような蹴り。

深々と頰に突き刺さる人狼の蹴り。唾液と折れた歯が散らばり、唇を縫った糸がほつれて、ぎりぎりまで細く伸びた。倒れた怪異の頭を踏みつけながら、月は夜空に叫ぶ。

「アオォオオ——……ンッ!!」

勝利の遠吠え、人狼の勝鬨。スモッグに煙る月光の中、銀の被毛が美しく映える。破城槌を抱えて先頭を走っていた怪物が転倒、強烈なブレーキが仲間を巻き込む。

転倒。回転。衝撃。ネット上に転がっている事故動画めいた大クラッシュ。半人半車どもは猛スピードのまま車道を転がり回り、仲間をさらに巻き込みながら激突した。

そのさまを見下ろす少年――霞見零士（カスミレイジ）。

散らばっていた敵が検問前の通りに集中した、このタイミング。破城槌（はじょうつい）が転倒、ほんの一瞬群れが停（と）まるチャンス。群衆の制圧、範囲攻撃は霧の怪物（ブロッケン）たる異能の得手とするところ。

（……だが、何を使う……!?）

チャンスは一度だ。散開したり、高速で移動し続ける相手は捉え切れない。霧という本質が変わらぬ以上、そのスピードは風任せ。凝縮した射撃技ならその制限を超えられるが、今度は広範囲に弾幕を張れるほどの密度が出せない――仕留めきれず、半端（はんぱ）に終わる。

（射撃系はだめだ。毒の類（たぐい）も効く気がしない）

霧を変化させた化学物質による麻痺（まひ）や催眠は、正常に作動するまともな肉体にのみ効く。

闇サプリで半端（はんぱ）に変わった幻想種（ファンタビ）もどきやごちゃ混ぜの化け物と違い、《とんからとん》は宿主からして幻想種（ファンタビ）にして太古の怪異（カイイ）、妖怪（ヨウカイ）の類（たぐい）だ。神秘が濃すぎてまず効かない。

（半端（はんぱ）な拘束も無駄だ。車並みのスピードで駆け回る馬力――ぶち破られる）

壁や地面に敵を貼りつける粘着系や、動けないよう縛る拘束系も無意味だ。皮や肉、手足を無理矢理千切れば自由になれるし、それをためらうほどまともな生物でもない。

（なら――これだ）

ポケットを探る。シャツの胸ポケットに入れたままのスマホが放つ柔らかな熱、スピーカーの向こうで待っている仲間のために、そして多少可愛げが減ったものの、唯一残った家族のために。

柔らかな毛の感触――ハムスターのおしり。楢崎の意識が届いていないせいか、純粋な動物そのものの仕草で、入って来た零士の指をふんふんと嗅ぎ、はむはむと甘く噛んでくる。

可愛い。愛らしい。心地好い。……だから!!

「俺は死ねない。死なない。繋がっているあいつと――家族のために!!」

心が奮える。だから戦える。辛さ、苦しさ、世界の理不尽に耐えていける。

叶えたい夢が、一緒に過ごしたい人が、見届けたい未来がある。霞見零士という人に化けた怪物が抱えた、これだけは譲れない大切なもの。眩しくて眩しくてたまらない――!

「《傷黒牢》――奥伝《剣葬》!!」

零士が跳んだ。その全身が黒の雲海となり、雪崩れ落ちるように検問前に固まる怪異を包む。

光を奪い、視界を塗り潰す漆黒の渦。罅割れたアスファルトの路上、捩れたガードレール、廃墟の壁やあちこち千切れた電線、半人半車の怪異や人狼人馬の足元を――すり抜ける。

「これ……あの時の!?」

命が目を見張る。かつて《轢き逃げ人馬》を捕らえた技、だがスケールが遥かに大きい。

形のない何かが足元をすり抜ける感触――冷たくない水、爽やかさのない風のように、艶のない黒が蛇のようにうねりながら、バネ仕掛けの罠のように突然、跳ねる！

「「「んご――――………ッ!!」」」

完璧な敵味方識別。

月や命には傷ひとつつけることなく、あらゆる立体物の表面を這う二次元の蛇が、黒の影が剣の如く鋭い刃と化して、ありとあらゆる方向から雨霰の如く怪異の群れを刺し貫いた。

「んぐ!!　んが!!　んごがら、ごん!?　ごごごごごごごご……!!」

貫通した黒の剣は、立ち込める黒霧に溶けてふたたび蛇となり、標的へ戻って剣に還る。

放った弾丸がそのまま銃へ戻ってふたたび撃たれるような理不尽、文字通り無限の弾幕包囲。

剣、剣、剣が路上に突き刺さるさまは、まるで墓標ひしめく黒の墓地――……

「……ッ!!」

「動くな命ちゃんッ！　危ねェ!!」

命をかばい、月が強引に彼女を抱えて身を縮めた。

渦中、彼らだけを避けて黒の剣が乱れ飛ぶ。どれほど刺そうが突こうが斬ろうが、怪異たる本質を傷つけることは叶わない。水面の月を斬るように、本質は一切ノーダメージ。

だが――

（乱れ続ける水面には、月が映ることもない……!!）

霧化した零士（レイジ）にとって、それは無呼吸で連打を続けるのと同じ。開始2秒で肺が潰れそうな痛みを覚え、5秒もすれば散逸した意識が乱れ、伸びれば伸びるほど激しくなる。

「「「「ガガガガガガガガ……!?」」」」

それでも止（や）めない、止まらない。幸い幻想種（ファンタビ）たる彼にとって、無呼吸のまま動いたところで死にはしない。耐えるかぎり、苦痛に耐え続けるかぎり黒法（コクホウ）の奥伝（オクデン）は継続し、足止めは成る。

砕け散るゴシックの影。射出された剣は次々とガラスのように砕けて溶け、新たな剣となる。檻（おり）にして剣にして罠（わな）、拘束と継続ダメージに特化したそれは、およそ10分間続いた。

（やば　い）

思考がばらける。意識が拡散する。脳がほぐれて真っ白になる感覚。

何かを忘れた気がした。狭いキッチンに置いてある冷蔵庫の中身が思い出せない。ご馳走（ちそう）になるはずだった美味（うま）い料理の名前は何だったのか、記憶にない。すべてのものを刺し貫ければ楽なのに、どうして物陰のふたりを自分は必死で避けているのか、思い出せない。

（おれ　が　おわ　ゆ）

極限に近い継続意識。零士（レイジ）の黒い髪のパーセンテージが、白髪を圧倒して増す。

完全な黒に傾けば、自分が保てなくなると理解している。行きつく先は恐らく、踏みつけたラムネ瓶のような燃えないゴミ。バラバラに割れて壊れた、残骸だ。

――それでも。

『嫌よ』

霧に包むように守ってきたスマホが震えて、声がした。

『受け取るいわれがないもの。ただの学生がＣＥＯとか、務まるはずがないでしょう？』

声の主は誰だったか、零士には思い出せない。だが黒い髪で、たまに振り返った時の顔、驚いたような、嬉しいような、ふとした笑顔が好きだった気がする。

（そうだ、似ているからだ）

とっくに失ったもの、最後に残った尊いもの、これだけは忘れられない面影に。

（一花――……蛍!!）

霧に包まれたハムスターの温もりと、スマホから届く声が、意識と記憶を繋いでいた。

（そうだ。忘れるはずがない。忘れてたまるか。柿葉蛍。あの女。面白いやつだ。まだやる、やるべきことが残ってる。あいつのおごりで食うんだ、フルーツタルト）

甘いケーキは、未来への約束。

（もう食べられないあいつのために。あいつと一緒に、俺は――……!!）

霧に溶けた奥歯を食いしばる。誰にも聞こえないぎょりっと擦れる音、歯が罅割れる激痛が、今だけは愛おしい。痛みを感じているうちはまだ生きている、自分がまだ存在している。

『――だから、就職ではどうかしら？』

蛍の声。莫大な遺産が絡んでいるとは思えない――……バイトのシフト調整じみた調子。

『あなたの代理としてサプリの原液を造るから、お給料をちょうだい。私、お金があまり無いからバイトを探そうと思っていたし、ちょうどいい気がするわ』

『……莫大(ばくだい)な財産をあげると言っているのに、バイト？』

聞き慣れない声がした。どこか蛍(ケイ)に似た、けれどももっと掠(かす)れた声。

『本当に必要なものは、お金で買えないから。友達とか、健康とか、時間とか』

『今の子は悟ってるわね……。もったいないから貰(もら)っておこう、くらい思わないのかしら』

『悟ってるわけじゃないわ。お金は欲しいけど、知らない人の遺産とか、ただの呪いでしょう。死にゆくあなたが生きていく私を縛ろうとしているだけの、見えている罠(わな)』

　死にゆく者にするとは思えないほど、容赦のない指摘。

『だから、お金はいらない。呪いがかかった財産より、もっと大切なものを継がせて欲しい』

『……それは、何かしら。私が持つ大切なものなんて、残っていないと思うけれど』

『あるわ。この街よ』

　スピーカーフォン越しに聞こえる、カーテンを開く音。

『このドブみたいな汚い街を貰(もら)うわ。管理社会のゴミ溜(た)めでしか生きられない人のために、私や霞見(カスミ)くんや頼山(ライサン)くんや命(メイ)さんが暮らせる、居心地のいい空間を守るために』

『……そのために、魔女を継ぐつもり？』

『わかっていないわ。権力も、富も、あらゆる力も無い、ただの女の子が魔女になる……。その意味が何も、わかっていない。たちまち貪欲な社会の泥に呑み込まれるだけ――……』

掠れた声の意味が、何となく理解できた。

莫大な金が動く。遺産を巡る争いだけではなく、街どころかこの国を裏で操るような、巨大権力の渦。そこで働く海千山千の悪党ども、権力者、金持ちどもが群がってくる。

柿葉蛍――甘い甘い、無防備なケーキ。蟻どもは白いクリームを食いつくし、彼女を汚して腐らせる。守ってくれる保冷剤も、箱も、ショーウィンドウも無いのなら。

「……俺が」

スマホのマイクに、彼女と繋がった電話に。

「俺がいる。俺が、俺たちが、守る……!!」

『あら……聞いていたの？』

零士の言葉を聞きつけたのか、電話の向こうの知らない誰かが、興味を惹かれたように。

『楢崎くんのところの子ね。古い幻想種……《寮》に抗った祟り神の末裔。あなたにこの子が守れるのかしら？　お金も地位も力もない、ただ強いだけの怪物に』

答えはひとつで。

「蛍が、俺に仕事をくれるのなら」

考える必要すらなく、想いはすぐに迸る。

「俺はそれを果たすだけだ。やりがいのある仕事、果たす価値ある使命、結果としての報酬。

それは怪物じゃない、俺だけに……人間にだけできる、ことだから！」

口にするたび意識が覚醒する。

薄れかけていた記憶が蘇る。記憶が励起し、繋がっていくのを感じた。

黒髪が白く変わり、陰陽の天秤が釣り合う。家のキッチンの冷蔵庫の中身――昨日の弁当の、作り置きのおかずの残り。食べる予定だったご馳走――最高級の焼肉。

ふたりを避けている理由、友達だから。確信が人間性を回復させ、痛みがわずかに和らぐ。深海の底に潜っている最中、ただ一度だけ深呼吸が許されたような安堵感。

『ふふ、ふふふ……』

電話越しに笑い声。

『面白い子ね、楢崎くん。執行部にスカウトしたかったわ』

『忠誠心の足りないバイト君なので止めた方がいいですよ？　小学校中退なので』

イラッとくる――クソ社長。怒りがさらに人間性を戻していく。

『期限は私が高校を卒業するまで。できれば大学も出たいけど、高卒でも妥協する』

最低、あと1年半弱。期限を切る声は、柿葉蛍。

『それまではバイトで、その後はあなたの会社に就職するわ。それでどう？』

『……まるで面接ね。遺言にしては、楽しすぎるわ』

『そのくらいが丁度いいでしょう。あなたは死ぬけれど、私たちは生きていくから』

だから、と蛍（ケイ）は短く切って。

『後は任せて。——おやすみなさい、《お母さん》』

『……ありがとう。……——ああ、とても、気持ちよく、ねむれ——……そぅ……』

スピーカーの音声が途切れゆく頃。

10分の壁を超えて、剣の牢獄（ろうごく）が続く中。

囚（とら）われた怪異（カイイ）、百の半人半車が震える、咆（ほ）える。唇を結んだ糸、果心（カシン）が結んだ呪縛が切れて、膨れ上がった怪異（カイイ）の法則が、限界まで踏み倒された代償が、破裂する。


「「「「とん　から　とん　と　い　え　——……!!」」」」


法則に基づいた要求に、黒い霧が凝縮する。

像を結ぶ零士（レイジ）の姿。身を潜めていたふたり、人狼（ワーウルフ）と馬鬼娘（ウマオニムスメ）が、まったく同時に顔を上げる。

並ぶ3人。我慢しつづけた言葉、怪異（カイイ）の要求を満たす破滅の言葉を。


「「「とん　から　とん!!」」」

「あぎゃああああああああああああああああああああ!!」

区切るような叫びが届いた瞬間、怪異が去った。

悶える百の怪物たち。その像がぼやけ、薄くなり、消える。警備員や通行人が変じた怪異も徐々にヒトの輪郭を取り戻していき、死屍累々と横たわっていく。その中でぼろぼろに傷つき、傷だらけの真っ赤な両生類――……河童の成れの果て、本性を現した禿髪が嘔吐した。

「げろげろげろげろ……ぐえええええ!!」

吐き出される黒いもの、怪異が宿った汁。血と体液にまみれた包帯の屑や錆びた刀の欠片、パンクした自転車のタイヤやスポーク――本来人体に収まるはずのない圧縮された伝承。

「かし……んっ……!! うらむ……わしは……あぁ……げ……ッ……!!」

末期の言葉は、ただ恨み言のみ。

動かなくなった妖怪は、ぐちゅりと潰れる。身に着けていた服や持ち物すら残らず、酸でも浴びたように黒く焦げ、じゅくじゅくと膿みながら溶けていった。

後には何も残らない。ただ生存者たちの呻きと、そして。

「お腹空いたわ。焼肉喰いに行こっか……オゴるわよ?」

「それ、社長のタダ券じゃん。……つーか、よくこの状況で食欲あんな……!」

「怠い。頭がぼうっとする……。食ったら吐くぞ、俺は。どんな高級肉でも……!」

けろりとした面持ちの命、息も絶え絶えで転がる月と零士。

3人は輪のように転がりながら、耳をつんざくような警報を聞いた。遠くと言うほど離れてもいない距離、シャッターが開く。武装警備員が救護を開始する気配、サイレンの閃き。

「だめだ、ねみぃ。……落ちるわ、おやすみぃ……」

「あたしも限界だわ……。ここで寝ちゃうと、起きたらエロいことされてたりするかしら……」

「しない、はずだ。たぶん、しないと思う。……きっと……」

薄れゆく意識の中、近付いてくる軍靴の音を聞きながら——

3人の怪物たちは、力尽きたように眠った。

＊

同時刻、ＢＴ本社執行部管理フロア——。

「泣かないの？」

「大人はね、こういう時素直に泣けないものさ」

ベッドに横たわる女性の亡骸が、静かに崩れていく。

覆うようにかけたシーツに血が滲む。硬質化した皮膚が割れて粉々に砕け、中の組織が零れた。その無残な死を、呪われた末に迎えた最期（さいご）を看取（みと）り、送り出すように楢崎（ナラサキ）は言う。

「最初は腹立つだけだったんだけどねえ。一緒に会社を立ち上げて、色々遊んでる間にさ……まあ、愛着みたいなものが生まれちゃったのさ。つまるところ、悪い女に引っ掛かったんだネ」

「亡（な）くなったひとを悪く言わない方がいいわ。器が小さくないかしら」

「そうだね、そう思うよ。まったくもっと元気で、憎まれまくったまま世に憚（はばか）ってほしかった。それなら心置きなく文句も言えたっていうのに、結局いなくなってしまうんだから」

涙は無い。柿葉蛍（カキバケイ）には想像もつかないほどの長い歳月、この男は生と死を見てきたのだろう。

不老不死――大切なすべてに置いて逝（ゆ）かれ、自分だけが取り残されてゆくとしたら、それは。

「《寮（リョウ）》の人たちだったかしら。魔法使いが引きこもった気持ち、判（わか）る気がするわ」

「そうかい？」

「ええ。ほんの少し話しただけの人が逝（い）ってしまっただけでも辛（つら）いのに、家族や友達がみんな先に逝（い）ってしまったら、私だったら耐えられないから。――独りの方が、ずっと楽」

「だから、同じ……不滅のものだけの世界に、逃げ込んだと？」

「きっとそうじゃないかしら。けど、それもやっぱり辛（つら）いと思うわ。だって百年後も千年後も何も変わらない、ずっと同じひとたちと暮らすわけでしょう？」

それはきっと、終わりなき世界（ジゴク）。

「好きな人や、大切な人に飽きるのって、辛いから。きっと……青い鳥は、どこにもいない」

童話を引用して、柿葉蛍は告げる。

「私たちは生きるしかない。どんなに不完全でも、残酷でも、醜くても、汚くても……。生まれ落ちたこの社会で、やっと出会えた大切な人たちだけを縁にして」

「詩人だね。その通りだよ、ああ、まったくその通りさ――……」

最後の囁くような呟きは、亡くなった誰かの名前のようで。

柿葉蛍は、少し不満げに兎耳をひくつかせた。

「聞こえなかったわ。あのひとの名前、知りたかった」

「悪いが、僕と彼女だけの秘密なんだ。僕らは名を交わし、契りを結んだからね」

「そういうものなのかしら。田舎の風習って、難しいのね」

「魔法使いの契約を田舎の風習でまるっと納得されるのって引っかかるなあ……。もっとこう神秘的な感じにならないかい？　いささかロマンが足りないってもんじゃないよ、君」

「ロマンとか幻想とか、そういうのはお腹いっぱいだから」

ぶれず揺るがず、きっぱりと。

「現実的に生きることにしているわ。――文句ある？」

「無いよ。さて、それじゃこれからよろしく頼むよ、バイト君」

差し出した手を軽く握り合い、契約は成され。

仮面舞踏街（マスカレード）、夏木原（ナツキバラ）。混沌（こんとん）と無法の官製スラムは、新たに生まれ――変わっていく。

跋文

最果ての泥、芽吹くもの

Ending:
The farthest mud,
the one that sprouts

BT本社ビル、最高役員会議——。

「CEOの急死による株価下落にも歯止めがかかり、我が社はひとつの節目を迎えた」

はち切れんばかりの筋肉、スキンヘッド。屈強な体軀(たいく)を高級スーツに押し込んだ壮年の男、警備部長の発言により、《七大部門》の長が揃(そろ)う最高意思決定機関の会合が幕を開けた。

BT本社が誇る私設警備部隊、実質国防軍。人獣(ニンジュウ)化した兵士による戦闘カリキュラムをいち早く実用化した企業最強戦力を束ねる警備部長は、燦燦(さんさん)と眼(め)を輝かせている。

「今後も我らはひとつのグループとして結束し、この国のみならず海外にまでシェアを広げ、より発展すると共に人類救済の義務を担(にな)うべき。そうだろう、諸君！」

「目的は共通している。けれど実行者が違うのではなくて？」

大円卓に着く7名のうち、口を挟んだは法務部長。20歳——元華族、財閥令嬢。社内と社外の法務トラブルを一手に担(にな)い、傘下(さんか)に広報部を従える本社外交の要。

「わたくしが協力を誓ったのは前CEO。《魔女》ならざる者がCEOなど、片腹痛くってよ？　筋肉で解決できる限度を超えていますわ、ほほほ……！」

『くだらん煽(あお)りを入れるべきではないな、法務部長。我々は冷静に話し合うべきだ』

技術部長——唯一のリモート参加者、大円卓に設置されたウィンドウに映る黒い影。

『我々技術部の海洋開発プラント建設は順調に進捗している。その要と言える海洋型サプリは懸念(けねん)だった安定性も克服され、海洋哺乳動物への変化率が7割を超える段階に至った』

巨体――およそ3メートル強。金槌めいた黒い頭は、マッコウクジラ。海を再現した超大型プール内で悠然と泳ぐ《技術部長》は我が身で最新サプリを試す人獣であった。

『近年は排他的経済水域における海洋資源開発において他国との軋轢が増している。社内の結束とシェア拡大には賛同するが、油断すると足元を掬われる。用心すべきだ』

「経理部から申し上げますと、現体制における経費の無駄遣いは目に余ります」

経理部長――痩せた老婆。唯一の和装、骨董品の算盤と最新のタブレットを同時運用。レンズの尖った眼鏡をかけた狐目が、鋭く威圧的に光る。

「特に警備部への投資効果は最低と言っていいでしょう。技術部からの資材流出を未然に防ぐこともできず、捕捉した犯人逮捕、排除もままならない。傘下企業の活動に横槍を入れてこれなのですから、予算を割く価値が無いと言わざるを得ないのでは？」

「我々の仕事は妖怪退治ではない！　あくまで対人、対社会戦を前提としたものだ」

警備部長は悠然と、しかし明らかに痛いところを突かれたのか、矛先を変える。

「流出に関する責任は技術部および内通者を出した総務部の失態だ。担当外だよ」

「総務部の件に関しましては、実質総務を統括している人事部の失態でもあります」

黒いスーツに金の髪。美貌をビジネスに落としこんだエリートの風情。蜂蜜色の髪と石膏の肌を持つ、あたかも生きた彫刻のような美青年、人事部長が嘆息する。

「ですが正直なところ、単なるヘッドハンティングや産業スパイのみならず、魔術的干渉や洗脳、使い魔を介した諜報(ちょうほう)行為は手に余ります。監査部長代理、および顧問はどう思われますか？」

「……ごめんちゃい？」

「監査部長代理はこう言っているよ。――現在鋭意調査中、とね？」

七大部門。ＢＴ本社を統括する最高頭脳、大円卓に並ぶ7席のひとつ。

監査部長の席にちょこんと座る銀の少女、その隣にパイプ椅子を持ち込んで図々(ずうずう)しく座った似非(えせ)ダンディ、関連子会社《幻想清掃(Fantastic Sweeper)》社長、楢崎(ナラサキ)は言った。

「監査部長は幻想、怪異(カイイ)を含む試作サプリ、そして《基剤(エリクシル)》の外部流出の責任を取って現在、自宅にて謹慎中だ。代理として《贋造嬰児(フランケン・ベイビーズ)》統括端末鬼灯(ホオズキ)ネル、外部顧問楢崎(ナラサキ)がお答えする。犯人である《寮(リョウ)》の呪者(ジュシャ)は2名、うち1名は憤死。残る1名は現在も潜伏中だ」

「憤死……？」

その言葉に違和感を覚えたのか、法務部長が手元の端末、電子化された書類をめくる。

「先の事件において、そちらの担当者が撃退。被疑者は死亡したのでは？」

「幻想だの怪異(カイイ)だの妖怪(ヨウカイ)だのは滅多に死なないからね。実体を保てなくなることは多いけど、その間際(まぎわ)に他者を強く呪った場合、念として残るケースがある」

たとえばそれは古(いにしえ)の伝承における殺生石(せっしょうせき)――朝廷に潜伏した九尾(きゅうび)の狐(きつね)が軍勢に追われ、我が身を石に変えて毒気を放ち、大地を呪いで汚染した事例の如(ごと)く。

「該当幻想種（ファンタビ）《禿髪（カブロ）》も末期（まつご）、その状態となった。死後の念、呪詛（ズソ）対象はＢＴ本社および関連子会社の備品を含む社員ではなく、社外の人物だろうと予想される」

「つまり……どういうことですの？」

「仲間割れ、じゃないかなあ。人を呪わば穴二つ、敗れた呪いの矛先は術者に還（かえ）る。潜伏中の容疑者、通称《果心（カシン）》は駒とした《禿髪（カブロ）》の呪詛（ズソ）を受けているはずさ」

「犯人は死んでいると？」

「そこまでは期待できないな。ただまあ、当面の間積極的には動けないはずさ」

警備部長の念押しをさらりと返す楢崎（ナラサキ）。大円卓にどよめきが走る。

「では《寮（リョウ）》の干渉、テロ警戒特別態勢は解除できるのだね？」

「その判断は警備部（そちら）の責任かな。ただ《寮（リョウ）》は現世と隔絶した集団だ、尖兵（せんぺい）とも言える禿髪（カブロ）や果心（カシン）の無力化を観測していれば次を送って来るだろうし、それがいつかはわからない」

「曖昧な答えだ。……これだからオカルトは嫌いなんだ！」

「確実性が無く属人性がメチャクチャ高い点には同意するね。だから科学と社会に負けたのさ」

『警備部長、および外部顧問も落ち着きたまえ。ともあれ現在、外部から襲撃を受ける可能性は低い。ならば我々がすべきは現体制の立て直し、怪物（モンスター）サプリ生産体制の再確立だ』

端末にアップで映るマッコウクジラの示唆。

ＢＴ本社の権力の源泉——パンデミックを抑制する唯一の手段、《死の呪い》対抗ワクチン。そして根絶に至る手段《怪物サプリ》製造の要、ＣＥＯの死はその前提を覆すものだ。

『幸い七大部門外にその事実は知られておらず、最高経営責任者の死も一般企業におけるそれとほぼ同等の混乱で収まっている。株価下落に歯止めがかかったのもその点が大きい』

「経理部として技術部に質問します。現在確保している《基剤》で現生産体制を継続した場合、代替品となる薬品の開発に至るまで維持することは可能ですか？」

『不可能だ。そも基剤の製法は極めて属人的——完全に解明された《怪物サプリ》に至る前の段階において、その製造はすべて前ＣＥＯによる手作業で賄われていた』

つまり。

『秋津洲全島はもちろん、海外にまで展開していた我が社の商品。その根幹がＣＥＯの、職人的手法により生産されていた状態となる。代替品開発は遅々として進んでいない』

「それでは、我が社の解散。……倒産も視野に入りますね」

経理部長の言葉に、強く動揺が走る。ざわめく重役たちの中、ひとり——。

「——前ＣＥＯの遺言のもと、執行部役員補佐代理を迎えるよ。七大部門の承認を」

「楢崎。……外部顧問が執行部人事に口を挟むと？」

「越権行為だとは承知してるよ。けど社内の混乱をすべて解決する一手、そう理解してほしいな」

パン、と楢崎(ナラサキ)が手を打つ。すると隣室で待機していた人物が、ドアの向こうから歩み寄る。

「……学生？」

「バカな、あの仮面は……!?」

こつ、こつと。

硬い床を学校指定のローファーが叩(たた)く。

都立アカネ原(バラ)高の女子制服、清楚(せいそ)な佇(たたず)まいを吹き飛ばす強烈な違和感。鳥をモチーフとした不気味な仮面は、前ＣＥＯが常に被(かぶ)り続(つづ)けた防疫用の仮面……《ペスト医師》。

「本当にこれが役員会議なのかしら。コスプレ大会にしか見えないわ」

「僕もそう思うがツッコミは控えてくれたまえ。キャラは濃いけどみんな真面目だからね？」

仮面越し、わずかにくぐもった少女の声。その澄んだ響きに、役員たちが眉を顰(ひそ)める。

「……子供、それもまだ学生ではないか。執行部役員補佐代理だと？」

「必要な人事だと理解してほしいな。何せ彼女こそが前ＣＥＯの後継者――《怪物(モンスター)サプリ》の基幹部を担(にな)う原材料、《基剤(エリクシル)》を唯一生産可能な人材なんだからね」

「「「「「!!」」」」」

場に再び衝撃が走る。真っ先にそれから脱したのは、先ほども発言した警備部長だった。

「外部顧問、それは本当かね。虚偽の発言は社内裁判の対象だぞ!?」

「僕の首と我が社の全資産、その他諸々(たもろもろ)に賭けて真実だよ。その証拠に、前ＣＥＯのレシピに基づいて彼女が生産した《基剤(エリクシル)》のサンプルデータを送ろう。確認してくれたまえ」

気取った仕草で視線を向けると、傍(かたわ)らの鬼灯(ホオズキ)ネルが指を滑らせる。たちまち各重役の端末にデータが着信し、専門家である技術部長へと彼らの視線が集中した。

数分間の沈黙。水中、逆光にほのかにマッコウクジラ男の異容が浮かび上がる。その巨体に似つかわしい超大型防水タブレット端末を操作する技術部長、次の発言は。

『……このデータが全面的に信頼できるとしたら、先ほどの問題はすべて解決する』

「本当か⁉　国家クラスの予算を投じた技術者や設備でも作れなかったものだぞ⁉」

焦(あせ)り、苛立(いらだ)ち、驚き——混乱を露(あら)わに叫ぶ警備部長。

「それをコスプレ女子高生が可能にしただと⁉　あり得るか、そんな話が‼」

「このマスクなら、バイトの制服だから被(かぶ)っているだけよ。別に趣味じゃないわ」

「……制服。バイト？　ならば外部顧問、お前の趣味か⁉」

「3割くらいは趣味だけど、他は違うよ。君たち七大部門による彼女の取り込みを防ぐため。そう理解してもらいたいな——彼女の素性は原則非公開とし、将来的な入社、CEO就任まで顧問として僕が預からせてもらう。その間、執行部実務は今と同じく最高役員会議で決定し、残存スタッフで執行。彼女は学業優先、基剤(エリクシル)製造のアルバイト扱いとしたい」

「億どころか、兆の利益を生む事業を、バイトの女子高生に委ねるだと⁉」

「女子高生に執着しすぎじゃないかな警備部長。そういう性的趣味でもあるのかい？」

「断じて違うわ不名誉な!!　社会常識的にありえないだろうが、そんな話は!!」

円卓に拳を叩(たた)きつけて咆(ほ)えるマッチョ、警備部長。だが他の役員たちの反応は、静かだった。

「法務部としては、前ＣＥＯのご遺志に賛成しますわ」

「同じ女だからと甘い顔をしおってからに……！」

「性別の問題ではありませんわよ。彼女が基剤(エリクシル)を製造できるという一点のみでも、本社の経営に参加する資格があります。技術部も代案が無い以上、他に手段がありません」

『……素晴らしい』

恍惚(こうこつ)。まるで酔ったように、マッコウクジラの目元が緩む。

『このデータが真実と仮定するなら、新型《基剤(エリクシル)》は前ＣＥＯ以上の純度だ。数百万倍に希釈していた現生産ラインの見直しを図り、最大30％のコストカットを約束しよう』

「より薄めても従来通りの効能が発揮できる……と考えてよろしいでしょうか？」

『その通りだ。これまで技術的に不可能とされた複合型サプリ、副作用が強く実現しなかった昆虫型サプリ、医学的応用による新たな治療法の確立まで、非常に応用性が高い』

「ならば経理部も賛成しましょう。次期ＣＥＯを社内政治に担(かつ)ぎ出す輩(やから)への抑制として、素性の非公開も納得できる。何より新型基剤(エリクシル)による経済効果は無視できません」

しゃら、と算盤珠(そろばんだま)を弾(はじ)く経理部長。そこへ細やかな拍手が場に響く。

「人事部も反対の余地はないかな。新型基剤(エリクシル)の特許権をすぐに申請したいが、名義は彼女か、それとも我が社でかまわないのか。外部顧問と調整の場を設けたいな」

「新型と言っても、レシピは前ＣＥＯのものだ。体調面から彼女には製造できず、お蔵入りになっていたものと考えてくれたまえ。故に特許権は我が社に帰属する……いいかい？」

「ええ」

兆単位の利益をもたらすレシピ。その特許となると想像を絶する額が動く。

莫大な利権が目の前にぶら下がっているにもかかわらず、仮面の女子高生は言った。

「自分で作ったわけでもないものに権利を主張するほど暇じゃないわ。いらない」

「この通り、まだ年齢的に尖った時期でね。お金より大切なものを選びたい年頃なのさ」

「へえ？」

関心を持ったように、人事部長が金髪をかき上げながら尋ねる。

「興味本位で訊くんだが……年間数兆円の利益より優先すべきものとは、何かな？」

「自由」

間髪入れずに、仮面の女子高生は即答する。

「ＣＥＯなんて仮の名前に呑みこまれて、自分の名前すら失うような暮らしじゃなくて――。

私が私のままで居られる時間を貴方たちから買うわ。安い取引だと思ってる」

「……眩しいね。思った以上に理想的で、かつ綺麗な答えだった」

答えを受け止めた人事部長は、苦笑と共に挙手する。

「人事部も賛成しよう。監査は外部顧問に同調するとして、執行部は停止中。残る五大部門、警備部を除く法務、技術、経理、人事が賛成だ。投票に移ろうか」

「……ッ!!」

文字通り、苦虫を嚙(か)み潰(つぶ)したような顔。全身で不満を表す警備部長の前で、残る部長たちが議決を図る。大円卓に設置されたモニターに票が集計され、ＡＩ音声が発表した。

『次期ＣＥＯ、執行部役員補佐代理の就任と雇用契約について賛成多数、可決されました。雇用条件、給与その他の待遇については以後執行部と人事部間での協議となります』

「馬鹿な……!!」

警備部長の呻(うめ)きも虚(むな)しく、居並ぶ役員たちは厳かに拍手を送り。

ＢＴ本社経営陣は新たな人材——謎の仮面ＪＫの加入によって、新体制を迎えた。

＊

「めちゃくちゃおじさんに睨(にら)まれたわ。どうかと思う」

「警備部は人獣兵(ニンジユウ)——怪物(モンスター)サプリを応用した軍事産業で海外進出の予定だったからね。新体制で改めて承認が得られるかどうか判らなくなった時点で、キレるんじゃないかな」

最高役員会議終了後、ＢＴ本社ビル最上階、執行部管理フロアにて。

ぷは、と汗ばんだ仮面を外した柿葉蛍の隣で、楢崎と秘書ネルが傍に控えて言う。

「あまりいい仕事とは思えないわ。警備部長さん、野心家なのかしら」

「海外の情報は我が国ではほぼ入らないが、彼がそういう気になるのも理解できるよ。世界の紛争地域は主だったものでも3桁に及び、パンデミックにより広がった国家間の経済格差を縮めるために暴力的手段に訴える勢力は数多く、人獣兵士の誕生は非常に有益だ」

人獣はとにかく、死ににくい。

防弾チョッキ並に分厚い外皮。雑に縫い合わせるだけで断裂した四肢も繋がる生命力。軍につきものの感染症や病気も無効化でき、傷んだ食料も消化吸収できる臓器を持つ。

「本契約ではないにせよ、彼のもとには諸外国からオファーが殺到しているからねえ。まあ、しばらく焦れた顧客に突き上げを喰らうだろうから、この先少々モメるだろうね」

「とても面倒だわ。おじさんたちの内部事情」

「僕もそう思うよ。けれど君が選んだのはそういう道だ――人事部から契約書類が来てるけど、あとで確認してくれたまえ。給料はいいよ、特別技能手当つきでメチャ高い」

「どのくらい？」

蛍の質問に、こてんと鬼灯ネルは小首を傾げて。

「うちのブラック社員のおよそ１００倍。けっこー、おたかめ？」

「霞見(カスミ)くんたちが安いのかしら、それとも私が高いのかしら。……判断し辛(づら)いわね」

渡された電子ペーパーの内容を確認して、蛍(ケイ)は細い眉をきゅっと顰(ひそ)めた。

「半分は私の実家……養護施設への寄付に回して。それと例の手続きは大丈夫かしら？」

「リフォームその他対応は終わってるよ。ちなみに業者も手配済み、ほぼ終わりだ」

「ありがとう。今後はどう呼ぶべきかしら……外部顧問、それとも社長？」

「どちらでもいいよ。ただ、下の名前では呼ばないでくれるかな」

「そう。わかった」

「珍しく素直だねえ。話が早くて助かるけど」

「人にとって大切なものを侮辱するほど、愚かでも無神経でもないつもり」

それに、と蛍(ケイ)は言葉を繋(つな)いだ。

「実家の養護施設に、多額の寄付があったと聞いたわ。匿名で」

「そうかい？　奇特な慈善家がいたものだ」

「とぼけないで。……前ＣＥＯの遺産から、あなたが寄付したんでしょう？」

「言わせないでくれたまえ、前世紀的にはそれが恰好(かっこう)いいんだから。寄付したーとかＳＮＳでマウント取るのに使うのは、少々野暮ってものだよ」

前ＣＥＯが残した家具――驚くほど質素。業務に必要なもの、神秘の籠もった希少な品々以外、当たり前の量販店でいくらでも売っている、そんなものばかり。

　食器棚のカップを勝手に取り、キャビネットに飾られていた洋酒の封を切りながら、楢崎（ナラサキ）はどこかつまらなそうな顔で、酒精の香りを嗅いでいる。

「どうせ使い道のない金だからね。縁者もおらず、会社に遺（のこ）したところで裏金に化けるだけ。それよりはまあ、宴（うたげ）の始末に回した方がましってものだろう？」

「前ＣＥＯの遺産を財源とする、基金設立の手続きは１か月以内に終わる」

　秘書ネルが読み上げる。莫大（ばくだい）な遺産を運用し、興（おこ）す事業の内容は――

「――仮面舞踏街（マスカレード）内、未登録児童の救済、教育。会計の透明性が確認できたボランティア団体への資金援助、ついでに関連子会社《幻想清掃（Fantastic Sweeper）》への追加投資。やったぜ」

「呆（あき）れた。自分のところにもしっかり入れてるのね」

「必要な資金だよ。ゴミ収集車とか雇用を増やす予定の清掃員の給料とか。人獣（ニンジユウ）は普通の病気にかからないとはいえ、外に持ち出す可能性はあるわけだから、衛生状態の改善は不可欠さ」

「きゅーりょー、あげろ。わたしたち、こーぎする」

「上げる上げるから、尻を蹴るのは止（や）めてくれたまえ。動物たちの待遇も改善するさ。まあ、劇的に変わるとはいかないが、ある程度はね？」

　秘書に尻を蹴られながら、カップに注（つ）いだ蒸留酒をひと舐（な）め。そんな中年男を見上げながら、蛍（ケイ）は冷たい声音で気になった事実を指摘する。

「これから、車で移動する予定だったと思うのだけど。――飲酒は止（や）めて」

「自動運転だから大丈夫だよ。会場も近いからね、すぐ傍（そば）さ」

親指を立てて眼下を示す。

楢崎（ナラサキ）が指した場所――BT本社ビルと同じ金持ち専用特区内特区。

京東（キョウトウ）バブル内、超高級総合焼肉ビル《肉の来世（にくのらいせい）》4階では、ある会合が開かれていた。

＊

「それでは、新会社設立を記念して。かぁんぱ〜〜〜〜〜〜〜いっ♪」

「「「「かんぱ〜〜〜〜いっ!!」」」」

富豪向け超高級料理店の株主優待券による貸し切り個室――店が開けそうな広さ。

赤い絨毯（じゅうたん）が敷かれた部屋、天井からぶら下がる豪華絢爛（ごうかけんらん）なシャンデリア、ガラス細工の花火。壁や柱に施された浮き彫りは何か歴史ある代物のようだが庶民には『凄（すご）い』としか理解できず、金細工や嵌（は）め込（こ）まれた宝玉のリアリティが安カラオケ屋の偽物（にせもの）との違いを表している。

次から次へと料理を運んでくる、思い切りスリットの深いチャイナドレスの女たち。どれも選(え)りすぐった美貌の名残(なごり)を残すセクシーな人獣(ニンジユウ)ばかりだが、客も負けてはいない。

「いや〜〜、まさか新社長が見つかって営業再開なんてスゴいよねっ☆」

「学費、奨学金、借金返済……。最悪パパ活しかないと思ってた。めっちゃ助かる！」

「誘ってくれたベファレンちゃんや新社長もそうだけど、亡(な)くなったオーナーのためにも〜！頑張るぞ〜っ、お〜〜〜〜っ!!」

　気勢を上げるJKバニーたち。《雑巾絞り》事件で破壊されたガールズバー《Pink Press》元従業員の3人娘、アメリカンセーブル、フレンチアンゴラ、ベルジアンヘア。

　チャイナドレスの店員に負けず劣らずの美しさ。はしゃぐ彼女たちの中、乾杯の音頭(おんど)を取っていた大男——スーツ姿のカンガルー男が、ぐしっとこぼれる涙を呑(の)みこんだ。

「本当よぉ。仁義は生きてた……世の中マジ捨てたもんじゃないって思ったわよ」

「ガルーさん、またその話？　もう6回目だけど……」

「何度でも聞かせたげるわよぉ！　私はね、命(メイ)ちゃんの男気にホレたの。わかる!?」

「……いや、当たり前のことしただけだから、それはそれで困るんだけど」

　テーブルを囲む仲間のひとり——

　車椅子の、賣豆紀命(メズキメイ)。怪物(モンスター)サプリは服用しないまま、食事には手をつけずにいる。

「ウチの身内が迷惑かけた詫(わ)びに土下座して、お店を立て直すから手伝ってってお願いした。そんだけの話よ、むしろメチャクチャ迷惑かけたんだから、責められて当然って思ってた」

「そこがいいのよ。あんたは罪をわかってた。その重さも怖さも知ってた」

責められると理解していなかった愚か者でも、罪の重さを知らない世間知らずでもなく。

「覚悟しながら、アンタはアタシにまっすぐ詫びを入れてくれた。その気持ちが心にスーッと染みたのよぉ……！　もう推すわ、全力で推したげるわ、アタシ！」

「ありがとう。けど、あたしは商売のことはわかんない。その分給料弾むから！」

決意を示すようにグラスを掲げて、命。

「火事の後始末、週明けには終わるわ。内装工事とリフォームを済ませたら営業再開するわ。バッチリ稼いでたんまり儲かるお店、作るわよ！」

「「「いぇ～～いっ!!」」」

ノリよくグラスを合わせるJKバニー。だが不意に、ひとりが顔を曇らせる。

「けど、前みたいなことになったらまじつらたん……。変なの来たら、どうしよ？」

「ガルーさんはホストクラブもやってるし、男手マジ足りないよね。そこ怖いかも」

「安心しなさい、用心棒は用意したから。ほら、そこ」

はしたなく、命が立てた親指を向けた先。テーブルにかぶりつく勢いの——

「うんめえええええええええええええええッッ!!　何これ、マジ肉!?　マジで!?」

「……軟らかい。脂が甘い。これが本物なら、俺たちが普段食ってる肉は何なんだ……？」

ひたすら感激して肉を貪る頼山月と、箸でつまんだカルビに愕然とする霞見零士。

普段の食生活――最底辺。いつもの特売品とは桁外れの品質、天井知らずの高級肉に、まるで宇宙人に遭遇したようなギャップを感じていた。

「確かにメチャウマい肉だけど……もうちょっといいもの食べなさいよ、あんたたち」

「安月給で削れるところなんて食費しかないんだよ。禁断の扉を開けてしまった……！」

「どーすんの!? どうすんだよ零士、これ食っちまったら明日から、クソ安畜肉ソーセージの徳用大袋とか食えねえよ!? アレがメインで回してんじゃん、うちの弁当……！」

「……言うな。今はとにかく食え、月。明日のことは明日考える……！」

もはや泣きそう、ほぼガチ泣き。ご馳走をつつく箸を止めぬまま、ふと零士は気づいた。

「そういえば、命。サプリはキメないのか？ この街に馴染む気、あるんだろう」

「そりゃそうよ。けど幻想サプリなんて普段から飲むようなもんじゃないし、それに」

普通の怪物サプリでも、飲めば身体の異常はほぼ解消される。

ただし効いている間だけの、束の間の夢。根本から治るわけでもなく――

「便利すぎると、そっちに慣れるわ。あたしがこうなったってこと、本当はこうだってこと、キッチリ忘れないようにしたいから。オリンピックじゃなく、パラリンピック出るし」

「マジでやんのかよ……。社長業もやんだろ、時間足りんの？」

「当然でしょ。やるかやらないかじゃない。やんのよ」

それはもはや確定事項。ぐだぐだと悩む時間はカット、ただ進むだけ。

「店が軌道に乗ったら人増やして、負担を軽くするわ。それならトレーニングの時間も取れるはず……例のカップルも退院したら雇うつもりだけど、他も探す」

「この街でしか生きられないような人獣を、か？」

「いっこだけ違うわ。人獣じゃない、人間よ。ガワが違うだけで、ただの人間」

それは、外から仮面舞踏街に触れたことで学んだ視点。

「あたしの勝手な想像だけど、この街ってそのために造られたんじゃないかしら。表の社会、管理体制から零れた、はみだした奴らが生きられる、最後のセーフティ」

「ラストチャンス……か」

怪物が人間らしく生きられる場所。

そして人間が怪物に還る場所――。

「少なくとも俺たちは命に心底感謝している。金を貰ったからな」

「正直でいいわねアンタ。結局何に使ったのよ？」

「トイレを直した。風呂が修理できた。お湯を使うと錆水しか出なかったのが、綺麗で温かいお湯に浸かれるようになった。おまけにトイレの詰まりが一気に解消されたぞ」

「ウォシュレットも導入したんよ！　アレまじすげーなー、超気持ちいいじゃん！」

「全自動のドラム型洗濯機もな。これで徹夜明けに洗濯物を乾すという苦行から解放されるし、生乾きの不快感ともおさらばだ。これだけでも感謝するだけの価値がある……！」

「残りは貯金な。学費も何とかなりそうだしよ、安心感すげぇわ～、マジで！」

あまりに慎ましやかな、最低限度の改善に。

「……めちゃくちゃいいお金の使い方だけど、ドン底から底辺に上がった感じね」

「うるさい、上がるだけでいいんだ。俺たちにとっては、それで十分だから」

希望さえあれば。

人間らしく生きられる日常さえ、あるのなら。

「俺たちは、人間に従う。番犬でも殺し屋でも掃除夫でも、何でもやるさ」

「殊勝な心掛けだねえ。それじゃ20連勤くらいイッてみようか、来週あたりから！」

唐突に聞こえた声、ポンと肩を叩かれて、零士は物凄い顔をした。

「……どっから現れたんだ社長。いい気分だったのに、台無しだ」

「愛され社長にこの言い草、反抗期かな？　お姫様をエスコートして来たってのにね」

気配もなく現れた楢崎が、さっさとアルコールで手を消毒しながら言った。迷わず箸をとり、料理をつまむさまに一切の遠慮もなく、零士はげんなりと呻く。

「あんたの顔を見ながら食うと、一気に味が落ちるな」

「社長に対する言葉遣いがさらに荒れてきたねえ。せっかくいい知らせを持ってきたのに」

ひょいひょいと上等の肉をロースターに放り込みながら。

「君の家族は返すよ。今、ネル君たちが連れてきているはずだ」

「何⁉」

零士が弾かれたようにドアを見る。すると、案内役のチャイナドレスに連れられて、制服の少女とビジネススーツの幼女が並んで扉をくぐったばかりだった。

「霞見くん、この子。……自宅で飼っていいそうよ」

「おお……おしり！　おしり〜〜〜っ‼　無事だったのか⁉」

　カラカラカラ、とおがくずにまみれながら回し車を回しているハムスター。包んだケージを持っている柿葉蛍すら目に入らず、零士は食い入るように家族を見つめた。

「使い魔としての接続は残ってる。ぶっちゃけ切ると寿命で死んじゃうからね」

「……それは感謝するが、あんたに俺のプライベートを監視されるのはかなり嫌だな」

「僕だって見たくないよ、そんなの。偶然見たらゲラゲラ笑ってあげるから、そういう時はケージに布でもかけてくれたまえ。世話は自分ですること、エサ代も自己負担だよ？」

「微妙にせこい」

「だから愛されないのね。同じ性格の悪さなら、命さんの方が気前がいい分素敵だわ」

「お金様に全力で釣られてるだけじゃないかね、それ。即物的な友情だなあ」

「金額は誠意だもの。それだけではないけれど、大切なものよ」

　そんなどこかずれた会話を交わしながら、秘書ネルと柿葉蛍がテーブルに着く。

　食事中、ハムスターのケージは店に預かってもらうことになったものの――先の事件を終えた後、仲間たちが落ち着いて顔を合わせるのは、初めてだった。

「柿葉。……後始末は済んだのか？」

「何とか。ずいぶん時間はかかったし、ネルさんや社長にも手伝ってもらったけれど」

前CEOの死に伴う後始末は、容易ではなかった。

「ぶっちゃけた話、君らとは価値が違うからね」

拗ねたような顔でいい具合に焼けた肉をタレにつけながら、楢崎。

「オリジナル人狼、霧の怪物――どちらも戦闘能力のみの評価だ。怪異や幻想種への対抗手段として有用だが、社会的な価値は調薬の魔女が遥かに勝る。ぶっちゃけ兆だよ、兆」

「マジか」

「5千億円とか跳び越えて、兆か……。文字通り桁が違うな、想像がつかん」

「私のものになるお金でもないし、想像しなくて結構よ。ちゃんと始末はつけてきたわ」

今後のBT本社、それも七大部門を束ねる部長たちがどう動くのか？

柿葉蛍にはわからない。馬鹿みたいな仮面をかぶり、素性を隠してサプリを造り、レシピに従って原料を卸すことしか当面できないだろう。そんな彼女は社内のトロフィーに過ぎない。

将来に向けての取り込み、引き抜き……七大部門の暗闘は、既に始まっている。

「ところで君たち、命くんに300万ずつ貰ったんだって？」

「……やらねーからな!?　会社とは関係ないからな!?　今更没収とかナシで頼むぜ!?」

「そんなマジ顔で拒否しても無駄だよ月くん。はいこれ」

焼肉をつまむついでとばかりに、サクッと手渡した紙切れに。

「所得に対し、ぜーきん、かかる。請求は来年。お金、とっといて」

「……あ!!」「げ!?」

秘書ネルの指摘。竦む動物、ふたり。税金――人間なら当然の概念。

闇稼業に浸かった特区では縁遠いものだけに、すっかり忘れていて。

「待って待って待ってネルさん！　オレらにもかかんの、動物じゃん、法的に!?」

「ぷらいどすてて税金いやがるあたり、せこい。口座にお金入れちゃったから、むり」

「現金を電子化した段階で公的に記録されるからねえ。変な弱みを残すより、普通に払った方が無難だよ。現金のまま僕に預けるか、タンスに突っ込めば安全だったのに」

「社長に渡すと返ってこない可能性があるからな……！」

「かといってアパートに置いとくのも盗まれそうで怖かったしよぉ。畜生、税金……！　マジ、こんなに取られんの!?　足りねーじゃん、学費足りねーじゃん、どうしよ!?」

天国から一転、地獄。青くなる人狼と霧の怪物に。

「学費は私も大変だわ。幸い、会社から貰えるお給料で賄えそうだけど」

「蛍ちゃん特待生じゃん。学費家賃生活費その他、無料だろ？」

「全部止めたわ。私はずるいことをしているから。学校の規則を破って悪所に出入りしたり、違法バイトをしている時点で、公的援助を受ける資格は無いと思っているから」

「バレなきゃ問題ないと思うんだけどなあ。細かいこと気にするね、今の子は」

「社長さんたち古い世代は気にしなさすぎよ。ずるはいけないわ、それだけ」

秘密を抱えたままの特別待遇を改めて、ごく普通の学生に戻り。

　これまで受けた援助や奨学金を返済するには——。

「……こちらでの稼ぎをある程度優先する必要がありそう。少し、大変だわ」

「バイトの時間を増やそうってわけね。まあ、アンタなら大丈夫でしょ、頭いいし」

「成績は何とかなるだろうけど、通勤が手間だから引っ越しすることにしたの。前の賃貸から夏木原(ナツキバラ)まで通うのは面倒だし、交通費も時間もかかってしまうから」

　あっけらかんとした命(メイ)に答える蛍(ケイ)。その返答を聞き流した時、不意に零士(レイジ)が気づいた。

「待て。ということは……この街に引っ越してくるつもりじゃないだろうな？」

「意外と察しがいいのね、霞見(カスミ)くん。引っ越し手配済み、同じアパートの隣室よ」

「……はぁ!?」

　驚きについ声が出て、零士(レイジ)はご馳走(ちそう)を食べる手も止めて楢崎(ナラサキ)を睨(にら)む。

「あんたの仕業か、社長……！　あのクソボロアパートは治安も環境も最悪だ。柿葉(カキバ)みたいな極めつきの美人が住むなんて、ストーカーや変態に餌をばら撒(ま)くのと同じだぞ……！」

「そうやってさりげなく褒めるの止(や)めてくれないかしら。本音みたいで恥ずかしいわ」

「本音は本音だしお前は極上の美人だ。死ぬほど綺麗だし変態どもが寄って来る、自覚しろ」

「……いやらしいこと言わないで。セクハラよ、それ」

「そうなのか⁉」

愕然――衝撃。ふいとそっぽを向いた蛍の言葉に、自覚無き少年が震えると。

「護衛も含めて君らの隣にしたんだよ。霊的防御を含むセキュリティの強化はこちらでするし、今後はご近所同士力を合わせてくれたまえ。ちなみに家賃その他上がるけど、よろぴく」

「……大昔のイラッとくる言い回しでとんでもねえこと言いやがったな⁉」

「いくらだ、いくら上げる気だ。共益費だの管理費だの積立金だの引いてるくせに……！」

「必要なお金だよ。今までは温情をかけて僕が負担してたわけだけど、普通の人間として扱うなら今後は普通に貰うことになる。普通に生きるにはお金がかかるのさ」

「金持ちになれたかと思ったのに……！」

「一瞬じゃん。儚い夢じゃん。給料大して上がってねえのに、きっついわー……！」

がっくりと肩を落とす特殊永続人獣たち。特に零士は恨めしそうに。

「……柿葉。正直まともな環境じゃない、引っ越しは止めた方がいいぞ」

「この際、言っておきたいのだけど」

お隣になることだし、と小声で付け足してから、柿葉蛍はじっと彼を睨んだ。

「女性だから守られるべき、というのはステレオタイプな偏見だと思うのよ」

「は？　……ずいぶん話が飛んだな、何を言ってる」

「電話で言ったでしょう？　私を守る、って」

「……ああ」

言われてやっと思い出した。そんなことを言ったような気がする。

朧(おぼろ)げな記憶を辿(たど)り、何故(なぜ)今更そんな言葉を持ち出すのか疑問に感じながら。

「それとこれと何の関係があるんだ？　まったくわからん」

「大ありだわ。――私は守られるんじゃなく、守りたいの」

「……誰を？」

「あなたを。友達を。それと」

柿葉蛍(カキバケイ)は周囲を見渡す。料理を片手にこちらを見ている月(ゲツ)や命(メイ)。

盛り上がっているカンガルー男やＪＫバニーたち、チャイナドレスの店員を呼んで高級酒をオーダーしている楢崎(ナラサキ)や、肉の焼け具合をコンマ秒単位で計測している秘書ネルなど。

仮面舞踏街(マスカレード)で知り合い、共に過ごすことを選んだ人々を抱きしめるように。

「好ましい人たちが暮らす、ゴミ溜(た)めみたいなこの街を。――だから引っ越すの」

きっぱりとした言葉に、もはや反論の余地はなく。

「……引っ越しの手伝いくらいさせてくれるか？　せめて」

「荷物の搬入は社長さんに頼んで業者に任せたわ。荷ほどきだけ手伝ってくれるかしら」

「了解した。……プライベートな物品は専門外だ、段ボールは資源ごみだがこの街だと回収がほぼ来ない。リヤカーでも調達して集積所に直接持ち込んだ方が早いぞ」

「さすがゴミ屋さん、詳しいわね。終わったら約束通り、フルーツタルトをおごるわ」

「ダブルケーキのセットだ。忘れるなよ」


そんな会話を交わしたあと、お互い呆(あき)れたようにクスッと笑い。

どちらからともなく握り拳をこつん、とぶつけ合った。


人獣(ニンジユウ)特区、仮面舞踏街(マスカレード)――夏木原(ナツキバラ)。

超管理社会の官製スラム、はみ出し者の楽園に新たな住人が加わる宴(うたげ)は――華やかに。

束(つか)の間(ま)の笑顔と共に、楽しく過ぎていった。

＊

「お待たー。行こ行こ」

「りょりょりょ。新しくできたカフェ、この近くだっけ？」

「そうそう！　めっちゃデカ盛りのね、どデカパフェがめっちゃ映えるって評判の！」

夏木原(ナツキバラ)駅出入口、特区の表玄関で待ち合わせていた少女たちが、抱き合うように合流する。

着崩した制服、ギャル風のファッション。うまく胡麻化(ごまか)しているが都立アカネ原(バラ)高の生徒、怪物(モンスター)サプリをキメて人獣(ニンジュウ)化し、さらに顔を隠すようにマスクをしていた。

「ゆみ、今日は羊？　妙に似合ってんね、それ」

「えへへー、でしょでしょ？　……って名前呼びなし、偽名使わないとダメっしょ、ここ」

「そだったそだった。んじゃあたし、ひろみで。そっちはゆかね」

「一文字しか違わないじゃん……。そっち何？　馬？　……ロバ？」

「オカピ。……マジ引いた。ふとももほら、しましま」

ミニスカートの裾を軽くめくると、豊かな太腿(ふともも)を包む薄い毛皮に、縞馬(しまうま)模様。

セクシーさに目を奪われた男たちが嫌らしい視線を送る中、少女たちはお互いに腕を組み、まるでデートのような距離感でくっつきながら、目当てのカフェへ歩いていく。

「このへんは外と大して変わんないねー。鉄砲バンバン撃ったりするのかと思ってた」

「たまにしかないって、そういうの。このへんは普通の人も来るトコだから」

「噂(うわさ)の転校生くんとか、つるんでる賣豆紀(メズキ)さんとか優等生ちゃんとかは、アレ？　もっとこうディープなエリアに行ってんのかなあ。んで……エッチなことをしまくってたり⁉」

「あたしに言われても知らんっピ。よそのえろ事情とかどーでもよくない？」

「それだからひろこ……じゃない、ひろみは男の子って言われんだよー。セクシーなのに」

「ゆかは興味ありすぎ。ドスケベ侍」

「んなことないってば、普通だよ～‼　……ってあ、ごめんなさい……！」

腕を組んだまま歩いていたゆかの肩が、通行人に軽くぶつかった時。

「いえいえ、お気になさらず。そちらこそお怪我は御座いませんか？」

「──ひっ‼」


反射的に謝ったゆかの謝罪が、途切れた。

ぶらぶらと歩いていた人影──黒の着物に黒覆面、この街ですら怪しすぎる不審者の装い。

だがゆかが怯えた真の理由は、そんな時代遅れの不審者仕草とは桁が違った。

やたらと澄んだ綺麗な声。黒子姿の不審者でなければそれだけでフラグを立てられそうな、気品すら感じさせる声の源、喉笛にがっつりと回された……赤い腕。

「おや、お嬢さん。《見える方》ですか」

「ひ……え、あ、はい。その、あれ、こわ……なに……⁉」

「ははは、お気になさらず。ちとしくじりまして、友を裏切りましたところ祟(たた)られましてな。隙あらば我が首へし折らんと機を窺(うかが)っておられます。困ったことで」

「……意味わかんないっていうか笑うとこじゃないし絶対、マジで!!」

黒子(くろこ)の背中、おぶさるように乗ったもの——焼け焦げ、皮膚のずる剝(む)けたイボガエル。野球ボールほどもある白濁した眼球がぎょろぎょろと蠢(うごめ)き、黒子(くろこ)の喉笛を吸盤のついた手がまさぐりながら、牙剝(きばむ)く隙を窺(うかが)っている。それは瀕死(ひんし)の蛙(かえる)ならぬ河童(かっぱ)、その亡霊——。

「ゆか、どしたの？　誰もいないけど」

「え？　いるじゃんここに、何言ってんの!?　なんかゾンビみたいなの背負(しょ)った人！」

怪訝(けげん)そうなひろみが首を振る。わざとらしく周囲を見渡すように。

「……やっぱ誰もいないよ？」

「ふえ？」

からかっているわけではない。純粋に、本当に、見えていない。

「はっはっはっ。これこのように」

からかうように笑って、横ピースで映えるポーズを取ってすら。

「ほらそこ、いるじゃん！　横ピ!!　めっちゃ横ピキメてっし!!」

「いや、いないってば、マジ……。そんな面白い人いたらわかるっしょ、さすがに」

認識を阻害し、存在を悟られることなく街を歩く。祟(たた)りを背負(しょ)った黒い男は、友達にすがりしがみつく少女の姿を眺めながら、剽軽な仕草で頭を下げた。

「お嬢さん、それではこれにて失礼をば。この街は魔の都にて、表を外れること無きよう……。裏の街角にて見かけたならば、愉快な遊びにお誘いいたしましょうや」

「……え、えっちなことなら絶対やだし！　好きな人いるし！」

「おやおや残念、ふられましたか。ご安心を、幼子は慈しむものに御座います故に」

ふらりと少女たちの傍をすり抜けて、黒子は悠々と歩き去る。

呆然とその背を見送ったゆかに、きつく腕を掴まれていたひろみが訊いた。

「……さっきからひとりで何してんの？」

「お化け！　今めっちゃお化けいた!!　背中にゾンビ背負った黒いおじさん……お兄さん？　わかんないけど声はイケメンっぽかった！　ちょっと好み！」

「あー」

面倒くさそうな顔で。

「幻覚見たならはよ言うし。……サプリが変な風にキマッた感じ？」

「違うってばあ！　信じてよ、も〜〜っ!!」

わちゃわちゃと騒ぐ少女たち。その喧騒からゆったりと遠ざかりつつ、黒子――七宝行者、果心居士は傷つき呪われた我が身に触れ、耳元で呪いを囁く無念の残滓に微笑みかける。

『おのレ……果心……!!　騙シおったナ……恨めしや、恨めしやァ……!!』

「結構結構、お恨みなされ。呪師(ズシ)たる者に恨みはつきもの、むしろ懐(なつ)かしき心地にて」

愉快に笑いながら、果心(カシン)は街を見上げる。

遥(はる)か彼方(かなた)、輝く夜景の奥にそそり立つ魔都の中枢――ＢＴ本社ビル、鉄花の威容。


「さて。次は如何(いか)にいたしましょうや？」

古(いにしえ)の因果は終われど、呪いは終わらず。

深く、濃く、渦巻くように――街の深淵(しんえん)へと広がっていった。

あとがき

『怪物中毒』読者の皆様、こんにちは。作家の三河ごーすとと申します。人が獣と化す街で、本物の怪物たちが人間らしい生活を望んで生きていく物語の第3巻、お楽しみいただけたのであれば僥倖です。零士や月、命、蛍たちの物語はひとまずここで終わりを迎えますが、あなたの心の中にすこしでも爪痕を残せたのなら彼らもしたり顔ができるというものです。

謝辞です。

イラストレーターの美和野らぐ先生。最終巻を彩る素敵なイラストの数々、見ているだけでグッとくるものがありました。美和野先生の描く人物たちのおかげで零士たちは物語の中で自由に、縦横無尽に駆け巡れたのだと思います。最後まで本当にありがとうございました。

漫画家の久園亀代先生。『怪物中毒』のコミカライズ、毎話楽しみに読ませていただいています。チャーミングかつコミカルな《仮面舞踏街》の住人たち——もとい、人獣たちは原作の描写を遥かに超えて生々しく、実在感たっぷりで、読むたびにひとり妙なテンションになっています。原作小説のほうはひとあし先に完結してしまいますが、漫画版のためならいくらでも働く所存なので必要なことがあればいつでも申しつけてくださいませ。これからも引き続きどうぞよろしくお願いいたします。

担当編集の田端様、Ｍ様。好き放題な作品を完結まで導いてくださり本当にありがとうございます。アクセルとブレーキのバランスが難しい作品でしたが、おかげさまで最後まで安心してフルスロットルで駆け抜けられました。

営業、宣伝、印刷、流通、書店など本作の出版に携わっていただいたすべての方へ。皆様の仕事にはいつも本当に感謝しています。ありがとう。

そして最後にこの本を手に取ってくださった読者の皆様。零士たちの物語を最後まで見届けてくれて本当にありがとうございます。前回のあとがきで続刊の有無は売上次第と書いていて今回完結なので「ああ、売上が足りなかったんだな……」と残念に感じている方もいるかもしれませんが、売上なんてものはコントロール不能な現象でしかないので、残念だけど前向きに目の前のこの一冊を楽しんでもらえたら嬉しいです。この3巻は濃密な完結巻になっていると自負していますし、完結をネガティブに捉える気にもならないくらい満足できるラストに仕上げることができたと胸を張っています。本当かどうかは読者様自身の目でご確認ください。

というわけで、小説の『怪物中毒』シリーズはあとがきも含めてここまで。また新しい作品を発表したら、ＳＮＳ等でお知らせしますのでチェックしてくれると嬉しいです。

以上、三河ごーすとでした。

◉三河ごーすと著作リスト

「ウィザード&ウォーリアー・ウィズ・マネー」（電撃文庫）
「ウィザード&ウォーリアー・ウィズ・マネー2」（同）
「ウィザード&ウォーリアー・ウィズ・マネー3」（同）
「祓魔学園の背教者（ミトラルカ） —祭壇の聖女—」（同）
「祓魔学園の背教者（ミトラルカ）Ⅱ —ミスティック・ミスト—」（同）
「祓魔学園の背教者（ミトラルカ）Ⅲ —邪教再臨—」（同）
「祓魔学園の背教者（ミトラルカ）Ⅳ —紫色の黙示録—」（同）
「レンタルＪＫ犬見さん。」（同）
「怪物中毒」（同）
「怪物中毒２」（同）
「怪物中毒３」（同）
「自称Ｆランクのお兄さまがゲームで評価される学園の頂点に君臨するそうですよ？」（ＭＦ文庫Ｊ）
「義妹生活」（同）
「顔さえよければいい教室」（富士見ファンタジア文庫）

本書に対するご意見、ご感想をお寄せください。

ファンレターあて先
〒102-8177　東京都千代田区富士見2-13-3
電撃文庫編集部
「三河ごーすと先生」係
「美和野らぐ先生」係

本書は書き下ろしです。

電撃文庫

怪物中毒（かいぶつちゅうどく）3

三河（みかわ）ごーすと

2023年9月10日　初版発行

発行者　山下直久
発行　株式会社KADOKAWA
〒102-8177　東京都千代田区富士見2-13-3
0570-002-301（ナビダイヤル）
装丁者　荻窪裕司（META＋MANIERA）
印刷　株式会社暁印刷
製本　株式会社暁印刷

ISBN978-4-04-915070-4　C0193　Printed in Japan

電撃文庫　https://dengekibunko.jp/

電撃文庫DIGEST　9月の新刊

発売日2023年9月8日

魔王学院の不適合者14〈上〉
～史上最強の魔王の始祖、転生して子孫たちの学校へ通う～

著／秋　イラスト／しずまよしのり

世界を滅ぼす《銀滅魔法》を巡って対立する魔弾世界とアノスたち。事の真相を確かめるべく、聖上六学院の序列一位・エレネシアへ潜入調査を試みる――!!　第十四章《魔弾世界》編、開幕!!

ブギーポップは呪われる

著／上遠野浩平　イラスト／緒方剛志

県立深陽学園で流行する「この学校は呪われている」という噂は、生徒のうちに潜む不安と苛立ちを暴き暗闇へ変えていく。死神ブギーポップが混沌と無情の渦中に消えるとき、少女の影はすべてに牙を剥く――

はたらく魔王さま!　ES!!

著／和ヶ原聡司　イラスト／029

真奥がまさかの宝くじ高額当選!?　な日常ネタから恵美たちが日本にくる少し前を描いた番外編まで！『はたらく魔王さま！』のアンサンブルなエントリーストーリー！

ウィザーズ・ブレインX
光の空

著／三枝零一　イラスト／純 珪一

天樹錬が世界に向けて雲除去システムの破壊を宣言し、全ての因縁は収束しつつあった。人類も、魔法士も、そして大気制御衛星を支配するサクラも見守る中、出撃の準備を進める天樹錬と仲間たち。最終決戦が、始まる。

姫騎士様のヒモ5

著／白金 透　イラスト／マシマサキ

ギルドマスター逮捕に揺れる迷宮都市。彼が行方を知るという隠し財産の金貨百万枚を巡り、孫娘エイプリルにも懸賞金がかかってしまう。少女を守るため、ヒモとその飼い主は孤独に戦う。異世界ノワールは第2部突入！

怪物中毒3

著／三河ごーすと　イラスト／美和野らぐ

街を揺るがすBT本社CEO危篤の報。次期CEOの白羽の矢が立った《調薬の魔女》・蛍を巡り、闇サプリをキメた人獣や古の怪異が襲いかかる。零士たちはかけがえのない友人を守り抜くことはできるのか？

飯楽園―メシトピア―
新作 **崩食ソサイエティ**

著／和ヶ原聡司　イラスト／とうち

ジャンクフードを食べるだけで有罪!?　行き過ぎた健康社会・日本で食料国防隊に属する少女・矢坂ミトと出会った少年・新島は、夢であるファミレスオープンのため「食」と「自由」を巡り奔走する！

ツンデレ魔女を殺せ、と女神は言った。
新作

著／ミサキナギ　イラスト／米白粕

異世界に転生して聖法の杖になった俺。持ち主の聖女はなんと、長い銀髪とツリ目が特徴的な理想のツンデレ美少女で大歓喜！　素直になれない“推し”とオタク。それは異世界の命運を左右する禁断の出会いだった――？

レプリカだって、恋をする。
Even a replica falls in love
榛名丼
［イラスト］
raemz
16歳、夏。はじめての、青春。
愛川素直という少女の
身代わりとして働く
分身体、それが私。
本体のために生きるのが
使命……なのに、
恋をしてしまったんだ。
海沿いの街で
巻き起こる
ちょっぴり不思議な
青春ラブストーリー。
応募総数
4,128作品の
頂点
第29回
電撃小説大賞
大賞
受賞作
電撃文庫

Dating agency
クセつよ異種族で
行列ができる
結婚相談所
〜看板ネコ娘はカワイイだけじゃ務まらない〜
五月雨きょうすけ
ill. 猫屋敷ぷしお
見習い秘書係のネコ娘、
今日も頑張っています！
第29回
電撃小説大賞
受賞作
電撃文庫
特設サイトを
check!!
STORY
訪れるのはワケあり相談者ばかり？
異種族同士の婚活って大変なんです！
ドタバタ婚活ファンタジー、はじまります!!
電撃文庫